JN274462

谷川俊太郎

批評の生理

大岡信

思潮社

対話　谷川俊太郎／大岡信

批評の生理

目次

まえがきの章

他者及び趣味（テイスト）のこと

大岡　僕の場合には、詩を書きはじめて間もなく批評を書くようになった。詩を書くと同時に批評を書く人はほかにも何人かいるわけだけど、そういう人の場合、批評だけを書いている人とはちょっと生理が違うだろうという気がする。ですからあらかじめ、僕はどういう形で批評を書くようになってきたのか、振り返っておきたいと思うのです。

これは詩を書きはじめる経路にもからんでくる問題じゃないかな。君なんかはおそらく一人で詩を書き出している。少年時代に仲のよい友達のあいだで詩を書いて見せあうことはあったとしても、そのことによって自分の詩が内的に大きく変化するという経験はあまりなかっただろうという気がする。

谷川　そうね。僕が詩を書きはじめた直接の動機の一つには、同年輩の詩を書く友達がいたってことがある。その一人の北川幸比古とは、或る期間葉書で詩の往復をやっていたことがあるわけね。お互いに葉書に詩を一篇書いて相手に送り、もらったほうはその詩についての感想を書く。そういうことをやっていた期間はたしかにある。

ただそれによって、二人の人間関係以上の、たとえば時代的な流れや文学的な思想の動きに自分が身を置いたという実感は全くない。だからあなたが哲学青年たちのあいだに混じって揉まれたみたいな、そういう感じってのは全然ないな。

大岡　そうなんだね。僕の場合にはいつでも、詩を書く人たち以外の人たちとの付合いのなかで詩を書いてきた、ということがあって……

谷川　ちょっと中原中也みたいなんじゃない？

大岡　関係としてはね。それで結局、中学時代は短歌を書いてみたり長歌を書いてみたり、散文みたいなものも書いてみたり、詩のほかの表現形式というものも一応なんとなく小当りにはやってみた。そうするとどうも、詩を書きながらいつでも、ひょっとしたらほかの表現形態でも書けるのじゃないかということを考える習性がついたようなところがあるんだね。

高等学校へ入り大学へ入っていくあいだに、いろんな種類の友達ができる。そういうなかで詩を書いていくと、詩というものをいつでも友達連中の目で見る、つまり相対化して見ていく習性が、かなりついていたと思う。それが僕のなかで、詩を書きながら同時にそれを批評的に眺めていく習性ができてきた最初の出来事じゃないかと思うんだ。しかし、ただそれだけでは、詩を書いている人間が批評まで書くようになる強い動機にはならないわけで、結局は活字を通して好きな詩人の詩と対話する、つまり文字と自分が対話していくことの繰り返しが、批評的な心の動き方を導き出す最大の動機だったろうとは思う。

敗戦の日縁側に本の世界が並んだ

大岡　その場合にどんな本を読んだかというと、そこにまた周囲の友達の影響があるんだね。旧制高校の寮というのは僕の頃は二十畳ぐらいの広さに四、五人が、それぞれ木製の畳ベッドと机を一つずつ並べている生活だった。ベッドを椅子がわりにして机に向うというふうで、人が歩く通路のほか空いたところがない。そういう生活だから自分が一人で何かを考えていても、それを打消しにくるほかの連中の観念が部屋に渦巻いている。必然的にそういうものの影響を受けざるを得ない。逆に言うと、その影響を絶えず排除していかなきゃならない。そういう形で、自分の好きな本なりなんなりを意識的に守らなければならない。旧制高校の寮生活というのは、だからどちらかと言えば創作家を生むよりは批評家を生む土壌になる可能性が強いと思うんだ。

僕と谷川とではそういう青年期の生活形態の違いがとても大きいというふうに、君とはじめて会った頃から強く感じていたな。君の場合には、野原に樫の木が一本スッと立っているというイメージで、あ、谷川があそこにいるって感じなんだよ。ところが僕のほうは、自分がどこに位置しているのかわからない。自分の回りに何人かの観念や思想や、人物の存在そのものがあって、そういう人びととの関係をいつでも考えてなきゃいけない。

そういうなかで自分がこれはと思って読む著者が当然何人も出てくる。僕の場合、高等学校のころ読んだ日本の詩人のなかではとりわけ菱山修三の作品が性に合ったたし、もう一つ僕にとって重要だったのが、創元選書版の小林秀雄訳『ランボオ詩集』だった。小林秀雄訳ランボオというのは、旧制高校の寮で文学に関心のある人間だとたいてい最初に夢中になる本の一つなんだけれど、これは翻訳以上のものという感じなんだね。とくに、本の冒頭の長文のランボオ論三編、なかでも戦前に書かれた(一)と(二)に、みんないかれてしまう。ランボオに惚れてた若い連中の大半は、実は小林秀雄の眼鏡を通して見たランボオに惚れていたんだ。

この小林ランボオというのが、絶対糺問者とか、言葉の極限を生きた人とか、その果てにミューズを絞め殺して十九歳ですでに文学を捨てアフリカへ立ち去った野人とか、まあそういうところを強烈に印象づける論でしょう。詩人であろうとするならば、言語の世界と切り結んでそれを踏みにじって捨てていくような、野蛮な生命力に満ちた男らしい人物でなければいけない。そんなふうにアジテートする。これは強烈なパンチです。詩を書きたいと思っている少年にとって、自分と同年ぐらいの天才がすでに美の世界を究めつくしてアフリカに去った、その去った行為そのものが素晴しい詩的な行為である、というふうに書かれると、どうしていいかわからないってことになる。小林秀雄を通して示されるランボオというのは、自分の言語生活のなかでようやく意識的に言語というものを構築しようと思いはじめた人間にとっては、実にきつい、つらい御馳走なんですね。そういう小林ランボオというものを、僕も脅迫的なぐらいの強さで叩きつけられたって感じがある。そのへんで君とはたぶん全然違うと思うね。

谷川 違うんだな、うん。大岡の場合には他者の存在というものが、わりと早いときからあった。俺の場合を考えてみると、一人っ子であったこともあるし、友達との交流にしても、自分の部屋で一人で書いたものを葉書という稀薄な手段で送る。もちろん会って話もするけれども、せめぎ合うようなものはなかった。「野原に樫の木が一本スッと立っている」と言ってくれたけれども、俺にとってはそのことが、いまになってみると一種の劣等感としてあるわけで、あなたが旧制高校の寮で送った生活というのが、まさに俺が青春時代に取り落してきたものなんだ。そういう生活を経験していれば、もう少し早く他者と自分との関係にはっきり目をつけることができたはずなのにね。そういう点では大岡は早熟で、俺は実に晩熟だった。つまり母親のもとで過保護だったんだと思う。一人であることがちっとも苦痛ではなかったし、一人がいけないという発想もなかった。自分を相対化して眺めるということがなく、一人であることに自足し、一人であることが快くて、一人でなんでもできると思っていた。しかもそういう人間が大学へも行かなかったから、ますます一人であることに慣れちゃったというところがある。それはだからほんとの孤独とはちがうんだ。

それに俺には、詩を書きたいとか詩を書いていこうという気持は、少年時代にはなかったな。大岡には旧制高校に入ったときすでにそれがあったわけで、そのことも一種驚きなんだ。中学生のころから詩を書きはじめたわけでしょう。そのときはどういうふうにして書きはじめたの？　ただ詩を書こうってこと？　それとも親父さんの影響とか？

大岡　物事の始まりの記憶というのは難しいものだけれども、僕の場合には本の世界を意識したのが敗戦のときだってことは非常にはっきり記憶している。中学三年の八月十五日だよね。僕の家は親父が短歌をやっていて、小説も詩も書きたかったらしいけれども家が没落して貧乏になったために早いうちから教師になって一家を支えていた。そのため本だけはわりと一所懸命集めていたらしい。それで本を非常に大事にしていて、戦争が激しくなったときに防空壕のいちばん奥にしまいこんだ。親父の短歌の先生の窪田空穂さんの本とか、日本の古典のわりと手に入りにくいような本だったと思うんだけど、そんな本の一群が、戦争が終って壕のなかのものを出したときに、縁側に並んだわけ。

そのとき、あ、この本は俺も読めるっていう感じが強くあって、記憶に焼きついているんだ。それまでは、親父の本は親父の本で、自分とは関係がない。僕らは毎日工場へ行って、僕の場合には鉄の棒を同じ長さに切るという退屈な作業の繰り返しだけどね、そういう物質を扱って、やがてこういう物質の世界で死ぬというふうに思っていた。どうせ戦争に引っ張られて死ぬと思っていて、物質の世界の先に本というか言葉の世界があるなんてことは考えていなかったと思う。学校の図書館で本の世界を少しのぞいたことはあるけれども、あとは親父の書棚で本を見ている程度で、それは自分とは関係ないものみたいに思っていた。ところが戦争が終わって、これで死ななくてすむという非常な歓喜のなかで、防空壕から取り出して縁側に並べた本を見て、本を読むという行為が自分のものとしてあり得ることにはっきり気がついたと思うね。そのときから、生きていくということについて切れ目ができたというふうに、かなり意識的に思ったようです。

その直後に、僕よりずっと早熟で文学好きの友達が二、三人できた。僕と同級生だけれども、一人はオスカー・ワイルドとかエドガー・アラン・ポオとか、本をものすごく読んでいる。中学三年生としてはまあ老けたといっていい趣味を持っていて、同時にドビュッシーとかデュパルクなどのフランス近代音楽に凝っていた。もう一人は太宰治、立原道造、中原中也、三好達治などのものを読んでいる。八月十五日を境に、これで死ななくてすむという感覚だけがあって、あとどうしていいかわからないときに、そういう連中から、つまり外側から、ある種の文学というものの形を与えられたわけだ。僕のなかにある、まだ方向性をもたない生命感覚みたいなものが、友達から与えられたパイプの中へ少しずつ入っていって、いろんな形になろうとした。或る部分ではそれが詩になろうとしたと思うけれども、まだそれほどはっきりしたものじゃなくて、詩を書き出すまでに短歌や散文やいろんなことをやったわけ。その連中が同人雑誌をはじめようっていうんで、そのとき大岡も少しは何か書けるのじゃないかということで誘いをかけられたんだ。

それから、先生で面白い人がいた。大学を出てすぐ僕らの中学に教えに来て、半年ぐらいで兵隊に引っ張られていった国語の先生なんだけど、この人が戦争が終って帰ってきた。僕らが中学三年、その先生が二十四五歳。この人をつかまえて、一種の勉強会を始めたわけです。軍隊でさんざんな目にあって、帰ってきてみれば民主主義、民主主義とお題目が始まっていた時代のなかで、その人自身が自分を持てあましていたわけで、僕らに教える以前に自分自身をなんとかして救わなくてはならない状態だったと思うんです。リルケを読んでいたり、そうかと思うと日本の古典を読んでいたりというように、自分自身方針も何もない状態で、その状態そのものを僕らにもぶつけるようなことだったんでしょう。ところがそこは中学生で素直なものだから、先生が読めというものをみんなで読むわけだよ。

字のうまいやつがその本をガリ版にして刷って、そのテキストを持って僕ら三四人が先生の部屋へ行く。部屋というのは中学校の宿直室で、そこに先生が住んでいて、僕らはしょっちゅうそこへ行っていた。変な時代の変な生徒と変な先生だけれども、そういう形でリルケの『若き詩人への手紙』の何十頁かを読んだりした。言ってみれば大学のゼミナールだったわけ。これは僕が詩を書いてくる過程でひとつの事件だった。

リルケの文章なんて中学生にはほとんどわからない。けれどもきっといいことが書いてあるに違いないと思い込んで食いついていく。何頁ぶんかを指名されて、そのぶんはなんとかして読み解いて全員に講釈をするわけで、そういうことをやってみると、はじめは全然わからないと思っていたものが不思議なことに少しずつわかるようになる。自分にわからないもののなかに飛び込んでいって、それを読み解く面白さを教えられたんだね。だから、のちのち何かを読むときにも、わからないけれどよさそうだと思えば食いついていくという形でやってきた。

それが本を読む面白さを教えられた最初の事件で、それをやっていくと次にはどうしても自分で書きたくなるわけだな。つまり自分だけは何度か読んでわかったと思っていることを、ほかの連中に説明する。それを文字で書けば、ものを書くことになる。僕の場合、批評的な文章を書く面白さの最初の体験は、どうも、そこから来た。だから書くものは詩でなくてもよかったんだけれども、それが詩の形になったのはリルケの影響もあるんだ。詩というものは単に或る瞬間の感情の定着ではなくて、多くの体験をずうっと蒸留していった末に一行だけ書かれるような種類のものだ、ということをリルケが言っているもんで、詩がいちばん素晴しいものだと思って詩に行っているわけだ。

谷川　非常に批評的な近づき方だよね、それは。ただ、批評という自覚はそのときにはなかったでしょう。

大岡　ない。全然ない。

谷川　敗戦の受取り方は僕なんかと全く違うね。僕は当時はまさに子供で、空襲のとき夜中に防空壕に入るのは眠くていやだなあとか、焼夷弾が落ちてくると怖いなあとかで、あと何年の生命というような自覚はなかったんじゃないかな。空襲のあくる朝、自転車で焼死体を見に行くというような子供っぽい好奇心はあったけれども、自分の意識を外側から眺めるということは全くなかったし、京都の淀へ疎開して迎えた敗戦の日の思い出も漠然としている。永六輔が敗戦の日の思い出のアンケートに「ああ疲れたなと思いました」と答えているのにびっくりしたことがあるけれども、僕にはもっと子供っぽい感情しかなかった。違う土地の学校に行って友達にいじめられるのがいやだとか、そっちのほうが大問題で、敗戦に対してはああそうかみたいなもんですよ。だから自分の文学とそういうものとの結びつきが、僕の場合には無いも同然という感じがまずあるわけね。

皿小鉢から詩の一篇まで即座に好き嫌いがある

谷川　「批評」ってことでは、うちの父親（谷川徹三）が実作者ではなくてどちらかと言うと批評家だったわけで、「批評」という言葉だけは小さいときから耳にしていた記憶がある。その「批評」というのは何かと言うと、簡単に言えば悪口を言うことだというふうに漠然と捉えていたわけ。（笑）

大岡　批評という言葉の原義からすると、それは非常に正確じゃないのかね。

谷川　しかし、それは例えばあなたがリルケの文章に分け入り、読み解いてゆくというのとは全くちがう。僕が子供のころに感じていた批評というのは、「あれはいい」とか「あれは悪い」とか一段高いところから一刀両断して言うようなものだったわけね。それで子供心に、そういう言いかたのかっこよさに惹かれる気持と、反撥する感じと、両方あったような気がする。

批評の基準というのが、わが家の日常では非常にはっきりしていて、まず何よりも趣味がいいか悪いかということにあったわけですよ。「趣味」というのも僕にとっては幼いころから聞かされてきた言葉で、父親も母親も断定的に、例えば「この茶碗は趣味が悪いから使わない」というふうに言って、それが最終評価になる。そういうことを始終聞かされてきたわけで、だから僕は、批評というのは趣味のいい悪いの判断であるというふうに、長いあいだ思ってきたようなところがあるんですよ。

大岡　だけどそれは、一つのオーソドックスな批評のあり方だと思うよ。

谷川　そうなんでしょうね。僕がそういう意味での批評に疑問を感じはじめたのはわりあい最近のことで、父親や母親を客観的な目で眺められるようになってからの話なんだ。ただそれでも、批評の基本にあるのは趣味という、ほとんど外から規定できないような好悪の感情であるということは、いまでも僕のなかに叩き込まれているのじゃないかと思う。これはおそらく父親が志賀直哉なんかに私淑していたことと関係があるんだろうと思う。批評が、或る人間とか器物とかの評価として、まず自分のなかに入ってきている。

だから本の読み方にしても、君の場合のようにテキストのなかに自分が入っていって、それを解きほぐして他人に語るという形での批評的なものではなくて、一人で読んで理解できるところだけは吸収して、わからないところは放っておく。

大岡　その場合に「批評」というのは、自分を相対化していないという意味で、絶対的評価なんだな。

谷川　そう、エゴイスチックなまでにね。これは志賀直哉が一種の倫理的なものにまで高めた彼の好き嫌いというものと同じ系列にあるのじゃないかな。そしていまでも僕自身はそういう評価の仕方をどこかで信用しているところがある。そういう評価にいたる筋道が何か、今は気にかかるけれど、それがバラバラになったら自分はなくなるんじゃないかって怖れがあるんだ。つまり論理というより資質とか人格みたいに考えてる。

大岡　谷川の家の伝統みたいなものからくる趣味のよさというのが、はじめっからあるわけよね。批評というのはいろいろな次元のある精神の行為だという気がするんだけれど、そのいちばん美しい形態というか、気持のいい形態の一つとして、最も理想的に行なわれるときの趣味的な批評というのがあると思うね。

趣味的な批評ってのは、ブルジョワ社会の富のエッセンスみたいなものだけを見ることのできる位置にいた人が、知らず知らずのうちに、瞬間瞬間にAとBについて、Aのほうがよろしいというふうな比較の能力を養っていって、最終的にはそういう手続きをはずしても絶対評価ができるところまで、感性を一度は分解した上で積み重ねて作りあげた、ものを見る或る精妙な目差しそのものにまでなっている。そういうのが趣味的批評のいちばん高級なものだと思うんだ。

谷川 同時にそういう趣味的な断定に至るまでの過程を分析することは、むしろ賤しんでいたようなところがある。例えば僕は本を読むときにノートをとるようなことはしなかった。本の読み方というのはそういうものではないというふうなところね。

それから例えば、何かについてこれはいいものだと自分が感じたときに、なぜいいのかということは省略していい。むしろ省略できるぐらい強いものに自分の批評眼を育てなければいけない。理由づけることが不可能だからこそ、そういう断定ができるんだ、そしてそのための修業が必要だという感じ方。それがどうもあったのじゃないかと思うんだけどね。

大岡 美は人を沈黙させるというような箴言に至るものだよね、そういう態度は。そして、そういうものを本当に体現している人に出会うと、たいていの人は瞬間に心服する。剣術の名人が瞬間に相手を心服させてしまうみたいなところがあるんだよ。

谷川 そういう批評への疑問を或る時期から感じ出しているところはあるんだけれども、ただ僕にはこれはどうしようもなく自分のなかにあるものなんだよ。もちろん迷うよ、迷うけれども日常の皿小鉢から詩の一篇に至るまで、即座に好き嫌いがあるってことは、どうしようもない。好き嫌いを積み重ねることが批評眼をつくってゆく、自分の内部の基準を高めてゆくことにつながるという考え方なんだな。

それに僕にとって批評ってことは、文学に対する批評というよりむしろ別のものに対してのものであることが多い。皿小鉢を何に使うかとか、何を着るかとか、どういうふうに家を住みこなすかとか、人に対してどういう受け答えをするかとか、そういうことのほうが、「批評」という言葉からまず浮んでくるような面があるわけです。例えば女房に頼まれて台所の鍋を買いに行くとすると、それだけでデパートを四、五軒ハシゴするみたいなところがあるのよ。(笑)そういう自分をいやだと思いながらも、自分が納得できる一つの物を選ぶってことが、自分にとっては一つのはっきりした快楽であって、それを譲りたくないわけ。もっとも絶対に譲れないと思っていた若い頃とは違って、いまは譲る行為のなかにむしろ自分に対する批評が含まれているんだってことがわかりつつはあるんだけれど、しかしそういうものは僕のなかに生理的なものとして定着してしまっている。

ただその自分の判断の基準がはたして何かということだけど、これは全然わからない。ヨーロッパみたいに文化の伝統が途切れずに長く続いているところであれば、趣味(テイスト)ってものにもっと信頼が置けるだろうけれども、いまの日本の、せいぜい明治からの中流の知識人の家庭で、それほどはっきりした趣味(テイスト)があるとは考えられない。

大岡 そうね。

谷川 それでもうちの父なんか、試行錯誤を繰り返しながら自分の趣味(テイスト)(鑑識眼)に固執していると思うし、例えば焼物とか中国の古美術に対する彼の趣味(テイスト)は俺はほとんど絶対的に信頼しているところがあるわけよ。ところが例えば西洋風の家具に対する趣味(テイスト)となると、あまり信用できないようなところがある。そういう分裂が明らかにあるんだ。だから俺のなかにも、親から受継いできた趣味というものを信じられるだろうかという疑問はつねにある。

大岡　君のお父さんの谷川徹三さんの場合には、おそらく志賀直哉の影響が非常に強いのだろうと思うよ。

谷川　それから柳宗悦。

大岡　そうだね。柳さんは民芸運動に入ってからは「美」というものも「用」というところから考えていくという明確な原理に立っているけれども、それ以前の柳さんがすでに決定的に趣味に立った或る出発点を作っていて、そこから出発しているところがあるのじゃないか。これはよし、これは悪いという判断の基準に趣味があって、それが柳さんの批評の根本にあるだろう。

志賀さんについては、僕は以前『座右宝』という志賀直哉編集の写真集——京都奈良一帯の、主に寺にある古美術品の写真集——を見て感嘆したね。志賀直哉という人は、批評みたいなものは軽蔑して書かない立場だったと思うけれども、にもかかわらずあれだけの批評眼で一冊の写真集の編纂ができる人なんだね。写真集を見ていて空恐ろしいという気がした。なぜ自分はこれとこれを選んでこれをはずしたか、あの人は言わない。けれども選び方にはすごい一貫性がある。その伝統を谷川徹三氏は受継いでいると思うよ。

谷川　明らかにそうだね。

大岡　志賀直哉という人のそういう美意識が、どうやって出来あがってきたか。志賀さんだって明治になってからの家柄でしょ。その意味では明治以後のわりと豊かな家庭の趣味（テイスト）なんだな。それにもかかわらず『座右宝』に見られるようなすごさを持っているというのは、志賀さんたちの時代まではその以前から伝えられてきた「ものの良し悪しの判断の仕方」の或る種の型ってものが、まだ受継がれていたからなんじゃないか。われわれの時代になると、そういうものを血肉化している人はごくごく少なくなっちゃっていて、どうも難しい。そういうものは美術品の判断の仕方にはとくにはっきり出てしまうね。

谷川　でも、書かれた文体に対する判断には共通したものがあるでしょう。

大岡　それはあると思う。僕の場合も文体に対する自分の好き嫌いははっきりある。ところが美術品に関しては、生活のなかでそういうものを使いこなすという感覚が欠けている。それは、家が貧乏だったということがあるね。僕の親父は貧乏な生活をしながら意識の内部では生活的没落者のもつ一種のエリート意識を持っていて、現実生活とのギャップからくるコンプレックスみたいなものをかなり強く持っていたと思う。僕なんかそういうコンプレックスを受継いでいるところがあって、自分は貧乏な家で育ってはいるけれども本当はものがわからなくてはいけないのだという気持が、子供時代からあったような気が、今振り返ってみるとするね。そういう意味で、身の周りよりもどこかよそに素晴しいものがあるのじゃないか、という感覚になっている。そこが君なんかと違うところだね。つまり、趣味的にスパッと、これはいいとか悪いとかって、自分で或る瞬間思っても、それを打消すもう一人の自分がいるわけだ。ひょっとして俺の趣味的な判断は違っているのじゃないか。これは相手の立場に立って、相手の存在理由から現在はこうなっている存在の仕方や構造まで考えた上でないと、最終的な判断は下せないぞ、と思うところがある。そのあたりが君と微妙に違うね。

谷川　君はなぜか、早い時期から自分を相対化する能力があったということだよね。それは、兄弟がいるってことも関係があるだろうし、あなたが比較的初期に苛烈な恋愛体験をなさったこととか……（笑）ところが僕の場合には、断罪する傲慢さだけは実にはっきり親から引継いだわけね。それが傲慢であるってことに気づくのが遅すぎたという気がしてしようがないんだけどさ。

文学を批評するときの僕の父はもっとずっと客観的と言えばいいのか、広い視野をもっているけどね、「批評の諸形態とその意義」というような文章も書いたし。（それによると大岡の批評はディルタイ派の〈解釈的批評〉に近そうなんだけど。）でもやはり父親ってのは文章より実生活で子供に影響を与えるからね。例えば趣味ということで人間を判断しだすと、これは全人格的な判断みたいになっちゃうところがあるわけですよ。或る人がいかにいいものを書いていても、着ているものの趣味がひどかったらその人は駄目だとか、食物の味がわからなかったら駄目だとか、とてつもなく傲慢な判断を含むということがある。

僕は自分のそういう傲慢さを相対化するのに、ずいぶん時間がかかっている。最初の結婚ではいろいろと壁にぶつかったんだけれども相対化するまでに至らなくて、いまの結婚生活でやっと、生れも育ちも全く違う人間と四六時中いっしょにいることで、相対化されつつあるみたいなさ。（笑）

大岡　批評されざるを得ない立場に立って、ついに自己批評をはじめたか。

谷川　そうそう。そのくせ俺は自己反省ということは小さいころから絶え間なしにしていたようなところがあるんだ。だけど自己反省と自己批評は似ているようで全く別のものね。自己反省には他者の視線が欠けている、むしろ自己中心で、自分が解体するなんてことはおよそなかった。君が高校の寮でつねに他者の視線とか他者の肌にさらされて生きてきたという、そういう経験が僕にはない。そのことが大きいだろうと思うね。

小林秀雄のランボオ論は訣別の歌だったと思う

大岡　しかし僕だって、一方で自己相対化はしていても、他方で絶対に譲らないところはあるわけだね。何かを受けとめるときに、先に自分から行くのじゃなくて、向うがあるところまで踏み込んできた状態で押し返すというやり方なんだ。批評を書くという場合にも、そういう性格が出ると思う。あるところまで踏み込まれてどうしようもなくて、それを押し返すために批評を書く。書くことによって対象を自分の外へ押し出していくということを、はじめのころは繰り返していた。

小林秀雄のランボオには、さっき言ったように非常に脅かされていた。まわりには弊衣破帽でランボオ気どりの青年たちがたくさんいて、小林ランボオに陶酔していたけれども、僕には陶酔ということができなかったわけ。まがりなりにも詩を書こうと思っている人間にとっては、詩を捨てたことの素晴しさなんか書かれちゃ立つ瀬がない。これはなんとかしなくてはならない。それで小林秀雄のランボオ論を何度も何度も読んで、そのうち小林さんのランボオ論には捨て科白が多いことを感じはじめたんだ。どうも小林秀雄はランボオを読みふけった挙句、始末に了えなくなったところで、ランボオを自分から締め出すためにランボオ論を書いたのじゃないか。ランボオと別れるためにランボオ論を書いたんだ、というふうに僕は解釈したわけ。もしそうなら小林秀雄のランボオ論にはランボオそのものとは違う面が強調されている可能性があるのじゃないか。そう考えて眺め直してみると、小林秀雄のランボオ論というのは、批評としてはあまりにも歌っている部分が強い。だからあれは批評として書かれたのじゃなくて、散文の形をとった訣別の歌じゃないか。こんなに勢いのいい小林秀雄も、小林さんなりに必死になってランボオと格闘したんだな、ということに、月日をかけてやっと気がついてきたんだ。

小林秀雄の「様々なる意匠」という評論に、こういう一節があって、非常に印象的だった。あとで、有名な一節だと知ったんだけれどね。

一体最上芸術家達の仕事で、科学者が純粋な水と呼ぶ意味で純粋なものは一つもない。彼等の仕事は常に、種々の色彩、種々の陰翳を擁して豊富である。この豊富性の為に、私は、彼等の作品から思ふ処を抽象する事が出来る、と言ふ事は又何物を抽象しても何物かが残るといふ事だ。この豊富性の裡を彷徨して、私は、その作家の思想を完全に了解したと信ずる、その途端、不可思議な角度から、新しい思想の断片が私をさし覗く。ちらりと見たが最後、断片はもはや断片ではない、忽ち拡大して、今定着した私の思想を呑んで了ふといふ事が起る。この彷徨は正に解析によつて己れの姿を捕へようとする彷徨に等しい。かうして私は、私の解析の眩暈の末、傑作の豊富性の底を流れる、作者の宿命の主調低音をきくのである。この時私の騒然たる夢はやみ、私の心が私の言葉を語り始める、この時私は私の批評の可能を悟るのである。

これは非常に明瞭に書かれた小林秀雄のランボオ体験だという気がする。いろんな角度からランボオにぶつかっていって、いろんな角度からランボオの豊富性を示され、そういうふうにさまよいながら瞬間瞬間に解析行為をしていって、ついに眩暈にまで至る。その眩暈というのは小林秀雄における夢だと言ってもいいんだけど、その夢がやがてやむ時期がくる。それはつまり、自分が相手の芸術をあらゆる角度から解析していって、最後に相手の傑作の豊かさの底を流れている作者の宿命の主調低音を聞き分けたときだ、ということなんだね。そのときに自分の騒然たる夢はやんで、私の心が私の言葉を語り始める。

小林秀雄の場合には、だから批評というのは、いったんは相手のなかに分け入ってその豊かさに付き合うんだけれども、もう一度「私」に帰ってくるという行為がある。自分自身に帰ってきたところで批評が始まったと言っているわけで、ここが小林秀雄の批評の大きな特徴だと思う。

寺田透さんが、小林秀雄の批評にあるのは自己陶酔だと言って、そこのところで自分は小林秀雄とは訣れるというようなことを言っているけれど、それは僕が批評のことを考える場合にもいつでも問題になるんです。小林秀雄的な批評のあり方に対して、寺田透の批評はどんどん相手のなかへ分け入っちゃう。寺田さんのは、だからどこへ行ってしまうかわからない批評だけれども、相手がもし自然界と同じだけの強固な構造と必然性を持っているものであれば、どれだけさ迷って行っても涯にはかならず生産的な自然と同じ自然をつかまえることができるのだから、どこまでも行けるだけ行け、という立場なんですよ。小林秀雄の方法は逆で、極端な言い方をすれば、相手をダシにして自分を語るのが批評である、という形だと思う。

僕は小林秀雄と寺田透という二人の批評家から同様に強い衝撃を受けたと自分では思っているけれ

ど、自分の批評の生理がどのへんにあるかとなると、よくわからないところがある。しかし少なくとも小林秀雄と寺田透という二つの極の間から始めたということは、一応は言えるわけだ。

他者に対する関心の根元は何だろう

谷川　その二人の批評家の違いは違いとして、たぶん批評家一般に他人に対する興味というものがあるよね。他人の作品に分け入るということも、他者に対する興味がなければないわけでしょう。ところが僕が子供のころから耳にしてきた批評というのは、どうも他人を切り捨てる方向を持っている。他人を断罪して切り捨てることで自分の姿をはっきり保っていこうといった、そういう形の批評に慣らされてきた。顧みて僕にいちばん欠けていたのは他人に対する興味だったと思うわけよ。

他人というのはいつでも自分の前に壁みたいに立ちふさがるものだけれども、その他人に分け入っていくことはしなかった。自分にプラスのものはいただく。だけど、マイナスになるものは切り捨てていかないと、逆に自分が生きていけないような恐怖感みたいなものもあった。そういう形で自分の姿形がはっきりさせられるものかどうかってことに、いまはとても疑問なわけだけれど、大岡の場合にはまず第一に人間への興味があっただろうと思うんだ。それはいったい何時ごろからあったの？

大岡　その根本はたぶん、さっき話した中学時代に、言語による作品を読むということをかなりショッキングな状態で行なったことだろうな。君が付き合った皿小鉢や絵や家具といった言語以外のものは、そのものとして存在してしまうと他と関係なく存在できるけれども、言語というのは必ず他者が発するもので、しかも自分の目の前にあるものとしては他者から切り離されていて、自分が享有できるものとして存在している。そういう関係の面白さというものをはじめに思い知らされたということが、僕には影響しているような気がする。文学批評がその他の批評、たとえば美術批評とか建築批評とか、器物に対する批評とか哲学的な意味での批評とか、そういうものと違うところはそこじゃないかと思う。文学批評にあっては、目の前にある作品は他人が書いたもので完全に自分とは別のものなんだけれども、しかしそこで語られている言葉というのは決して僕から切り離せない。微妙な形で伸び縮みしながら、僕のなかへ入ったり出たりしている。そういう感覚があるんだな。同じように言語の作品である哲学とか社会科学における批評のあり方と、そこが微妙に違っているような気がする。

谷川　でもさ、あなたがリルケの『若き詩人への手紙』を中学生のときに読んでいった、そのことの動因というのがあると思うのよ。先生に対する共感とか、いろいろあっただろうと思うけれども、それだけじゃないように思えるんだ。俺なんかだと、例えば小林秀雄ももっとあとの時期だけれど一応は読んだ、だけどほとんどわからなくて、関心が持てなかった。関心が持てないものを無理して読んでもしようがないということで、脇へ置いてしまう。極端に言うとほとんどすべての作品に対して、そういう態度をとり続けてきているようなところがある。俺にとっては必要がないと言うか。ところが大岡にとっては最初から必要性があった、というふうに聞えるわけ。どこからそういうことをする必然性が出ているんだろうかと、そこが興味のあるところなんだ。

大岡　うーん。それはむつかしい問題だな。今頭にうかぶことでいうと、リルケの文章でいちばん記憶に残っているのは、「詩」「孤独」「体験」「生」「死」といった、根本的な単語なんだ。そういう単語がリルケには繰り返し出てくる。それがすべてわからなかった。そして、わからないということに非常に傷つけられて、それをわかりたいという気持があった。リルケが言ってることだからというよりも、こういう言葉を理解できないのは困ることだと思った。理解できないのは自分が内容空虚だからだと、そういうふうに強く感じた記憶がある。

谷川　つねに欠如感があったわけ？

大岡　あったんだね。

谷川　そこが違うんだな。俺は、それを理解できなければいけないとは、ほとんど思わなかったようだ。周囲にはやはりませた文学青年がいて、連中は中原中也がどうの太宰治がどうのと言って、自分にわからないような感情の襞みたいなことを論じていたけれど、俺はむしろそういうのをどこか軽蔑していたわけ。なんでそんなことをわからなければいけないの、というような感じでさ。つまり俺には、わからなければいけないと思う衝動がたぶん欠けていて、若いころは自分の無知とか無関心とかに全く自足していた。それがある点ではプラスにも働いてきたんだと思うけどね。

大岡　それは僕なんかからは羨しいわけだよ。僕みたいなやり方だとたいへん遠回りしかできない。

谷川　でもそれが結局いまになってみると遠回りでないってことがある。俺はあのとき遠回りしておけば、いまもうちょっとましになれたのに、みたいなこともあるわけさ。「理解しなければいけない」ということのなかにある、人間の感性の或る違いというのは、やっぱり相当はっきりしていると思うね。大岡がしばしば理解魔などと言われるのも、たぶんそういうことに関係がある。それも俺から見ると、自分の成長のためとか文学の栄養のために理解するというような合目的的な理解への衝動ではなくて、大岡のなかに終始一貫もっと根元的な他者への方向づけみたいなものがあるのじゃないかって気がする。

大岡　一つには戦争中に死というものに対する恐怖感が強くあって、死が人間の逃れられない宿命だということを辛い思いで納得した記憶があるんだ。そういう人間の有限性に耐えられなくて、自分自身の有限性を消し去るための方策というのを非常に求めていたところがある。それが言葉の世界というか観念の世界へ向かわせたところがあるんだね。「詩」「孤独」「生」「死」「体験」といった言葉が含んでいる観念の内容が知りたくてしようがない。そういう衝動が一つにはあった。もう一つは親父を見ていて感じたことの影響もあるかもしれないね。親父の場合は短歌をやっているわけだけれど、他にもやりたいことはあっただろうと思う。断念したわけだ。そういうところで割り切れなさがあっただろうと思うんだけれど、僕のそれに対する反応の仕方の一つが、早いうちにいろんなものを知っておいたほうがいいのじゃないかという方向へ、少年ながら行ったのじゃないかという気もする。そのへんはよくわからないけどね。

発生したものは不可避的に時間のなかに置かれる

谷川　その時期よりすこしあと、あなたが詩論を書きはじめた青年期のことで言うと、自分が人間の歴史のなかでどういう位置にいるかってことが、何よりもまず気になっていたのじゃないの。俺の場合は、そういう発想がまるでなくて、自分は歴史と関わりがないと思っていたわけよ。歴史なんてものは捨ててしまえばいいのであって、詩を書くなら荒地のなかから書きださなければ嘘だといった、そういう変な思い込みがあった。その荒地にも種が芽を吹くべき土壌がたしかにあるわけだけれども、それは無言の土壌であって、分析的な言葉で捉えられるものであってはいけないみたいなさ、そんな思い込みがあった。だから詩を書きはじめた時期に、自分が日本の現代あるいは近代詩の歴史の上でどういうところにいるのかとか、世界の歴史のなかでどの地点に位置しているのかということが、全く気にならなかった。中原中也とか三好達治とかの詩は読んではいたけれども、そういうものと自分の詩の関係がどうあるべきかというふうなことは、一切考えずにすんでいたところがあるわけだな。

大岡　君と知り合ったころに、まぶしいくらいにそういうことを感じたね。詩人というのはそういうものだという観念が僕にはあるわけよ。だから谷川はほんとうに詩人なんだなと思ったし、一方俺なんか詩人というにはあまりにもいろんなものがゴタゴタあって、自分で自分の始末に困っていた。

谷川　ところがエリオットを読むと、詩人が年をとっても詩を書き続けるには歴史感覚がなければならないという一句があって、これは俺には強烈なショックなわけ。そういうのを読むと、俺は詩人ではないのじゃないかって、たいへんな恐怖に襲われたんだけどね。（笑）

大岡　詩人のあり方が、ランボオみたいな詩人とエリオットみたいな詩人と、二つあるんだと思う。エリオットはランボオにはなれないところで、歴史とか宗教とかに積極的に関わっていく形で詩を考え、それを一所懸命に理論化しようとした。そうも言えると思うね。

谷川　でも、例えば大岡が初期の詩論のなかで、春山行夫を強烈に批判した。エスプリがすべてで、当時の時代状況を全くつかんでいないことへの批判だよね。もし俺のような立場で詩を書いていくと、そこへ陥る危険性がつねにあるわけだ。俺はそこまでイノセントではなくて、他者との関係なしには生きられないことが不十分ながらわかったから、いまはそういう危険からは免れていると思うけれども、それでもやはり自分が書きだすときには、ほんとうに無垢な荒野あるいは白紙のなかから書きだしたいという欲望が、つねにどうもあるみたいなんだ。これは歴史的現在という現実のつかみ方が欠けているという点で、日本人的じゃないかな。

歴史感覚とか社会との関係は日常生活のなかでももちろんあるわけだし、日々自覚しているわけだけれども、それを一度無に返すと言えばいいか、少なくとも言語化以前のところへ戻しておいて、そこへ自分の詩を書く根をおろさないと、うまく書けないようなところがある。例えば僕はいまでこそ調べて書くということの意味がわかるようになっているけれども、以前は調べて書くってことは絶対してはいけないと思っていた。調べて書けばその言葉は詩の言葉に高められないままに終りそうな危険を、いつでも感じていたんだ。詩という書きものの形式と、それ以外の例えば歴史の記述の形式とか学問の記述の形式というものを、はっきり分けようとしていたところがあって、それが一つには、僕が批評を書けない理由なんじゃないかと思うこともあるね。

大岡　その立場を歴史的観点から仮りに批評すると、こういうことが言えると思う。つまり、それは十八世紀あたりから明確になってきた天才志向である。歴史とか民族とか社会とかを超越した存在としての天才があり、彼の書くものは、だから時間を越えているという考え方。ロマン主義の考え方のひとつがまさにそうなんだけれど、民族や時代を超越しているのが天才であり、だから天才は永遠であるという考え方が形づくられてきた。趣味的に絶対的な判断を下すというのも、そういうロマン主義的な批評のあり方である、と。そういう枠組のなかに入れた批評も、やれば出来てしまうんだね。

谷川　だけど十八世紀よりもっと以前にも、詩人に類する存在はあっただろう。そういう連中はいまみたいに本もなければコミュニケーションの手段もなかったわけだから、自分のまわりの村なり小さな国なりのなかで、ほとんど無自覚に詩を書いていたのではないだろうか。

つまり、詩と詩人というものがどこかで切れているもののほうが詩ではないか。そういう考えが俺にはあった。だから詩人の生き方が例えば戦争責任論みたいな形で糾弾されたことが、いまの俺にはよくわかるんだけれども、当時はそういうことを理解できなかったのじゃないかというところがあるのね。それは天才志向というより職人志向みたいなものであって、もっと無名になりたい、もっとインテリじゃない人間になりたい。そういうところから書かれないと本当に無名性を持った詩は生れないのじゃないか。そういう意識は、未分化ながらあったと思うんだ。

大岡　それをもう一度歴史的な枠組に入れてしまうと、結局それはルソーなんかが人間の生まれたままの状態というものの素晴しさを強調する、その状態の一つの形だと思う。ところがそのルソーの考え方が、天才礼讃の考え方を生むロマン主義のなかに流れ込んでいくわけだからややこしいね。

ものを発生状態で捉えることへの強い憧れは、君の場合もよくわかるし、僕のなかにもそれがあるんだけれども、それは結局、発生してしまったものが後は不可避的に時間のなかに置かれて年をとり、歴史とか時代を経ていかなければならないということを、切り捨ててしまいたいという欲望なんだね。これはおそらく人類が昔から持ってきた認識と欲望を反映したものなんじゃないか。人間は生きていく過程で必ず汚れていくとか、最初無垢であったものに次々に垢が付いて新鮮な感動を失ってしまうというふうな認識を反映している。そういう歴史的な伝統のある認識があると思うんだ。君の場合には自分だけでそういうことを考えたのだけれども、同じように考えてきた人たちがたくさんいて、その伝統もあるわけだ。
だから僕がいま分類学者の立場に立てば、そういうところへ谷川俊太郎を位置づけることもできるんじゃないかね。一方僕自身は、そういうことに憧れながら、しかしこっちのほうにはこんなものがあるってこともいろいろ考えてしまって、そのあいだでいろんな行為を余儀なくされる。その行為が僕の場合には批評的行為であったり詩を書く行為であったりするんだな。

いつでも現在ただいまが面白かった

谷川　俺の場合には自覚としては、わりあい順調にゆっくり年をとってきているって感じがある。はじめは原始人みたいにして書きはじめて、それからだんだん他人との壁にぶつかって、社会や歴史のなかでの人間というものに目覚めてきているみたいなさ、そういう育ち方をしているってことがあるわけね。ところが面白いのは、そういう育ち方をしたにもかかわらず、社会的というのは変なんだけれども、プロテスト・ソングとか時事諷刺詩みたいなものを俺はわりと書いちゃっている。大岡は深いところで俺よりはるかに早熟な認識を秘めながら、そういう詩が意外とない。俺のほうがそういうふうに直接的に書けるというのは、また一種子供っぽいところなんじゃないかという気がするけどね。

大岡　社会との接触感が、君の場合にはいつも発生状態でいたいということだから、社会から自分に与えられるインパクトというのがつねに直接に来ているんだよ。僕の場合にはそのインパクトを自分のなかで、大きな世界の一部分として位置づけてしまいたいという気持がある。ところがこれは実に面倒でもあれば大変なことでもあるから、何かをやろうとしても中途で適当にごまかしてしまえといった心理状態にもなって、行動的な面では実に臆病で引込み思案で卑怯な形になるときがある。

谷川　あなたは学生時代から勉強家だったらしいし、俺なんかよりはるかに知識があるわけよね。その知識が一種の皮膜になって、それが社会との直接的な接触から守っているのじゃないかと感じることはあるな。

大岡　そうね。君の立場が幼児的な存在を大事にしているとすると、僕の場合にもそういう形で、別種の幼児的な存在性を自ら保護しているところがあるんだ。

谷川　あなたが俺と武満徹のことを、大学へ行かなくて得をした二人の例だと書いていたけれど、武満も俺も時代というものに非常に敏感なところがある。いい意味でも悪い意味でも、二人とも軽薄なばかりに時代に反応しているよね。それで金を儲けようとか取り入ろうというのと全然違うのだけれども、服装ひとつとってみても映画の見方をとってみても、時代の最新のものへの好奇心がつねにあるということね。それがプラスに働いているかマイナスに働いているかはよくわからないけれども、少なくとも自分が社会と素肌で接しているという実感があるわけだ。これは一つには僕がわりあい早い時期からマスコミの世界で詩や歌を書いて金を稼がなければいけなかったということも関係があると思う。アカデミックな世界で象牙の塔みたいなもので保護されている、そういう皮膜が僕には全然なかったからね。

大岡　僕の場合には、勉強家だったと人からは見られているようだけれども、必要に迫られて必要なぶんだけは読むという形なんだ。アカデミックな知識の積重ねはないんだよ。その時どきの必要で、或る見当をつけて読み、我流の脈絡をつけていく。言いかえると或る時間とか空間の奥行を自分の囲りにつくっていくわけで、そういう形で一瞬一瞬をしのいできたわけだ。君が社会に素肌でぶつかるというときに、僕は本に素肌でぶつかっているようなところがある。そこの違いがあると同時に、ぶつかり方として抽象すれば似たようなところはあるんだな。

僕が目の前の社会的な出来事に対してパッと反応できないのは、それを抽象化するというか、他の時代の似たような状況と重ね合せ、相対化してしまうところがあるからなんだな。結局は人間に対する関心の持ち方の違いだろうと思うけれども、僕の場合にはいつでも、僕は今ここにいるけれども同じような人間は昔もきっといたという変な感覚があるわけだ。だから新しく起きた事件に対して、虚心にこれはすごいとか、どうしてもそこに飛び込まなければならないとか、そういう感覚になれないところがある。これはかなり隠居的な感覚なんだよ。なぜ自分がそうなっているのかわからないけれど、ひょっとしたら自分のなかの傷つきやすい幼児的なものを保護するために、自分で編み出した一種の架空の理論であるような気もするんだ。

谷川　大学で政治活動をしたというようなことは全然ない?

大岡　政治活動はしていない。ただ当時はレッドパージの時期だから、大学で全学連の集会とかがあれば、大学へ出ている日だったら必ず出席していた。デモなんかにも参加していた。

谷川　大学へ行った人間の場合は、大学という一つの狭い共同体のなかで一つの方向に向って団結するというか、大袈裟に言うとよりよい未来のために団結するということがあるみたいだけれども、僕なんかにはそういう経験が全くない。僕のなかには、人間の社会というのはよりよい未来に向って進んでいくものだという観念があまりないし、そういうものに自分が力を貸すという義務感もないわけ。

自分が生きている時代のあまりにも腹に据えかねることに対してプロテストするってことはあるけれども、それを巨視的に見て、人類は進化していくとか精神的に崇高なものになっていくとかってことは思わない。ティヤール・ド・シャルダンなんかのそういう本を読むと、感動はするんだけれども、どこかでこんなことはあり得ないと感じているんだ。

大岡　それは僕もそうなんだよ。口では未来を言っている人でも意外にそう思っている可能性があると思うね。未来に対して夢とか希望を抱いている人間というのは、もともとそう多くはないのじゃないかという気がする。

谷川　そうすると大岡がその場その場の必要に応じて本を読んでいったというときの、その根本にあって大岡を動かしていた力は何だろう？「よりよい社会」というようなものでないとすれば、それは何だろうかってことなんだ。人間に遺伝子的に組み込まれているような知識欲とか、自分がより豊かに成熟したいという欲望ということ？　そういう欲望は俺にもはっきりあるわけだから、それなら大岡が本をいろいろ読んだということが理解できるわけだけれども。

大岡　僕にはわりと、人間の存在はそれ自体さびしいものであるとか、つまらないものであるとか、そういう感覚があるんだね。しかし言葉はそれを豊かにできるという気持があって、歴史的な拡がりで人間がいろんな形で使ってきた言葉というものを知ることが、この卑小な存在としての人間を少しは変えるかもしれない、ということは思っているんだ。ひょっとしてこの僕が仲介役になって伝えることのできる何かがあるかもしれない、という程度の考え方なんだ。人類の未来のためにというような立派な発想は、僕にもないいね。

大学のときに一緒に「現代文学」という同人雑誌を出していた日野啓三、佐野洋、稲葉三千男、神山圭介といった仲間たちも、だいたいみんな「未来のために」とは考えなかった。もっとも、当時の東大にあった文学雑誌のグループには、「僕たちの未来のために」とか「エスポワール」など、まさに希望に充ちた題名の雑誌が出ていた。僕などはそういう雑誌の人たちをまぶしい思いで見て、ああいうふうにはどうもいかないなと思っていた。人類は全体としてはそんなに未来に美しい希望をかけられる存在じゃないのじゃないか、原子爆弾がつくられたときにそういう希望は相当失われたと、当時も思ったし、いまもそれは続いている。

僕は科学的なものの考え方は好きなんだけれども、それは日常生活で必要な範囲での科学的思考の便利さみたいなものでね。その段階ではいいんだけれども、極限に行くと量子物理学なんかの果てに原子爆弾が出てくる。人類の最も優れた頭脳のなりゆく果てが、そういうものを作ってしまう頭脳だとすると、人類というのは自己矛盾にみちた存在だと感じるね。もちろん、未来のためにと言っていた同世代の人たちだって、単純に未来を信じていたわけではなくて、未来を美しくできないかもしれないけれども、それはやらなきゃならないという気持だったと思うけれども、僕にはそれだけの甲斐性もなかったんだな。

当時はレッドパージとかイールズ声明とか、いろんなことがあって、大学の自由が脅かされているという認識が強く出てきていて、文学雑誌をやっている連中が集まって意思表示をしなくてはいけないということで、「東大文学集団」という名前の雑誌を一回出したことがあるんだ。僕もそれに「現代文学」のグループの一員として参加して、詩を一篇と匿名時評を一つ書いている。その時評でこんなことを書いているんだよ。

つまり、こういう社会情勢のなかで言葉を武器として敵と戦わなければならないと考える人もいるだろう。しかしまた、言葉の豊かさというものを直接に敵との対決に使うのではなく、それを自分なりにさらに豊かにして、昔の人がやったことに付け加えることに生命を賭ける人間もいるだろう、ということを書いている。明らかに自分を後者に位置づけて書いているわけだ。

谷川　一貫しているね。（笑）

大岡　当時の状況からして、僕はほかの連中に対してやましい思いで書いているに違いない。せめてこういう立場のやつのいることを許してくださいというくらいのつもりなんだね。当時からそういう形で自己救済をはかっていたんだな。（笑）でも、なぜそうしたかっていうと、集会で演説をきいたりしても、僕はそれにアジられて感激したことがないわけ。政治行動をする人たちの用いる言葉にすごくひっかかって、言葉というのはあんなに一面的に使えるものだろうかと、いつでも感じていた。俺はもっと傷つきやすい言葉をどうしても欲しているということがあった。当時の全学連で活躍していた人には戦争中に陸軍士官学校なんかにいた人たちがかなりいて、軍隊用語がそのまま左翼用語に変ったみたいに感じたこともある。そういう人の演説のトーンが、戦争中に動員されていた工場の、社長の毎朝の訓示と非常に似かよっていてね、（笑）そういうことからきたショックが強かった。人間というのは用いる言葉の内容をちょっと変えると、同じ方向性を持っている人でも違うことが言えてしまうような、はかないところがあるのじゃないか。政治行動というのはどうもそういうふうにしてできる範囲が相当あるのじゃないか。俺はどうもそういうのにはついていけない。そういう感じ方が僕にはあった。

谷川　さっきの科学の話に戻るんだけれど、科学というのは日常生活に必要な道具であるとか、快適な環境をつくるものである以上に、僕にとっては一種の認識論として興味があるんだ。分子生物学にしても不確定性原理みたいなものにしても、素人向きの本を読むだけだけれども、そういうものへの好奇心だけは一貫して持ってきたような気がする。自分が破壊される方向に行こうが、あるいはそうじゃない方向に行こうがちっともかまわないみたいな好奇心であってさ、自分はなぜこの星の上にいるのかという子供のころからの好奇心に対して、科学というものがつねに或る断片的な新しい答を与えつづけてくれる。そういうことはとても面白い。

その面白い、楽しいということが、俺にとって重大な価値なんだ。詩というものもおそらく面白さとか楽しさと強く結びついているもので、いまはもう俺は、詩は一種のディヴェルティスマンだろうと究極的には考えている。それが或る時代状況に対するプロテストであっても、それが意味の上でプロテストであるよりも先に、その詩を読んだり聞いたりしたときにやっぱり面白くあってほしいということがつねに先行している。そういう詩の価値の置き方という点では、あなたが言葉を豊かにして付け加えていくというのと、そう隔りがないのじゃないかな。

大岡　そうね。僕は君ほどに明確に科学への好奇心とか関心を持っているとは思えないけれども、しかし人間を考える上でも、この地球という星のことを考える上でも、いちばん頼りになるのは科学だということがあるよね。

僕は旧制高校のころはパスカルをわりと読んでいたんだ。当時はよくわからなかったけれど、読み返してみるとパスカルという人には、地球がかりに滅びてもいいくらいに科学的な思考方法の論理性を貫きたいという、或る種の悪魔的な素質があって、にもかかわらずそういう人間の知性の果てまで突きつめていっても宇宙は何も答えてくれないという絶望がある。それがいま読んでみてパスカルのすごい魅力なんだけど、高等学校のころからなにか後ろ髪をひかれるような形での科学的なものへの関心が、パスカルなんかを介して、そういう形で残っているわけです。

それで例えば量子力学の観点から見れば、人間だけではなく地上にありとあらゆるものが、われわれが見ているのとまるで違うような風景として捉えられるということにも関心があるんだけどね。だけど僕がどうしても捨て切れないのは、言葉というものがもうすこし粘り気のあるものだという感覚なんだ。科学的な思考というものにのめり込む以前に、自分を網の目のように取巻いている言葉が自分の足を引っぱっているというか。言葉だって科学と関係があるとは言えるけれども、どうも僕は、言葉というのは科学的思考の到達するような遠いところまでは行かないで、もう少し人間の周辺で何か営んでいるものだという気がする。そして、そういうところで自分が日ごろ呼吸しているってことの宿命みたいなものを感じてしまうんだ。だから、人類はどうせ終末を迎えるけれども、それまでのあいだは自分に可能なかぎり言葉というものと付き合ってみたい。そういう気持なんだ。

谷川　それはよくわかるんだけど、あなたがいうネバネバした言葉の奥底にある、例えば人間の意識下の世界を、フロイトとかユングという人たちが或る程度まで明確に言語化していて、それがまた僕には面白い。そこでもおそらく二人の資質の違いが現われるんだろうけれども、僕が歴史とか社会から離れたところで生きてこられたというのは、逆に言うと僕にはいつも「現在ただいま」というのが面白かったということがあるわけね。例えば天気のいい日だと、太陽に肌をさらして車を運転しているだけで、過去も未来も一切要らない。いまだけで結構ですという一種の自己中心的な満足感というものがある。だから科学が到達したものに関しても、ユングならユングを読むと、そこで或る程度まで明確にされた自分の意識下というものが、現在ただいまにおいて面白い。そういうことが自分の詩を書くエネルギーの源になってきたところがあるんだな。

現在ただいまに自足しているということは、状態としては非常に割り切れた状態なわけね。つまり過去を切り未来を切り、もしかすると家族まで切っているかもしれないみたいな、非常に切断された状態であって、だから自分の詩においても、そういう割り切れた状況をつくりたいというところがある。そのために、曖昧なものをできるだけ大きく言葉でつかみとりたいという欲望がつねにあるにもかかわらず、いざ言葉でつかみとると、むしろ割り切れたものになってしまう。

大岡　それは、君の最近の詩集『定義』と『夜中に台所でぼくはきみに話しかけたかった』の二冊の問題でもあるね。一見するとまるで違うタイプの詩集だけれど、両方に共通している根本の問題があるんだよね。

一の章　谷川俊太郎を読む

大岡　去年の秋、谷川が『定義』という詩集と『夜中に台所でぼくはきみに話しかけたかった』という詩集を、二冊同時に別々の出版社から出した。一見非常に違うタイプの詩集、ということは意識的に二つに分けて書かれた詩集ということだけれど、そういう二冊の詩集を同時に出版したことの意味は何なのか。いろいろ考えられると思うけれども、一つには詩を書くということは何なのか、いかなる理由と必然にもとづくものなのか、そういうことに関していわば自分自身に疑問符をつけてみる、そしてそれを鮮明に問題化するために二つの異った書き方をした詩集を同時に出してみるということ、つまり自分自身を実験台に置くという気持が相当あるのじゃないかと思うのだけれども、それはどうですか。

谷川　あのね、「実験」というと、実験以後の成果を予想するとか、あるいはそのためにまず何かをしてみるというニュアンスがあるけれども、あの二冊の出版は自分にとってはもうすこしのっぴきならないものであって、実験的とは自分では考えられないような或る必然性があったわけ。

もちろんはじめから二冊を同時に出版するという考え方で二つの系列の詩を書きはじめたわけではなくて、『定義』の系列のものも『夜中に台所で……』の系列のものも、そのはじめになるようなのはずいぶん昔から書いている。十年とかそれ以上前に、自分でも意識しないうちに生まれていたんだ。それが、それぞれ或る別の時期に、それぞれこういう方法で一群の詩を書きたいと自覚的に考えるようになった。『夜中に……』のほうは直接的には表題の詩篇を書いたときなんだけどね。

僕はこの二冊に限らず、異なった系列の詩を並行して書いていることが多いんだ。最初に詩を書きはじめて、それが『二十億光年の孤独』という詩集になるかならないかのときにも、生活を独立させるためだけれども、マスコミの注文でラジオ歌謡的な作詞の仕事を並行して書いていた。その二系列を自覚的に並行させたわけではないけれども、出発からすでに、ただ一つの自分のスタイルを守っていくということはなかった。その後も週刊誌とか女性雑誌とかのマス・メディアで書く原稿料を稼げるような詩と、詩の雑誌に書くような詩と、大ざっぱに言って二つの系列がつねにあったわけで、そういうものをメディアによって書き分けながら、同時に自分のなかでどうにかしてこれを一貫したものとして捉えようとしたし、自分では捉えているつもりであるということで、ずっとやってきた。

また、いわゆる詩の雑誌に載せるような詩、つまり自分にとって中心の詩、しかも自分にとって先端的な課題である詩の場合でも、僕の場合には詩集によって変化してきていると思う。『二十億光年の孤独』と『六十二のソネット』は相当違ったものだと思うし、『愛について』はまた違う。そのあとの『21』もはっきり違う。それが僕の場合にはまず方法的な自覚があって新しいスタイルで書きはじめるのではなくて、端的に言うとそれまでの書き方に飽きるわけよ。或る書き方で或る程度書いていくと、必ず自分のなかの一種の批評精神といってもいい内心の声が、こんなことを続けていたってしようがないじゃないかと、ささやきかけてくる。なにか違う声で語りたいということが、自分ではどうしようもなく出てくる。そういうものが潜在的に出てきたときに、そこで詩の書き方が変っていくということを、僕はほかの詩人に比べて極端な形で繰り返してきたような気がする。

大岡　うん、うん。

谷川　『定義』と『夜中に……』の二冊についても、時期的に多少のずれはあるけれども、或る時点で非常に自覚的に、あ、俺は二つの違う系列の詩を書いているなってことを感じ、それは同時に不安でもあった。つまり僕には詩に限らず文学というのは作家が一つの自分の文体というものを一本の木を成長させるみたいに成長させていくもので、それが作家の成熟の仕方だという観念があるものだから、それが二つに分れていることに不安感があるわけね。しかし自分ではそうせざるを得ないし、二つのどちらかをとって片方を捨てるということができない。それまでは変化はしたけれども、一冊の詩集が終ると次の書き方で次の詩集へというふうに、時間的に直列につながってきたのが、このへんで並行してきてしまって、実はちょっと困った。（笑）それで、自分はこれでいいのかということを、思い切って出版の形ではっきり疑問として提出してみたい。それがいちばんの理由だった。だから僕としては、同じ一人の作家が相当違ったスタイルの詩を同時に並行して書いて、それを同時に二冊の詩集として出すことがどう評価されるのか、あるいは否定されるのか、という気持が強かったと思うな。

大岡　「批評の生理」をいわば臨床例として出すために、いまから谷川の二冊の詩集について話をするのですけどね。うまくいけば、『定義』と『夜中に……』がまるで違うスタイルであるけれども、表現された言語の世界として非常に共通の問題もあるということを、なんとか浮彫りにできればいいいと思っているんだ。

僕は昔からだれかについて批評をするときには、個々の作品を論じながら、それを書いた人の最も恒常的な要素に何とか到達できれば、それで満足だという気持がある。だから、これはいいとか悪いとかの断定を下して、断罪するとか賞めあげるとかよりは、その人の持っている或る恒常的な要素とか傾向を洗い出すということであって、もしそれがないと、或る人の作品について考えていくという僕の思考の行為に根拠がなくなってしまう。こういうやり方が批評なのかどうかということも問題だけれども、僕はやっぱりそういうものは必要だと思っているし、いままでそのつもりで批評を書いてきた。

谷川俊太郎については短いものも含めれば、僕はこれまで何度も言及しているけれども、そのたびに、『二十億光年の孤独』の谷川俊太郎と『六十二のソネット』の谷川俊太郎とが一見変ったように見えながら、その底にある恒常的な谷川俊太郎はこうである、こうだと思う、ということに、いちばん興味があったわけだ。そういう観点からすると、今度の二冊の詩集はとくに面白い問題をもっているね。つまり、そこに恒常的な要素を指摘することが難しくなっているから。

というのは、昔の谷川の詩の場合には、詩の向う側に谷川俊太郎という、何歳ぐらいの、どういう環境のなかの、どういう生身を持った人間が、どういう方向へ向いていま動こうとしているかというふうな、そういう感じ方で受け取れるものがあった。ところがこの二つの詩集では、谷川俊太郎という人の存在性が作者自身によって消されていって、非常に意識的に言語体系に化してしまおうとする詩人、という形で抽象化されていく方向に来ている。つまり自分自身を言葉そのものにしてしまおうとする欲望が激しく出ていると言っていいような詩集だと思うんだ。『夜中に……』のほうは一見わりと日常生活的な要素をいっぱい使ってあるのだけれども、やはり、どうもそういう気がするんだな。そういうものについて、また言葉で語るということはとても難しいのですけど、具体的にこの行はこう読みとれるという仕方で、いくつかの作品について見てみましょう。

「メートル原器に関する引用」

大岡　まず『定義』という詩集の最初には「メートル原器に関する引用」という、平凡社の『世界大百科事典』に出ている、メートル原器に関する記述の引用だけで成り立っている作品がある。

メートル原器に関する引用

メートル原器は白金約九〇パーセント、イリジウム約一〇パーセントの合金でつくられており、その形状はトレスカ断面と呼ばれるX形に似た断面をもつ全長約一〇二センチの棒であって、この両端附近の中立面を一部楕円形にみがき、ここに各三本の平行な細線が刻んである。一メートルは、パリ郊外の国際度量衡局に保管されている国際メートル原器（一八八五年の地金製）が標準大気圧、摂氏零度で、五七二ミリ離れて平行に置かれた、直径が少なくとも一センチのローラーで均斉にささえられたときの、中央の目盛線の間の長さと定められていた。日本のメートル原器はこれと同時につくられたナンバー二二で、その長さは一九二〇年〜二二年に行われた定期比較で一メートルマイナス〇・七八ミクロンという値が与えられていたが、日本は一九六一年計量法を改正してメートルを光の波長で定義したので、メートル原器はその任務を終っている。

＊平凡社刊・世界大百科事典による

大岡　作者による若干の改変はあるようですけれども、『定義』という詩集を出すときに、最も無味乾燥で正確無比な定義としてメートル原器の定義を思いつくところが、実に谷川俊太郎らしい。詩人の頭脳というのは感情の領域に触手を伸ばしていく思考方法が優勢な頭脳であると一般的に言えるとすれば、これは明らかにそういうものに対する挑戦状であり、なおかつそれを実にうまくやってのけている。『定義』という詩集をまず「メートル原器に関する引用」で始めたというところに、この詩集全体によって、言わばメートル原器の定義と同じくらいの無駄のない正確さをめざして、日常生活万般に関する定義をやってみようという作者の意図が語られている。だからこれは無味乾燥な定義に見えるけれども、同時に作者の激しい自己主張でもある、と読んだんだ。

「そのものの名を呼ばぬ事に関する記述」及びフェルメールの絵のこと

大岡　そのあとに続く作品からまず一つ選ぶと、「そのものの名を呼ばぬ事に関する記述」というのがある。これはハリスのガムの包み紙一枚を、そのものの名を呼ばないことを自分自身に命じて、言語によってそれを記述していく。描写とか定義じゃなくて、これはやっぱり記述しているわけだね。

そのものの名を呼ばぬ事に関する記述

その上縁は鋸歯状をなしていて、おそらく鋭利な工具によって切断されたものに違いない。その下縁は今、向う側に折れ曲った状態で私の視線の届かぬ所にあるけれど、その形態が上縁同様である事はほぼ確実に想像できる。左右の縁は上下の縁と直角の直線に切断されていて、こう記述した事により私はそのものの形状を、大きさと質感以外の面から明白にしたと言える。

大きさについては、物指を用いて簡単に規定する事が可能だが、インチ或いはセンチメートル等の単位はもとより相対的なものに過ぎない。私はむしろより正確に、その長いほうの二辺（即ち上縁及び下縁）は、私の手の人差指の長さの約一・二倍、短いほうの二辺は、それよりも短いと推測し得ると書きとめる。

もちろん今在る位置から取り上げて測定すれば、もっと精密な表現が許されようが、そのものは私にとって不可触である。言語によってそのものを記述する行為に、或るささやかな聖性を与えたいと望んでいて、私は一種の禁欲を自らに課さざるを得ないと感じている。

さて限定された視覚のみによる判断では、それは銀色に輝く極く薄い物質である。表面は平滑ではなく、いわらして、それは見かけ上、或る種の紙であると結論する事ができよう。過去の経験に照ゆる梨地状をしていて、そこにはＨＡＲＩＳという文字群による一種の地紋が認められる。

そのものの固有の名前を私はもとより熟知している。その名をあえてここに記さぬのは韜晦からではない。それこそが一篇の主題であるからに他ならない。そのものが偶然に（故に既に必然的に）私の目前に存在しているその因果についても、私は述べない。それはまたおのずからこの記述とは別の主題、別の方法を要請するであろうから。

大岡　「その上縁は鋸歯状をなしていて」うんぬんと、目に見えるものを正確に記述するという態度で出発し、続いてそのものの大きさについて、一般公共の場で承認されているインチとかセンチメートルという単位では記述が正確にできないという困難を感じたがために、より正確には「私の手の人差指の長さの約一・二倍」というふうに記述している。

次に、とくに問題の一連がくる。「もちろん今在る位置から……得ないと感じている」の一連だけど、ここに谷川が『定義』という詩集全体を作ろうとした動機に触れる記述があるわけですね。「そのものは私にとって不可触である」と言い切っているんだけれども、現実には目の前にあるガムの紙であって、手を伸ばせばさわれる。ではなぜ、さわることができないかと言えば、それは手を伸ばさないからで、作者は手の代りに言語でそのものにさわろうとしている。つまり「言語によってそのものを記述する行為に、或るささやかな聖性を与えたい」と思っているからなんだね。しかし作者がなぜそういう欲望を持つに至ったのか。なぜ谷川俊太郎はガムの包み紙なんてものを、こうやって言語で書かなければならないのか。それに関わる記述が、この詩の最後の一連に出ていると僕は思う。「そのものが偶然に（故に既に必然的に）私の目の前に存在している」というのは、言いかえるとそのものが作者自身の意思を離れてそこにある、ということだろうね。作者自身の意思とか意識によって汚染されずに存在している、つまり作者の側からの意味づけによっては条件づけられていない、そういう存在こそ、詩人自身の言語によってこの世界に存在させるにふさわしいものだ。自分の意識と関係なく存在しているものを自分自身の言語によって記述することで、そのものは言語的存在としてはじめてそこに存在することになる。そういうものこそが自分の記述にふさわしい存在である、という考え方ないし決意がここにあると思う。

なぜそう言えるかというと、作者はそうすることによって、自分自身の言語をも未知の存在のごとくに扱うことができるからでしょう。自分自身のつねに持っているはずの言語を、全く偶然に目の前に現れたものをはじめて記述するのだというところへ追い込むことで、自分自身の言語をもその場ではじめて生まれた未知のものというところへ追い込むことができる。そういう形で、作者は自分自身をいわば救い出そうという欲望を持っているのじゃないか。そういうふうにして、眼前にあるものを、公共の財産としての意味体系からはみ出し洗い出されたものとして、新たに言語として捉え直すこと、それが同時に、自分が詩を書くこと、つまり言語をはじめて用いる人のように用いるという行為にとって、最も望ましいことである。したがって、眼前の「もの」は、「故に既に必然的に」存在しているものであった、ということになる。

結局、作者はどういう形であれ言語からは逃れられないという条件を背負っているのだけれども、既成の言語体系からはなんとかして逃れたいと思っている。そのためには記述されるものは自分がいまだかつて出会ったことのないような存在であることが望ましい。しかし普通の状態ではそれはあり得ない。だから逆にふだん見慣れているものを、自分がそれに対して言葉を持たないものであるかのように見る、そういう位置に自分を置いて見直してみる。そうすると、そのものは初め全く偶然的にそこにあるように見える。しかしながらそれを記述するということの根本にある、言語をつねに最も新鮮な状態で使いたいという意思からすれば、これこそまさに必然的な存在であり、だからそういう存在として捉えていく。そうだとすると、この詩は非常に冷静に書かれているけれども、実は谷川俊太郎におけるたいへん深い欲望、あるいは夢、つまり物と自分自身とを言語によってつなぎとめたいという夢を語っている詩であると、僕は思うわけよ。

谷川　うん……

大岡　だから、そのものがハリスのガムの包み紙でなくて、コップであっても何であってもいいのだけれど、自分自身とほかのものとを関係づける関係的な存在としての言語というものを、いわば別の言語として、その別の言語による記述を通じて別のものになってしまった或るものを、別の捉え方で捉えていくというふうな、非常に強い期待がこの詩にはあるのだろうと思うのです。

　言語でものを捉えていく場合、二つの極端な行き方がある。一つは言語をめちゃくちゃに豊富に使うことで、もう一つは沈黙すれすれにまで持っていくことです。その場合谷川は沈黙へ向かおうとする傾向が強いのだね。君のそういう、言語の一極限状況へ傾く傾向を露骨に出しているのが、実はもう一冊の詩集『夜中に台所でぼくはきみに話しかけたかった』であると僕は考えている。『定義』のほうは、そういう傾向を持っている人間が、にもかかわらずなんとかして言語によって世界と自分自身とを関係づけようと、言語をできる限り恣意的な用法でなく使いながら、或る正確なつなぎ方の鎖をつくっていって、物にまで接触していこうとしている。そういうものがこの詩集だろうと思うわけです。

　ところがもう一つの問題点がある。それは最後の二行、「……その因果についても、私は述べない。それはまたおのずからこの記述とは別の主題、別の方法を要請するであろうから。」というところだけれど、ここには谷川俊太郎における一種の人のよさというか気の弱さというか、そういうものが出ているとと思う。つまり別の主題、別の方法ということを想定しながら、なおかつ一つの「そのものの名を呼ばぬ事に関する記述」という詩を書いているわけで、そこのところがちょっとわからないというか、ここまで来てオヤッと思わされる。

谷川　すごいな。難しくなってきたよ。（笑）僕にとっては『定義』にはいくつかのネタがあるんですよ。一つはフェルメールという画家の絵で、一つは森有正さんの文章に出てくる「定義」という言葉の使い方。森さんのはたぶんアランとも結びついたもので、森さんが亡くなる前に訳しかけていたアランの『定義集』の断片。それからもう一つは、例えば森鷗外とか大岡昇平とかの正確な散文に対する僕の憧れみたいなもの。

なかでもいちばん大きいのが、フェルメール体験なんだ。十年ほど前にはじめてヨーロッパに行ったときに、パリでフェルメールの大回顧展にぶつかって、とにかくたいへんな衝撃を受けた。その前にも名前ぐらいは知っていて、印刷物で「黄色いターバンの女」なんて絵は知っていたけれども、そのときはそんなに大した画家とは思っていなかった。それが実物を前にして、複製では伝わらないものをこれほど伝えてくる画家は、ほかには僕は考えられなかった。フェルメールの絵から受けたものを言葉にするのは非常に困難なんだけれども、簡単に言えば、目に見えるとおりのものを目に見えるとおりに描くことのすごさだと思うのね。

「目に見えるとおりのもの」とは何かってことになると哲学的な迷路に陥るけれども、フェルメールの絵の前に立つと、これはどうしてもほんとに目に見えるとおりに描かれているって、まず思う。ところが近づいて細部を見ると、細部は決して目に見えるとおりには描かれていないんだね。顆粒状の光が点々と描いてあって、それが或る距離をおいて見ると、例えばビロードの肌ざわりを表現している。

だから、単純に目に見えるとおりを描けば目に見えるとおりに見えるかというと、決してそうじゃない。目に見えるとおりに描くためには或るはっきりした技術があって、しかも或る種の想像力を拒絶することじゃなくて、やっぱり想像力が関与しなければ描けない。

なにより強く感じたことは、フェルメールみたいに絵が描けたら、その主題は結局なんでもいいんだということです。ゴミであろうがコップであろうが、世の中のありとあらゆるものは、もしフェルメールが描けば永遠のものとして存在するようになるだろう。それを直感したわけ。僕のなかには前から、自分の想像とか幻想のなかのものじゃなくて、実際の肉感的な日常的な視覚に見えているものの不思議さという観念があって、だからフェルメールを見る前にすでに『定義』に収めたような詩も書いていたわけだけれども、そういう自分の感じ方がフェルメールによってはっきり自覚できた。フェルメールは絵画というメディアによって、そのものを定義している。そういうふうに一つの現実に存在するものを極限まで見つめることが、僕にとっては詩なんだ。そのものをほんとに正確に表現できるとすれば、それはそのままで詩になるのじゃないか。それを言葉でやる場合には、たぶん或るものの定義という形になるのじゃないか。それは描写とは違うものだ。「描写」というのは無限に拡散していくものだし、そのときの状態で主観的に変っていくものだけれども、「定義」というのはそういう作者の恣意ではなくできるはずのものだ、と。

だから僕はこの詩集の途中までは、大真面目にほんとに定義しようと思っていたわけよ。もしかすると一つのものを定義するためには、数学の公式と同じように、唯一の言葉のつながりがあり得るのじゃないかという幻想を抱いていた。ところが現実に書き出すと、そういう考え方は裏切られていくわけですよ。唯一の客観的で正確無比な定義をしてやろうとしても、実際に始めてみるとほかにいくらでも定義のしようがあるんだってことに、気づかざるを得ない。困って森有正さんの本を読み返すと、定義は無数にある、ただし定義されるものは一つである、というような殺し文句が書いてあるわけよね。だからあなたがオヤッと思った最後の二行というのは、これはこれで一つの主題を選び一つの方法でもって試みに定義してみたのであるという、僕自身のそういう考え方が入っているんだな。極端にいえば、僕は『定義』という詩集は結局、定義のパロディーだといまは思っているし、「メートル原器に関する引用」を最初に置いたのも、それによって、この詩集は一種のパロディーであるってことも言いたかったようなところがあるわけなんだ。こういう擬似科学的な記述が詩になり得る可能性をもっている、そんな妙な言語状況がいまわれわれをとりまいているってことね。

ただ、偶然と必然のつながりに関しては、僕のなかでは単純に、偶然生成したものがいまの世の中に存在したら、それはもう必然になっているんだという観念があるのですよ。人間がアメーバから偶然に進化してできてきても、それがいまこういう状態で現実にあるならば、それは必然と呼んでもいいのだと。だから偶然と必然の区別が、いかにも日本人的なんだけれども、僕にはあんまりなくて、詩のなかで括弧して入れている「故に既に必然的に」というのも、偶然ということの僕なりの補足にすぎないんだよ。

ただ、そうは言っても、あなたが言ったように、言語によって自分と物とのつながりをつくるということは最初から強く意識してきたことであって、この詩を書いていてつねに物および言語というものが主題になっていることはたしかだな。こういう書き方でやると、物を主題にすることと言語を主題にすることの区別がもうつかない。物に正確につこうとすればするほど、言語の拡散性、不正確性みたいなものが働き出して、それをどこかで一種つじつまを合せて行って完結した一篇にしなければいけないってことが、つねに無意識の計算としてある。そこのところで僕の資質が出てきてしまう。つまり、それを迷路のなかへ拡散していくことは避けて、どこかでまとまりをつけて、なにかを切り捨てて形にするという意識がいつも働いてしまうんだ。

大岡　それははっきりした、谷川俊太郎の一つの特性だな。

谷川　そうです。だから絵でもフェルメールのような明確な形象を持ったもののほうに強く惹かれて、例えば現代の抽象絵画はそれに比べると自分に対して迫ってくる力が弱い。そういうこととつながっていると思う。

　それからこの詩の「不可触」ということだけれど、現実にさわるということも、実は「さわった」とか「ざらざらしている」とか、結局は言語が媒介になっている以上、ほんとにさわっているかどうかよくわからないんだという観念が僕のなかにある。だから現実には実際にチューインガムを食べるときにその紙をまるめて捨てるわけだけれども、それは言語を媒介にしない日常的な行為であって、そこから一歩出てそれを言語によって表現しようとすれば、すべてのものは不可触になる。そういう意識があるんだな。

大岡　僕は「この不可触である」を命令形を含んだものと受け取っているわけよ。なぜかというと、次に続く記述で自分に禁欲を課すというのは、言いかえると自分に対しての命令だよね。つまり、このものはさわれるけれどもさわってはいけないんだという命令として、この「不可触」が読みとれる。

谷川　ああそうか。僕としては現実にそれにさわるなと言っているのではなくて、それを言語を媒介として捉えることを命令しているわけだ。そこには僕にとってはちょっと区別がある。命令形なんだけれども、あくまで俺は言葉でこれを捉えようとしているんだぞ、という形の命令なんだな。

大岡　それはだから最初から、言葉で捉えることが前提になっているわけだよ。ところが僕の読み方は、言葉によって捉えるということをまず意思することから始まっている。それは谷川と僕の言語に対する対し方の違いでもあるんだね。君の場合にはフェルメールの話もそうだけれど、或る非常に明確なものに無条件にパッと惹かれて、そこから出発する。僕の場合には、僕もフェルメールを見て足が震えるくらいだったんだけれども、それは、ちょっと大げさな言い方だけど、こんな絵があっていいものかっていう衝撃なんだ。

谷川　なるほどね。僕にとってはフェルメールの絵というのは限りなく自分の日常的な現実に近づいている絵なんだね。だから戦慄するわけであって、そこに自分が捉えられない奇跡であるとか、その奥にあるわけのわからないものを感じるというのとは、ちょっと違う。

極端なことを言うと、フェルメールの絵を見た以上は、その絵を見たことによって自分の日常的な現実を見る目が変っちゃっていいんだみたいなさ、そういうところがちょっとある。そういう目で見れば、フェルメールの絵がなくても、現実の品物を見ているだけでいいというふうな、そんな感じがあるね。

大岡　フェルメールの絵がどうしてあれだけ、現実とはこういうものだという感じを与えるのかと考えてみると、君が言ったように構造が決して現実そのものではないからなんだね。どの絵を見ても垂直線の構造が非常にはっきりしている。例えば女が垂直に立っていて、それに対して家具やなんかが水平線を実に明確にぶっつけているでしょう。そういうふうに作者が構成していって、そしてあれほどにも現実そのものに見えるように作っていった、そういう意思の力みたいなものを、僕なんかは見ていて徐々に感じてしまう。はじめはもうほんとにびっくりして目が吸いよせられていくのだけれども、そこからもう一回戻って、構造はどうなっているのかと考えていくんだね、僕の場合には。

谷川　僕はどうもそういうふうには心が動かなくて、あくまでもそこに現実の木の葉一枚を見るのと同じように絵を見ている。人間的な関心はあんまり働かない。しかし、フェルメールの絵は六十分の一秒とかで撮った写真とは違って、画家が何日も何十日もかけて作っているものだということはわかっていて、自分の詩でも或る言葉数を尽さなければ書けないんだということは、はっきりしている。だから「ハリスの外側の紙」としか言わない言い方を避けて、あたかも宇宙人がはじめて地球に来て、ハリスのガムの紙を見たかのように書く。これはやっぱり、フェルメールが踏んだ手続を僕が無意識につかんでいるからだろうとは思うのね。

「鋏」及び自明なるもののこと

大岡　次に「鋏」という詩を取りあげてみたいんだ。鋏がまず机の上にある、自分に見えている。自分はこれをどういう形で使うこともできる。つまりいろいろな使い方が可能であるということが書かれて、次に「これは錆びつつある…鈍りつつある…古くさくなりつつあるもの」つまり時間のなかで存在しているものであって、やがては「無限定な運命に帰る」ことも想像できる――この鋏はいま机の上でそういう時間を語っているものだと言ったあとで、「誰に向かってでもなく冷く無言で、まるでそうはしていないかのようにそうしているものである。」というのが来る。これはもう谷川俊太郎の独壇場で、実にうまいもんだ。この詩は鋏の記述なんだけれども、記述というものにどうしようもなくそのひと個人のスタイルがあるということを、歴然と証拠だてるものだね。

鋏

これは今、机の上で私の眼に見えている。これを今、私はとりあげることができる。これで今、私は紙を人の形に切ることができる。これで今、私は髪を丸坊主に刈ってしまうことすらできるかもしれない。もちろんこれで人を殺す可能性を除いての話だが。

けれどこれはまた、錆びつつあるものである、鈍りつつあるものである、古くさくなりつつあるものである。まだ役立つけれど、やがて捨てられるだろう。チリの鉱石から造られたのか、クルップの指が触れたのか、そんなことをもはや知る術はないにしても、これがいつかはまたかつてそうであったように人間のフォルムから脱して、もっと無限定な運命に帰ることは想像に難くない。これは今、机の上で、そういう時間を語っているものである。誰に向かってでもなく冷く無言で、まるでそうはしていないかのようにそうしているものである。自らに役立てようと人はこれを造ったのだが、役立つより先に、これはこうしてここにどうしようもなく在ってしまった。これは鋏としか呼べぬものではない。これは既に他の無数の名をもってるのだ。私がそれらの名でこれを呼ばぬのは、単に習慣にすぎないというよりも、むしろ自衛のためではあるまいか。

何故ならこれは、このように在るものは、私から言葉を抽き出す力をもっていて、私は言葉の糸によってほぐされてゆき、いつかこれよりもずっと稀薄な存在になりかねぬ危険に、常にさらされているからだ。

大岡　さらに、この鋏というのは人間が自分に役立てようと思って作ったものだけれども、そういう人間の用途に役立つ以前に「これはこうしてここにどうしようもなく在ってしまった。」という在り方で捉えられている。したがって「これは鋏としか呼べぬものではない。これは既に他の無数の名をもってるのだ。私がそれらの名でこれを呼ばぬのは、単に習慣にすぎないというよりも、むしろ自衛のためではあるまいか。」——なぜなら、このものについて言葉を費していくと、自分が言葉の糸によってほぐされてしまって、いつかこの鋏という存在よりもずっと稀薄な存在になりかねない。そういう危険にさらされているから、私はこれを単に鋏という名前でしか呼ばないのだと、自己限定をしているわけです。

最後の部分の「私は言葉の糸によってほぐされてゆき」というところだけれど、私がほぐされるということから直ちに稀薄な存在になりかねぬ危険へと論理が展開するところがとくに谷川的だと思う。ほぐされてどんどん自分が伸びていって薄くなってしまうというイメージの展開があって、読んだ読者はスッとそれを納得する。しかし考え直してみると、ほぐされるから稀薄な存在になると直ちに言えるかどうか。むしろ、言葉において私はかえって無限に豊かになっていくということも、同じ理由によって言えるのではないか。

谷川 それは実に大岡的な読み方だな。

大岡 つまり、こういう叙述の仕方と逆方向へ向って別の叙述があり得る。しかし、この詩ではその方向は隠されていて、そのため詩として見事な決り方をしているのだけれども、逆に言うと形がきれいにできているために実は散文的な方向には行けない文章なんだね。正確な散文を意図するときには、この詩のあとに別の叙述が要るのじゃないか。つまり、自分は言葉の糸によってほぐされ、自分のなかから無限に糸が出ていってしまって無になるかもしれないけれども、無になったと思った瞬間、実は自分からほぐされて出て行った糸によって逆に自分が十重二十重に囲まれているという意味では、稀薄ではなくて濃縮された存在になっているとも言えるのではないか。そういうふうに記述していけば、正確な散文になるよね。

谷川 そこは比喩に潜むイメージの微妙な違いもあると思うんだけど、それより僕のなかには、鋏に限らず何でもいい、一つのものを本当に唯一の定義で定義できれば、それは結局全世界を定義することに等しいのじゃないかということが、まず前提としてあるわけ。一つのものというのはわれわれの世界に存在している他のすべてのものと結びついているからだと思うのよ。

鋏で言えば、それは鉄鉱石から作られ、その鉄鉱石をめぐってクルップのような企業とか国家権力とか、あるいは戦争やそれによる社会状況が当然含まれているわけだし、鉄器を造るに至った人間の歴史すべてが含まれている。鋏で髪を切ったり人を殺したりできることから、床屋にも殺人にも連想が行き、その床屋からさらに無限に連想が行ってしまう。つまり或る一語からの連想は完全に無限であって、それは要するに世界が無限であるという意味での無限だという前提がまずある。そうすると、ほかの名で呼ぶということは、僕にとっては、鋏をそういうふうに世界中のあらゆるものと結びつけていくことであるわけです。しかしそれは不可能だ。言葉はつねに或る限定によって成り立っているものであって、もし永遠に向って無限定に進んでいくならばもはや言葉として存在できなくなる。だから、ほかの名で呼びたくないのです。ほかの名で呼びだしたらきりがなくて、結局自分は詩人にもなんにもなれなくて、一生たわごとを書きつらねて死ぬだけのものになってしまう。というのが、僕にとっての危険なわけですよ。

大岡の言うように、もしほぐされていった糸が自分の外で一つのマリかなんかになり、豊かなものになるとしても、それはやっぱりどこかで限定されるはずだ。限定された以上は、やっぱりそれは或る名で呼んでいることでしかなくて、鋏以外のすべての名で呼んでいることではないのだ、というのが僕の論理なんだな。

大岡　一つのものは全世界につながっているという観念そのものが、承認されるかどうかという問題があるよね。

谷川　うん、そうだな。それは俺にとっては自明の理だと思えているけれどもさ。

大岡　谷川にはそれがあるからこういう詩が書ける。だけどそれを自明の理と言ってしまうと、批評は行きどまりにぶつかってしまうね。批評のほうにも、それじゃそこから先には私は付きあえませんという言い分が出てくる。そうするとどうなるか。谷川俊太郎のこの詩はただ単に二ページにわたる言葉の連鎖にすぎないという意図的な悪意ある批評が出てくる。（笑）どうもこうしてみると、批評というのはそういう最初の問題を曖昧にしたまま出発することが、たぶん多いんじゃないかね。

つまり、自明だということは非常に難しい問題で、僕は高等学校ではじめてデカルトを習ったときに、「明晰（clair）にして判明（évident）なるものがある」というテーゼが出てきて、世の中には「これは自明だ」と言わなきゃならないことがあるということを教えられた。僕にとっては大きな精神的事件だった。有名な「われ考える、ゆえにわれあり」というのは、いろんなことを疑ってみても、疑っている自分だけは疑えないということですね。デカルトの系譜を引くアランとかヴァレリーなんかも、疑っている自分だけは明晰にして判明にそこにあるものという前提に立っていると思う。

ヴァレリーの『詩学序説』を訳したことがあるのだけれども、彼は例えば、精神の作品ということをよく言う。その場合に、精神そのものは無秩序で曖昧模糊とした動きをするものだと見ている。しかし精神はそういう自分自身に逆らって、全く動かしがたく必然的に構築されるものをつくっていこうとする、そういうのが精神の作品というものだ、という考え方なんです。例えば詩を書くときに、詩人は動かしがたい言葉を求める。それは精神が動かしがたい言葉を求めるからだ。しかし精神そのもののなかを覗いてみると、これは全く限定できず、限定に最も激しく反対するものだ。つまり精神に生産された精神の作品は明確で動かしがたいものであり得るけれども、それを生み出す精神そのものは混沌としている。そういうことをヴァレリーは前提としているのだね。それまで疑うと何にも書けなくなってしまうわけです。

フランス人のものの考え方が明晰だというけれど、明晰なものをつくりだしていく精神そのもののデモニッシュな暗さを前提条件として承認した上で、人工的なカチッとした世界を形づくっているわけだ。君の詩の出来具合と似てるようなところがあるね。僕はどうも昔から、その混沌としたもののほうはどうなっているのかというほうが気になるものだから、明晰なものを形づくるところへはいきにくい。だからデカルトの evident という一語を読み、そういう概念を教えられたときにびっくりした。

谷川　僕は或る種の現実は全く疑わないところがあるな。デカルトふうに言えば、「われは食べる、ゆえにわれあり」「われはウンコする、ゆえにわれあり」みたいなさ。このごろは反デカルト的なものもはやっているらしいけれども、その人たちが何を書いていても、そういうものが出版されているという現実は疑わないとかさ。あるいは世の中は全部夢だという言い方は比喩としてはわかるけれども、事実としてはそれは真ではないという確信があるね。そういうふうに、物を物として信じているところがあって、だから物の見え方があなたの場合とちょっと違っているのじゃないかな。

「不可避な汚物との邂逅」及び言語の自律性のこと

大岡　「不可避な汚物との邂逅」は、道路に落ちている汚物そのものを言葉によって要素に還元するという方法で書かれている見事な詩だね。「路上に放置されているその一塊の物」が汚物であることは読んでいけばわかるのだけれども、その記述の仕方が科学的な記述の仕方に近い。あるいは法律の文章といったらいいか。とにかく路上に放置された汚物がいったん要素に分解されて、それが改めて言語的な組織のなかで再構成されていって、これはたしかに汚物以外の何ものでもないというふうな書き方がされている。面白いのはこの記述を読んでいくと、読者としては汚物の臭いとか手ざわりからは無限に遠ざかっていく。汚物というのがここでは言語の次元で分析され記述されているために、汚物の持つ感覚的な直接性が極端に消去されていく。つまりこの詩では、言葉によって汚物を喚起するということがない。喚起的な言葉の使用法ではないわけです。

不可避な汚物との邂逅

路上に放置されているその一塊の物の由来は正確に知り得ぬが、それを我々は躊躇する事なく汚物と呼ぶだろう。透明な液を伴った粘度の高い顆粒状の物質が白昼の光線に輝き、それが巧妙に模造された蠟細工でない事は、表面に現れては消える微小だが多数の気孔によっても知れる。その臭気は殆ど有毒と感じさせる程に鋭く、咄嗟に目をそむけ鼻を覆う事はたしかにどんな人間にも許されているし、それを取り除く義務は、公共体によって任命された清掃員にすら絶対的とは言い得ぬだろう。けれどそれを存在せぬ物のように偽り、自己の内部にその等価物が、常に生成している事実を無視する事は、衛生無害どころかむしろ忌むべき偽善に他ならぬのであり、ひいては我々の生きる世界の構造の重要な一環を見失わせるに至るだろう。

その物は微視的に見れば、分子の次元にまで解体し、他の有機物と大差ない一物質として科学の用意する目録の中に過不足ない位置を占めるだろうし、巨視的に見れば生物の新陳代謝の、また食物連鎖の一過程として、既に成立している秩序の内部に或る謙虚な機能を有しているとも言い得るだろう。事実そこには何匹かの蛆が生存を始めているし、如何なる先入観もなく判断し得ると仮定すれば、その臭気すら我々の口にする或る種の嗜好物のそれと必ずしも距ってはいないのだ。だが言うまでもなく、それらの見方によって欺かれる程、我々の感覚は流動的ではない。その一塊の物が光にさらされ、風化し、分解し、塵埃となって大気に浮遊し、我々が知らずにそれを呼吸するに至るまでの間は、その存在に我々が一種の畏怖を覚える事は否定できぬ事実であって、そのような形でその物と向いあう人間精神は、その畏怖のうちにこそ、最も解明し難い自らの深部を露わにしていると言えよう。

大岡　言葉は多くの場合、喚起する作用を要請されて用いられている。道にあるウンコのことを書く人は、そのウンコの持っている直接的な汚物性を読者の目に見えるように書けば、それが正確に描写したことであるという暗黙の了解があるわけだ。ところがこの詩はその逆の方向へ行っている。なぜかというと、この詩が根本的に定義するという動機から出た言葉で書かれているからです。

作者はこの詩集全体を通して、言葉を使いながら、しかし言葉の向う側にある物そのものに近づきたいと思っている。ただそれを言語的に近づきたいとしているけれども、なろうことなら言葉が消えてしまって物だけが浮び上がるような状態を欲していると思う。ところがこういう言語活動のエッセンスと言ってもいい定義という方法を使って物に到達しようとすると、物つまり汚物なら汚物がそのものとして持っている臭いとか手ざわりがなくなって汚物でないものになってしまう。言語の彼方に達しようとしながら言語だけの世界に閉じこめられてしまうという自己矛盾があるように思える。

谷川　この詩を僕は大真面目で書いたつもりだったんだ。自動車の運転免許で覚えさせられた法令の奇妙な、しかし一語でも間違うと点を引かれる苛酷な文章というものが意識下にはあったと思うんだけど、とにかくわりと真正面から書いた。ところが田村隆一がこれを読んで、あれは面白いよ、俺はゲラゲラ笑ったよ、と言うわけね。つまり非常にユーモアがあるからよろしいと評価してもらった。自分では全然ユーモアを意識して書かなかったんだけど、結果においてユーモラスになっている。「りんごへの固執」という詩もそうなんだ。これをアメリカで英訳といっしょに朗読したときに、若い学生たちが爆笑した。わりとくそ真面目に書いた言語が、実際にはユーモアに変質していたということがわかって、なるほどそうかって感じがしたな。

あるいは、本当に正確な散文で駅から自分の家までの道順を書こうとしてみると、最後にはどうしてもそれによっては我家に辿りつけない不思議なものになってしまう。そういう言語自身の変質というか自律性みたいなものがある。「壹部限定版詩集〈世界ノ雛型〉目録」という詩の場合もそうなんだ。これは実際は、現実に〈世界ノ雛型〉を物として作ろうとして、そのメモだった。二百部限定で箱入りの雛型をつくるつもりで、例えば国鉄美幸線の切符二百枚とか死亡届二百枚とかを事実あつめてもいた。ところがそれがいつの間にか目録になってきて、そうなったら原子爆弾だとかいろんなものが出てきて、しかも今度はそれを抹消したくなったりする。そこから先は自分でもよくわからない一種の言語の自律性みたいなものに引き回されている感じで、詩が自分の予想を越えたものになっていった。そういう言語それ自身の変質みたいなものが、この詩集にはずいぶん出ていると思う。それで結局、定義はできないのである、これは定義のパロディーである、ということに最終的になってしまった。

大岡　言語と物との関係に関して谷川が実現してしまった、おそらく意図せざるいくつかの現象というのは、「不可避な汚物との邂逅」のような非常に厳密な記述を装って書かれた作品において特に明確に出ているということですね。「りんごへの固執」のような詩は、そこから必然的に出てくる系列の一つだという気がする。

りんごへの固執

紅いということはできない、色ではなくりんごなのだ。丸いということはできない、形ではなくりんごなのだ。酸っぱいということはできない、味ではなくりんごなのだ。高いということはできない、値段ではないりんごなのだ。きれいということはできない、美ではないりんごだ。分類することはできない、植物ではなく、りんごなのだから。

花咲くりんごだ。実るりんご、枝で風に揺れるりんごだ。雨に打たれるりんご、ついばまれるりんご、もぎとられるりんごだ。地に落ちるりんごだ。腐るりんごだ。種子のりんご、芽を吹くりんご。りんごと呼ぶ必要もないりんごだ。りんごでなくてもいいりんご、りんごであってもいいりんご、りんごであろうがなかろうが、ただひとつのりんごはすべてのりんご。

紅玉だ、国光だ、王鈴だ、祝だ、きさきがけだ、べにさきがけだ、一個のりんごだ、三個の五個の一ダースの、七キロのりんご、十二トンのりんご二百万トンのりんごなのだ。生産されるりんご、運搬されるりんごだ。計量され梱包され取引されるりんご。消毒されるりんごだ、消化されるりんごだ、消費されるりんごである、消されるりんごです。りんごだあ！　りんごか？

それだ、そこにあるそれ、そのそれだ。そこのその、籠の中のそれ。テーブルから落下するそれ、画布にうつされるそれ、天火で焼かれるそれなのだ。子どもはそれを手にとり、それをかじる、それだ、その。いくら食べてもいくら腐っても、次から次へと枝々に湧き、きらきらと際限なく店頭にあふれるそれ。何のレプリカ、何時のレプリカ？

答えることはできない、りんごなのだ。問うことはできない、りんごなのだ。語ることはできない、ついにりんごでしかないのだ、いまだに……、

谷川　言語表現を抜きにして物としての汚物を考えてみても、もしそれを分子レヴェルで微視的に見てしまえば、これは汚物じゃなくなるわけですよね。人間のからだの組成と同じただの蛋白質とかなんとかになっちゃう。だから言葉によって見る場合でも、或る人間的な距離というのがあるのじゃないかな。つまり、言葉で顕微鏡みたいにいくらでも微視的になれるし、あるいは望遠鏡みたいにいくらでも巨視的になれる。そしてそのどちらの視点をとっても、そのとき言語というものは或る人間的な手ざわりを失っていく。

そういうところには俺は一種の憧れを持っている。そういうふうに言葉で分解してしまいたい。分解してしまったところで逆に他のものとの関連が出てくるという面白さを少し意識しているようなところがある。だから汚物を臭くなく書こうとは意図しなかったけれども、結果として汚物の臭いや手ざわりを喚起しなかったということで、自分としては成功した作品だという印象があるね。でもそれがはたして詩なのであるかどうかという点は、俺としてはつねに疑問としてあるわけよ。だから『定

義』にも『夜中に……』にも、「詩集」とはどこにも入れていない。おそるおそる「これは詩でしょうか」と差し出しているわけだ。と同時に、詩でなくたってかまわないということでもあるんだ。それが言語の一種の面白さを表わしていれば、別に詩と呼ばれなくたっていいじゃないかと。

「コップを見る苦痛と快楽について」及び想像力のこと

大岡　僕の場合も、「詩」というと何かを創り出す行為という意味が強い。絵を見たり音楽を聞いたりして、そこに詩があると思うときはあるよね。そういう感覚を素直に受けとめれば、何かが創り出されていると感じられるものに出会ったときには、「ここに詩がある」と考えるのが、「詩」の観念としては正しいような気がする。そういう意味では君のこの作品はやっぱり詩だよ。

しかしこの問題は、実は谷川自身が「コップを見る苦痛と快楽について」という詩のなかで、堂々と主張しているんだね。コップを記述し、コップというものの不動性についていろいろ語っているわけだけれども、その最後の一連で、明らかに作者は詩の観念を信じている。あまりにも明晰に自明の存在としてそこに存在しているために、それを描写したり表現したりする言葉がない、そういう存在の仕方をしているものが「詩」であるという主張が明確になされている。

コップを見る苦痛と快楽について

木の卓の上に透明なコップがあり、その中に水が入っている。今、六十燭光の電灯の光は左斜上から射していて、コップの側面の円筒形の硝子の一部に極く淡い虹色のスペクトルを見せているが、それは決してコップとその中の水とを修飾するものではない。

水は渇きを医すために汲まれたものではなくて、おそらく家族の誰かが（多分子供が）何の目的もなく、或いはそれ故に一種の遊びとしてそこに置いたのだろうと思われるのだが、その姿は極めて日常的でありながら、見る者に或る緊張を強いる。その緊張は硝子の質感の暗示する脆さ、又は水のそれの暗示する変容の可能性等からもたらされるものではなく、むしろその反対にそれらの不動性からくるもののように感ぜられる。そのコップとその中の水（と卓の上の柔い影）とは、誰かが手を伸ばせば一瞬のうちに破壊され得るものでありながら、今それがそこに存在してしまった事実は既にどうしようもない。

その不動性は永遠とはいささかの関係ももたぬものでありながら、すべての人間にとってひとつの謎のように立ち現れる。それ故にそれらを描写し表現するいかなる言語もあり得ぬし、それらを画き象るいかなる絵画も彫刻もあり得ない。だがそのために曖昧にならぬばかりかそれはそのためにこそますます明晰なのであり、その余りの明晰の故にそれは見る者を徐々に〈詩〉の観念にすら近づけるのである。そうなのだ、貴方よ、私は今そこに〈詩〉しか見ることができないのだ。余りにも眩く、全く手の届かぬ〈詩〉が無言の私の心を満し、私は遂には焦燥どころか、一種酩酊に似た平安を感ずるに至るのである。

大岡　ただ、「（コップの不動性は）すべての人間にとってひとつの謎のように立ち現れる。それ故にそれらを描写し表現するいかなる言語もあり得ぬし、それらを画き象るいかなる絵画も彫刻もあり得ない。」という主張はいかなる根拠によってなのかな、という疑問があるな。

谷川　これはこの詩集のなかでも最も初期に書いたものなんだよ。いまだったらこういう文脈ではちょっと書かない、もうすこし屈折するはずだと思うけれども、僕は或る時期、言葉で書き得ないということを言葉で書くことのいやらしさといったことを問題にしていて、それがこの詩にもあるわけだ。だけどいまは、言葉の限界は明らかにあるけれども言葉を信じないことはもの書きには不可能だと思っている。言葉というものに全的に賭けるよりしようがない、という気持のほうが強いんだ。

大岡　言葉とか絵画とかは、言ってみれば人間が発明した、物に関しての一種の記号であって、記号は物自体と違うからこそ記号なんだ。だからその記号で元の物自体を完全に表現することは不可能であると一応は言えるわけだ。けれども想像力というものが人間にはあるらしくて、想像力が参加すると「記号」がもう一回「物」になるというところがあるのじゃないか。

例えばフェルメールの絵に描かれている光りなんかは、近寄ってみると白い斑点の塊りにすぎないわけよね。それが少し遠のいて見ると光りそのものと見えるのは、一つには網膜の作用もあるけれども、網膜が受けたものを〝あれは光りだ〟と認定する力はどうも想像力というふうなものではないのか。記号をもういっぺん物の次元に戻す作業を、人間の能力のなかでは想像力という働きが担っているという気がするね。

この「コップを見る苦痛と快楽について」という詩の場合、おそらく想像力というものの働きに関する記述が欠けているんだね。だからこの詩はもうひとつ突っ込むと混乱を起してくるだろうし、その混乱を起すところまで行くと作品がもう一度ひっくり返って、どこか別のところへ行くような気がする。しかし谷川の場合には想像力によってもういっぺんひっくり返るところへは行かずに、コップならコップのアイデンティティーというふうなものへ、ひたすら言語によって近づいていく。自分自身もそこへ向って収縮していって、遂にコップと合体したときに自由を感じる、そういう精神傾向が大きいのじゃないかという気がするね。

谷川　僕には人間の想像力というものが最後の一点で信じ切れないところがあるんだよ。どこかうさんくさいものが想像力にはあるという印象がどうしても残る。だからむしろ想像力を排除したいという傾向がどうも俺のなかにはある。フェルメールの絵についても、できれば想像力という言葉を使わないで、経験とか技術とか、目の物理学的な性質だとか、そういうものの必然的な帰結であると言いたいところがあるわけだ。あなたのように非常に微細な点で人間の想像力を捉えようとするのはよくわかるけれども、普通は想像力というのはかなりうさんくさい使われ方が多い。妄想とか幻想とちょっと似たようなものになっているところがあるんでね。

大岡　僕は想像力というのは、人間の精神に備わっている変形作用を司るものだと思う。その作用が場合によっては現実とは必然的な関係がないと思えるような妄想的なものにまで行くこともあるのだけれども、とにかくそういう変形作用というものは人間精神の能力として、僕にとっては自明のものなんだな。だからそれの行く末はできる限りのところまで見ていたい。しかも、変形していく折れ目折れ目のようなものを突きとめていって、その全部にピンを押してみたいという気があるわけだ。そうやってみると、ことによるとその極限形態はメビウスの輪みたいに、はじめは表だったのがいつの間にか裏になっているかもしれない。そういうふうにして想像力の体系が考えられたら面白いと思っているんだけれどもね。

谷川　どんなものでも、想像力まったくなしで見ているつもりでいても、すでにそこには想像力が関与していると言えるわけ？

大岡　僕はわりとそうではないかという気がするな。例えばこの「コップを見る苦痛と快楽について」で言えば、はじめの一連でコップについての正確な記述に続いて、「それは決してコップとその中の水とを修飾するものではない。」というのがある。ここには明らかに想像力が関与している。この部分はそれ以前の三行ばかりの記述とは明らかに質が違っていて、作者の意思によってここに出現しているものであって、「それはコップとその中の水とを修飾するものである」という記述も、可能性としてはおそらく等価値にあり得るような気がする。しかし君の想像力は「……修飾するものではない」という表現を選んだのだよ。

谷川　僕の場合には、つねづね「想像力」とそれを引っぱっている錘としての「現実」とを対にしているところがあるのね。本当はそうではなくて、想像力と現実とは相互嵌入しているものだと考えなきゃいけないってことはわかるんだけれども、想像力という言葉を聞くと、それはともすれば現実を離れて気球みたいにフワフワ行ってしまうような不安感を感じてしまう。それで、想像力というものに対して用心深くなっているようなんだな。

大岡　そのへんまでいくと、その人の全人間的な精神活動の傾向性としか言えないものがあるね。君の場合の精神の傾向性というのが、こういう詩の作り方に出ているんだけれども、突きつめていくと「AはAである」というところへ無限に近づこうとしていくものなんじゃないかな。言いかえると、同語反覆のなかに最も真理があるということで、数学的思考なんだね。数学者というのはおそらく思考の原点にいつでも同語反覆というものを置いている人たちじゃないか。

谷川　科学そのものが同語反覆であると言った人もいたね。

大岡　そういうものだと思う。だから君の頭脳はやっぱり非常に科学者的なんだよ。（笑）

谷川　同語反覆（トートロジー）には前から関心があるんだ。あなたの詩にも究極的には同語反覆じゃないかと思えるものがあるね。その同語反覆の一つのAからもう一つのAに至るまでの手続とか過程というものに、大岡は無限の豊かさを見ている。ところが僕の場合にはAからAに行く過程をできるだけゼロにしたいという傾向があるのね。

大岡　そうなんだよ。

谷川　だから終極的に僕は沈黙する方向へ向っているところがある。それを抗いがたく感じるし、そういう傾向だからこそ逆にあなたの、批評なんかにおける発語本能の豊かさが不思議に思えるってことがあるわけね。（笑）どうしてあそこまでしゃべれるのだろう、みたいなさ。

ところがもしかすると世の中というのは終極的に、人間にとっては同語反覆としてしか捉えられないかもしれない。そうだとすると、手続きの豊かさ以外に世の中はないってことにはなると思うんだな。

大岡　『定義』にある「世の終りのための細部」という詩は、同語反覆的なものへの抗いがたき好みが世の中の描写をともなったらこういうものです、というふうなものだね。「壹部限定版詩集〈世界ノ雛型〉目録」なんかも、最後に行くと全くそういう感じがする。

世の終りのための細部

凬もないのに青いりんごが枝から落ちる。放たれた羊たちは鳴き始め、夜になっても鳴き止まない。軋んでいた扉が羽根のように軽くなり、栞が頁の間からこぼれ、それから突然、竣工したばかりの歌劇場で、歌声が桟敷席までとどかなくなる。ステインドグラスに亀裂が走るのは仕方ないとしても、子供等が泣かなくなるのは耐え難い。蟻が巣に戻れなくなって、草の間で迷い、音叉時計の音叉がおしなべて半音高く響き始める頃には、何度たくしあげても靴下はずり落ち、卓子の脚は麻痺し、壁紙は発疹する。だが嫉妬と呼ばれる感情は消失するどころかますます激しさを加え、何ひとつ決定出来ぬため、家長たちの腹部は板状に硬直し、舟底状に陥没する。珈琲豆の在庫が底をつき、横を向いていたジャックが正面を凝視する頃になると、動物園の駱駝がうっそりと街に歩み出てくる。星々がいざりのようににじり寄り、鉄の彫刻が大槌に鋳直され、マンダラの仏たちが裾をからげて河をさかのぼり、孕んだ女たちが何ごとかも知らずに行列をつくり、すべての出来事は次の出来事の前兆となり、それでもなお勲章が授けられ、けれど徐々に世界の細部はその凹凸と、特有の臭気を喪失し始める。

螺旋は伸び切り、直線は緊張を忘れて撓み、円は歪み、平行線は互いに外側へと背き合う。その滑稽を笑おうにも、筋肉はすでに皮膚に属していない。ブリキの破片の如きものが絶え間なく空から降ってくる。白痴の顔に、ついに人間が実現し得なかった叡智の影が宿る。大気が真空に吸いこまれてゆく。地球上のあらゆる言語が、文字を持つものも持たぬものも、Oの形の叫びに収斂し、その叫びを沈黙がゆるやかに渦巻きながら抱きとってゆく時、たんぽぽの種子がひとつ、地上に到達しようとむなしく頰のあたりをただよっている。

「壹部限定版詩集〈世界ノ雛型〉目録」及び世界の終りにおける言語のありようのこと

大岡　この作品は、世界に一個しかない〈世界ノ雛型〉という詩集をつくろうとして、いろんな物を集めていった、その目録というふうになっている。ところがだんだん物でないものまで入ってきて、第37項目で原子爆弾が収集されることになった瞬間に、第36項目までが全部消される可能性を持ってくる。作者の頭のなかではそれ以前に収集された三十六個は、実質的に世界にありとあらゆるものであって、それらすべてがここへきて全部消される可能性を持ってくる。そして、その先ずうっとまた、思い直したように物を集めたり、抽象的な声とか言葉までが集められたり、やがてまた消されていったりする。で、最後に残ったものは何と何かと探してみて、僕は微笑を浮べざるを得なかったのだけれどもね、まず第一に「紙飛行機」、それから「向日葵ノ種子」、その種子の「生育ニ必要ナ土壌」と、それの生育のための「時間」、これだけが残っている。谷川俊太郎における実にナイーヴな世界観をあらわしているわけなんだね。（笑）これだけあれば彼は〈世界ノ雛型〉が完成すると思っているのかと、人はあきれるくらいにナイーヴにそれが出てきている。そういう意味で実に感動的なんだよ。『二十億光年の孤独』とか『六十二のソネット』を書いた詩人が、それから二十年ないし三十年を経てこういう詩を書いたということの、ある意味ではほほえましさもあるし、ある意味では共感を持って〝人間ってのは悲しいね〞と言いたくなるようなところもあるし、そういう意味でたいへん面白い詩だね。

壹部限定版詩集〈世界ノ雛型〉目録――――呈入沢康夫

コノ詩集ハ左記ノ物件ヲ一個ノ有限大ノ容器ニ収納スル事ニ依リ成立スルモノトスル。意匠登録中請中。非売品。


1羽毛。街路ニ於テ拾得シタモノ。多分雀ノ胸毛。

2発条。真鍮製。径一五粍、長サ五〇粍程度。

3絵葉書。発信者ノ名ノ判読不明ナモノ。

4橙色セロファン一片。片眼ニ当テテ、風景ヲ見ル事ガ可能。

5シリコン整流素子。1N34又ハ同等品。

6もうそうちく。念ノ為、学名ヲ記セバ Phyllostachys heterocycla var. pubescens.

7紙飛行機。一九七三年度出版ノ任意ノ詩集ノ一頁ヲ材料トスル。

8砂。軽クヒト握リ。乾燥シテイルコト。

9オブラート。日本薬局方。

10国鉄美幸線、仁宇布・東美深間片道切符。鋏ノ入ッテイナイモノ。

11何カシラ青色ノモノ、ヒトツ。

12死亡届。東京都杉並区役所ノ検印ノアルモノ、一通。

13口琴。

14非常ノ場合、コノ詩集ヲ完全ニ破壊可能ナ量ノ爆薬。非常ノ場合ガ如何ナル場合ヲ指スカニツイテハ、読者ノ判断ニマツ。

15物件4ノセロファンガ、大キスギタ時ニ用イル鋏。コレハ物件7ノ製作ニ利用スルモ可。

16未ダ名ヅケラレテイナイモノ。即チソレヲ構成シテイル個々ノ部品ハ、針葉樹ノ葉、マシマロ、錆ビタ一寸釘、霧状ノ液体、微弱ナ超短波発振器、約三〇〇瓦ノ合挽肉等ノ正確ナ名称ヲ有シテイルガ、ソノ全体ハ呼称不能。

17C30型カセットテープニ録音サレタ、複数ノ人間ノ呻キ声。

18密封サレタ古イ燐寸箱。

19何カシラ青色ノモノ、モウヒトツ。

20ササヤカデ、シカモ或ル祭儀的アクセントヲ有スル、例エバ白木ノ箸ノ如キモノ。又ハ、白木ノ箸ソノモノ。

21物件2ヲ圧縮シタ位置ニ保ツ為ノ、鋼鉄製ニッケル鍍金ノ小装置。

22熱ニ依リ歪曲サレタ音盤一枚。盗品デアル事ヲ妨ゲナイ。

23向日葵ノ種子、一袋。

24五万分ノ一地形図長野六号、著作権所有印刷兼発行者、地理調査所。大正元年測図昭和十一年修正測図。

25果物ナイフ。

26櫛。使イ古サレテイル。

27木製独楽。

28赤鉛筆一本。文字ヲ記ス為トイウヨリ、ムシロ抹消スルタメノ器具、即チ言語ニ対スル一種ノ凶器トシテ。

29味の素、・モシクハ、いの一番。

30任意ノ新聞連載漫画ノ切リ抜キ。数量ヲ指定シナイ。

31或ル特定ノ個人ニトッテ、或ル限定サレタ意味ヲ有スル記念物。重量五瓩以下ノモノ。

32物件10ヲ購入スルニ足ル通貨。但、当該物件ガ欠ケテイル場合ニ限ル。

33物件6取消。一種ノ推敲ノ結果トシテ。

34物件23ノ生育ニ必要ナ土壌。降雨及ビ日照ヲ含ム。即チコノ詩集ハ不特定読者ノ参加ナクシテハ成立シ得ナイ。

35物件34ノ実現ガ可能ナ時間。

36物件35ノ計量ニ必要ナ暦。

37原子爆弾。最モ古典的ナ機構ノモノ一式。簡明ナ使用説明書ヲ添付ノコト。

38物件14取消。

39物件37ノ収納ヲ指示シタ事ニ依リ、コノ詩集ノ実現ノ可能性ハ極メテ小サクナリ、詩集ニ於テヨリモムシロ詩集目録ニ於テ、詩ノ成立ヲメザストイウ、便宜的方法ヲ採ラザルヲ得ナイ。即チ次ノ物件ガタダチニ必要トサレル。

40小辞書。既ニ絶版トナッタモノガ望マシイ。

41物件27撤回。文体変更ニ伴ウ応急処置。

42物件5抹消。同右。

43物件15消去。同右。

44物件25削除。同右。

45物件45欠番。

46一九四〇年頃、紀元節ト呼バレル祝日ニ、小学校デ生徒ニ無料配布サレタ菊ノ形ノ紅白ノ打物。

47蜘蛛ノ巣、一張。

48仮面。

49縺レタ毛糸玉一個。

50民法ニ依ッテ拘束サレ、且ツ少クトモ一度ハ歌ワレタモノ。

51用途不明デ、茶色ノ光沢ヲ有スルモノ。

52嫉妬ノ結果トシテ、破壊サレ、ノチ修復サレ、記録ニ残サレタモノ。

53猥雑デ、尚増殖シツツアリ、塩水中デ潮紅スルモノ。

54旗一旒。微風ニハタメクモノ。

55拇印又ハ署名。法的ニ有効ナモノ。

56オヨソ三ヘクタールノ甘薯畑。

57ネグロイド女子ノ、生涯ニワタッテ排出サレタ唾液。

58数代ノ画師ニ依ッテ画キ継ガレテイル、貧民窟ノ細密画。

59石質隕石ノ入手シ得ル最大ノ破片。

60コノ目録ノ不可避的膨張及ビ加速ヲ抑制スル為ニ、一旦物件1乃至59ヲ、既ニ取消、抹消、消去、削除、撤回シタモノヲ含メ、保留スル。コノ行為ニ依ル、コノ詩集並ビニ詩集目録ノ相対的変化ノ記述ハ略。

61コノ目録ガ、第三種郵便物トシテ認可サレタ印刷物中ニ複製サレタ場合ハ、当該印刷物ノ一冊ヲ、ソノ全頁ヲ麻糸ニ依リ縦横ニ縫合シタ上デ、収納スルコト。

62物件61及ビ保留中ノ全物件ヲ収納可能ナ容器一。

63物件7ノ保留ヲ解ク。

64物件7ノ浮揚ニ十分ナ大気ヲ、容器外ニ保持スルコト。

65コノ目録ノ筆者ガ、当該目録ニ関スル一切ノ法的、道義的、芸術的責任ヲ解除サレル事ヲ申請スル書類一式。申請先ハ不特定読者宛トスル。

66物件23 34 35ノ保留解除。

谷川　この前の『詩の誕生』（エナジー対話一号、のち読売新聞社より「読売選書」、思潮社から「思潮ライブラリー」として刊行）の対談では、あなたは消滅するところに興味があって、僕は誕生するところに興味があるということになっていたにもかかわらず、僕がこの詩を書いたときには、おそらく意識下に「渚にて」という映画を見たときの感動があった。あの映画の、原子爆弾で地球上に人間が一人もいなくなるっていうことの美しさに対する感動は、いまだに消しがたい記憶なんだ。これは、「僕たちの未来のために」の人たちが何と言おうと、ちょっと否定できないものだな。

俺のいちばん奥底のほうに、そういう状態を憧れているものがあるわけ。人間が全部消えてしまって、「世の終りのための細部」で言えば、たんぽぽの綿毛がひとつ漂っているみたいなね。完全に無になるのじゃなくて、草だけは少し残っているとか、風だけは残っているとかさ、そういうのに意識下で非常に憧れているみたいなんだな。

大岡 そういう情景には僕も非常に共感するね。終末的なそういうイメージというのは、現代社会に生きている人びとの相当部分が共感できる共通項なんじゃないかな。

谷川 そうね。うん。

大岡 この詩で原子爆弾が出てきたところで、象徴的な意味ではそれ以前に集められたものはすべて破壊されてしまったわけだよね。しかしなおかつ記述が続いているということが、もう一つ面白いところだな。原爆が出てきて象徴的な意味では世界はもう壊された。にもかかわらず残るものがあり得る。それは目録そのものであると。

目録が残るということは、つまり言語が残るということ、少くとも目録という形で記録された言語だけは残る。だから言語だけは象徴的な意味で救い出されている。そういう読み方ができるわけです。

例えばダダイスムとかシュルレアリスムとかドイツ表現派などの二十世紀の前衛芸術運動で、詩人たちは言語のシンタックスを破壊しようとした。目の前にある世界そのものを破壊したいけれど現実にはそれはできないから、言語の構造を壊すことで象徴的に世界を破壊しようとした。そうすることでこの現実を拒否しようとする衝動があったと思う。ところが谷川はそのちょうど逆なんだな。世界を壊してしまう原爆を持ち出したあとで、なおかつ目録をつくるという行為を通じて言語だけは救い出そうとしている。これは一段階進んだ絶望の表現なんだね。

谷川　目録に原爆が出てきたことで僕は半ば意識的に意図したことは、「60コノ目録ノ不可避的膨張及ビ加速ヲ抑制スル為ニ、一旦物件1乃至59ヲ、既ニ取消、抹消、消去、削除、撤回シタモノヲ含メ、保留スル。」ということなんだ。僕にとっては、自明で日常的な1〜36の世界が原爆の出現によって破壊されたかわりに、逆に言語は浮き上がり出したということがあるわけ。原爆の出現以降は59までの、例えば「50民法ニ依ッテ拘束サレ、且ツ少クトモ一度ハ歌ワレタモノ。」というような、全くイメージをなさないようなことまで言えてしまう。つまり原爆が出現して日常的な人間にとって最もたしかであった生活が破壊された結果、言語が浮遊しはじめたわけで、こういうところに僕の想像力不信みたいなものが出ていると思う。しかしそういうものが一応出てこないと、最終的に消去に至れないようなところがある。そこまでひっくるめて消してしまいたいわけだ。だけど最終的に「消去スル」とか「保留スル」とかって言葉はどうしても残っているね。

大岡　原爆の項目が出てきたあとは、もう何が出てきてもいいはずなのに、38以降なおかつ項目を立てて物を選択しながら書いていくのはなぜだろうって、はじめは疑問だったな。それが60に至ると、ここで保留条項が必要になってくることに納得したんだけれどね。だけどそのあとでなおかつ保留解除のものが出てきて、それが、紙飛行機と向日葵の種子と、その種子が育つ土と時間だというところに、谷川が実に素直に尻尾を出している。（笑）

谷川　これがつまり俺の抒情精神なのよ。

大岡　そう、実に抒情的。ここに至るまでの項目別にしかつめらしく書き上げてきたものの効果が、たいへんに出ている。とても面白い詩だと思った。と同時に、詩人というのは少年的なイメージから離れられないんだな、ほんとに。（笑）

『定義』のなかで僕の〝批評の生理〟において問題にしたいのはだいたいそんなところだけれど、好きな作品というと「水遊びの観察」。これなんか、批評というふうなことを考えずに、好きだなっていう感じで読めてしまう。

水遊びの観察

先ず初めに水に濡れた足跡が消え、次にはかわいいえくぼとつぶらな眼が消えた。桃色の爪が消え、黒い捲毛が消え、ひざこぞうが消える頃にはあっという間もなく青空が消え花々が消え、つづいて文字という文字が消えた。もちろん兵士等も消え、錐、金槌、ヤットコなどの工具類も消え、それは思想もまた消えたにちがいないと推測させるに十分だった。即ち最も確実なものから最も不確実なものまでが消えたのである。

こういう状態を、すべてが消えたと表現するのは怠惰な詩人の常套手段だが、実はその〈すべてが消えた〉も消えていたのであり、ということはこの〈すべてが消えたも消えていたのであり〉も消えてしまっていたのであるが、そんな字句の戯れにうつつをぬかす糸間もなく、次の瞬間には一匹のぴちぴちした鱒が現れた。と思う間もなくつづいて小川が、そして誰のものか分らぬ革鞄が、六法全書が、午後二時十三分が現れ、一方では恋人たちも現れ始めていた。そうしてまたたく間に水に濡れた足跡がふたたび現れ、かのS＊＊＊嬢（五歳五ケ月）の真裸のお腹とその真中の渦巻くおへそと上機嫌の笑顔もまた現れたのである。

大岡　そして最後の「咽喉の暗闇」という長い作品は、この『定義』という本全体へのとてもいい形のエピローグだな。

谷川　これはこの詩集全体に対して、さっきの「壹部限定版詩集〈世界ノ雛型〉目録」の最後で保留を解いたものと同じ関係に立っていると僕は思っている。つまり、またここではじめの誕生の瞬間に戻りたいわけだ。ここでも尻尾を出しているというか……。

大岡　発端から終結に至る円環パターンが明確に出ている。それがあまりにも明確なために、この「咽喉の暗闇」という作品の物足りなさもたぶんあるんだと思う。いろんな人間に声を出させているのだけれど、作者はそのなかに含まれているデモニッシュな声をも、その円環のなかに閉じ込めていく。もっともこの作品は舞台の作品として考えられていて、舞台の役者がここに指示されたものを自由に想像しながら発声していくという形のものだから、これだけで完結しているとは見ないほうがいいかもしれないんだけれども。

しかしこの作品にもはっきり出ているように、谷川は逆上しそうになってもそこで立ちどまる。（笑）明確に意思的に逆上を抑えて、見事な形にしていく。僕なんかよりも数段、形の感覚の統御の領域が広いんだな。

谷川　それは意思的にしているのじゃなくて、そうするほうが快いし、安心だからなんだ。僕はそれを統御しないと怖くなっちゃう。これは人間関係においても全く同じなんだけれどもね。

咽喉の暗闇

人間の生身と肉声によるしか成立しようのないこのひとつの exercise を、台本とも記録ともまた夢ともつかぬ形で活字化するのは他でもない、その時限り、その場限りの人間の体と声のなまなましさが、私の内部に言葉を誘ったからにすぎない。

支離滅裂な出まかせや、身ぶり口真似で、私はこれらのものの輪廓をグループ・ソネットの役者諸君に伝え、諸君は戸惑いつつも、無常な腕や脚や咽喉や唇で束の間中空に幻を現出させた。それらは通常の言語の決して与えることのできぬ戦慄を私に与えた。

以下の一群の活字はしかし、そのような出来事全体からは遠く距っているであろう。

鳥獣戯画

数人の男女が立っている。立っている時は暁でもいいし、白昼でもいい。立っている場所も自由である。自分たちだけで楽しむのなら荒野の一点であってもいいし、観客に見せたければ舞台上でもかまわないだろう。彼等は演技者としての職業的な訓練を受けている必要はないし、彼等は第一彼等ではなくて我々なのかもしれない。

初め彼等は沈黙しているかのように見える。しかし耳をすますと、彼等の体のたてているいろいろな音、血液の循環や心臓の鼓動、それに呼吸や消化器の音などが聞え、さらにその中から彼等のいままさに何かを言おうとしている体のはずみも聞きとることができるだろう。

彼等の唇がごく僅かに開かれ、そこからほとんど呼吸音に等しいくらいの囁きのような音がもれてくる。それらは先ず、厚い雲のむこうに太陽が昇ってくるのを察知した臆病だけれど敏感な小鳥の呟きであり、また母親の乳房を求める未だ盲目の幼獣どもの鼻声でもあろう。

それらの声々は徐々にその種類も、音量も増加してゆき、理想を言えば地球上の動物相のすべてを覆う豊かさをもつまでに至るのだけれども、それは必ずしも彼等に、個々の鳥獣の発する鳴声の忠実な模倣を要求するものではない。

例えば鶏、例えば牛羊、例えば犬猫等の家畜に於ては、模倣乃至再現を基礎にするのが自然であるが、他の門綱目科属種の鳥獣についてはむしろ想像力の領域で、人語以外のありとあらゆる発声が行われるのだ。それがどんな奇怪な音声であったにしろ、おそらく現実の鳥獣が数百万年来挙げつづけてきた鳴声に及ばないのは当然としても。

声々は数分間の持続ののち、次第に静まってゆき、遂にほとんど何も聞えぬ程度のひそやかさに達するが、それは途切れることなく次へ移行する。

呻きのフーガ

一人の男と一人の女は、或る距離を置いて、むかいあうことなく立っているのである。二人はあたかも互いに互いの存在に気づいていないかのようだ。もしかすると二人は、ごく自然に目を閉じているかもしれない。

二人の胸廓がゆっくりと呼吸し、肩が上下するのが分る。静けさのうちに、我々の耳はひとつの微かな音を聞きつける。きれぎれなその音は、空中に浮遊しているかのような印象を与えるが、やがてそれは二人によって発せられつつある呻き声であることがあきらかになってゆく。

ごく緩慢で、不規則な周期をもつふたつの呻き声は、時には孤立し、時にはもつれあいながら進行してゆく。そのさまは音楽的と言ってもいいだろう。ピアニッシモからメゾフォルテに至る音の強弱は、常に慎重に制御されたディミニュエンド、クレシェンドによってもたらされる。

その呻き声は、肉体的苦痛を伝えようとしているようでもあり、また性的快楽の無意識の表現のようでもある。また時には非常に深い精神的不安を、他にどうする術もなく呻きによって辛うじて解放しているととれることもあるかもしれない。

いずれにしろ、呻き声はただひとつの状況を連想させるにしては、余りに深い。たしかに二人の人間の咽喉から出たものでありながら、それは何か目に見えぬ存在が、人間の体を笛にして人間を超えた感情を吹き鳴らしているという風にも聞えるのだ。

(呻きが抒情的になるのを防ぐためか、二人の背後にしゃがんでいるいくつかの人影が、時折ひどく日常的なしわぶきをしたりしている。)

点描法

ここでは各人は、未だ無意味ではあるけれど、あきらかに鳥獣の鳴声とは異った人間的発声の単位とも言うべきものに到達する。その過程は決して円滑なものではなく、むしろグロテスクなばかりに無器用で、かつ懸命なものなのであるが。

というのは、その新たな声は各人の意志によって生れるものではないからなのである。それらは少くとも初めの短い時間、しゃっくりのようにいささかこっけいな形で、内部から湧き上ってくる。未だ意識して使ったことのなかった声帯や舌や歯や口蓋を用いて、何らかの秩序ある音をたとえ一音でも発音することは、意外に抵抗の大きい行為である。或る者は吃りながらも声を吐き出してしまおうとする、或る者は筋肉を無理矢理使って、声に音を与えようとする。

だが湧き上ってくる声と格闘しているうちに、各人は気づかぬ間にそれを制御し、さらに進んで声を自ら創造するようになる。各人は他との協力なしに個々にそこまで到達するが、そのうちに馴致したそれらの声を、自分以外の人間に対して投げかけることを覚えるのだ。

それはひとつの無垢な遊びである。何も意味はしていないが、仲間を求める人間の情念によって荷電された声々が、空間をボールのように飛び交うのである。

その声はほとんどが単純な一音で成り立っているだけだが、一群の人間の間ではそれらもまた未知の言語の一体系かとも聞きとれる。今や各人は十分な余裕とともに、新たな声の多様な音を区別して発音し、聞き分け、その変化の豊かさを楽しんでいるらしい。

名を呼ぶ

音が物と結びついた時、名が生れた。言語の発生を説明的に跡づけようというのではない。ただその時まで無意味な一音と感じられてきた例えば〈メ〉という音が、はっきり指差された眼と結びついた時の或る種の衝撃は、何故かは分らないがこの中途半端な場にも存在するだろう。〈メ〉〈ハ〉〈ミミ〉〈テ〉等の名は、しかし決して歓喜又は爽快感とともに現れるのではなく、むしろ苦痛乃至嫌悪とともに産み出されるのである。激烈な吃りの症状が伴うだろうし、各人はここで再び制御し得ぬもののとりことなるが、それは長い間ではない。

すぐに彼等は、名に慣れ、名づけることでこの世界を発見し始める。子どものような熱心さと、驚きと畏れとが彼等を支配し、各人は互いに互いの体の部分や、衣服や、所持品の名を呼びあうのである。

各々の名は、ひとつひとつ丁寧に発音され抒情的に反芻すらされる。そうして名は急速に膨脹してゆく。即ち、じきに彼等は周囲に見える限りの物、存在する限りの人間の種々雑多な名称を、餓えたように呼びつづけ始めるのである。

目前の具体的な物の具体的な名で始まったその一種祭儀的な狂騒は、必然的に抽象化し想像力の領域へと転移してゆかざるを得ないだろう。名は名を喚起し、連想は連想を呼んで各人はすでに現実の世界を見も聞きもせずに、自己の内部の語彙に固執するようになるのであった。

その名に対応する実体がいったい存在するのかしないのか、それすら考えるいとまもなく、彼等は次々に名を呼び名を叫ぶ。それらの名はそこですでに機能もせず、流通もしていないのだ。名は念仏のように不思議に呪術的なものとなり、遂には称名の行為すら、疲労の中に埋没していったらしい。

アとイ

アとイ、日本語の五十音の最初のふたつの音、この単純極まりない語は、名の洪水のただなかで再発見される。やみくもにあらゆる物の、あらゆる観念の、あらゆる現実と非現実の混合の名を呼ばわっていた人々が、その空虚に耐えられなくなった時、彼等は赤ん坊にまで退化し、突然これもまたひとつの風俗的な流行のように、アとイの音を玩具にし始める。

アとイしか彼等は言わない。アとイを賞でるが如く、慈しむが如くにいろいろな仕方で発音し、その二音の中にあたかも自分等が部分的な唖であるかのように、あらゆる感情をこめようと試みる。

彼等はアとイだけを言葉として、他人に話しかけ、他人からもまたアとイのみの貧しい語彙で答えてもらおうとする。或る意味で彼等はアとイの布施を願う托鉢僧のように禁欲的だ。或る意味で彼等は集団療法を受けている精神病者の一群のように病的だ。

彼等のまわりの彼等と無関係な村人たちは、或いは通行人は、或いはまたそこが舞台だとすれば観客は、はたまたこの我々は、話しかける彼等を辱しめるだろうか、それとも彼等とともに、舌足らずな言語で何かを語りあおうとするだろうか。

ともあれ或る時間の持続ののちに、各人はばらばらに孤立し、とり残されるにちがいない。失望のその最後の瞬間に、やっと一人の唇の上で、アとイの音が結びつき、明瞭にアイという語が発音される。だがそう言ったその当人は、何であれその語の実体をもう自分の心に把むことができなくなっている。

もしかすると彼又は彼女は、初めて意味というものを把みかけたのかもしれないのに。初めてひとつの文章を口にできるところだったのかもしれないのに。

けれどもうその語は、現にここにもこうして書かれている際限のない人間の言葉の不定形の宇宙へとまぎれていってしまうより他ないのだ。束の間集った数人の男女も、いつの間にか散っていって、完璧な沈黙などというものはどこにもないと証しするかのように、遠くから絶え間ない人籟が聞えてくる。

「芝生」

大岡　『夜中に台所でぼくはきみに話しかけたかった』のほうは、批評の言葉で語りにくい本なんだ。作者に向って何かを言うよりも、僕が自分で独白的に、これはすごい言葉だなあとか言って、しばらく黙っていたいようなものなんだ。『二十億光年の孤独』にある「かなしみ」という詩とか『愛について』のなかの「地球へのピクニック」など、ああいう系列の君の詩を知っている人から見ると、うーん……というところがあるわけよ。

谷川　俺としては、せめて螺旋状に元へ戻っていると思いたいんだけどさ。

大岡　例えば巻頭の「芝生」という詩。凄みがあるんだよ、この詩は。とても薄気味の悪いものがあるね。SFの怖ろしさみたいな感覚もあるかもしれないね。

谷川　うん、それもあるし、分子生物学とも関係しているのじゃないでしょうか。(笑)

かなしみ

あの青い空の波の音が聞えるあたりに
何かとんでもないおとし物を
僕はしてきてしまったらしい

透明な過去の駅で
遺失物係の前に立ったら
僕は余計に悲しくなってしまった

地球へのピクニック

ここで一緒になわとびをしよう　ここで
ここで一緒におにぎりを食べよう
ここでおまえを愛そう
おまえの眼は空の青をうつし
おまえの背中はよもぎの緑に染まるだろう
ここで一緒に星座の名前を覚えよう

ここにいてすべての遠いものを夢見よう
ここで潮干狩をしよう
あけがたの空の海から
小さなひとでをとって来よう
朝御飯にはそれを捨て
夜をひくにまかせよう

ここでただいまを云い続けよう
おまえがお帰りなさいをくり返す間
ここへ何度でも帰って来よう
ここで熱いお茶を飲もう
ここで一緒に坐ってしばらくの間
涼しい風に吹かれよう

芝生

そして私はいつか
どこかから来て

不意にこの芝生の上に立っていた
なすべきことはすべて
私の細胞が記憶していた
だから私は人間の形をし
幸せについて語りさえしたのだ

大岡　リボ核酸的な原形質の記憶の固執というのかな、作者はそういうものを一方で知識として持っていて、だけどそういう知識で書いたのではなく、あるとき電撃に打たれたようにこういう認識を持った。それがこの詩から明らかに感じられるね。

谷川　そうね。夢遊病的にできた詩で、どうしてできたのかってことは自分でもよくわからない、これは。

「夜中に台所でぼくはきみに話しかけたかった」

大岡　この本には、「夜中に台所でぼくはきみに話しかけたかった」という表題と同名の作品があって、それが十四編の詩から成り立っている。その多くがとてもいい詩なんだけれど、どれも非常に苦い思いを持っているから、読者としては「うん、そうだなあ」となっちゃって、それ以上言わなくていいような気がしてくる。4番の「谷川知子に」というのでも、最後の「それも一理あるさ」で始まる一連など、詩のつくり方としてはまことに見事で、同時に相当破れている。谷川がここで破れていることの凄さが非常に重く感じられて来て、それ以上僕は何も言わなくていい。詩の面白さというのは一つにはやっぱりそういうところにあるのじゃないかな。

4　谷川知子に

しかもしらふで
ぼくはいちばん醜いぼくを愛せと言ってる
きみが怒るのも無理はないさ

にっちもさっちもいかないんだよ
ぼくにはきっとエディプスみたいな
カタルシスが必要なんだ
そのあとうまく生き残れさえすればね
めくらにもならずに

合唱隊は何て歌ってくれるだろうか
きっとエディプスコンプレックスなんて
声をそろえてわめくんだろうな

それも一理あるさ
解釈ってのはいつも一手おくれてるけど
ぼくがほんとに欲しいのは実は
不合理きわまる神託のほうなんだ

大岡　9番の詩なんかも不思議な詩なんだけど、最後の「魂はひとつっきりなんでね」というのが出てくると、これはシンバルの一撃みたいなもので、全体が見事に生きちゃうんだ。

9

題なんかどうだっていいよ
詩に題をつけるなんて俗物根性だな
ぼくはもちろん俗物だけど
今は題をつける暇なんかないよ

題をつけるならすべてとつけるさ
でなけりゃこんなところだ今のところとか
庭につつじが咲いてやがってね
これは考えなしに満開だからきれいなのさ

だからってつつじって題もないだろう

つつじのこと書いてても
頭にゃ他の事が浮かんでるよ
ひどい日本語がいっぱいさ
つつじだけ無関係ならいいんだけど

魂はひとつっきりなんでね

大岡　こういうのが技術だと言えば技術だけれども、技術だけでなくて全存在を賭けて詩を書いている人の力が、こういうところに出ているんだな。

谷川　この詩集で俺は、できるだけ本音を出したいということだけはあったわけだ。ただ、本音を追求しているのは詩を書く非常に微妙な直前であって、書いているときには本音もなにもない。なぜこういう言葉が出てくるのかってことは、この詩の一群に関しては自分でよくわかってないところがあるんだ。僕としてはそれでも、或る文体をつかまなければ書けないということがつねにあって、8番の「飯島耕一に」という詩のなかで書いているけど、こういう文体をいったんつかんでこれだけの詩を書いた。ところがそれが続かないという問題があるんだな。このあとこれに似たものを少し書いたんだけど、これじゃ駄目だって感じで持ち扱いかねている。

「干潟にて」及び比喩のこと

大岡　「干潟にて」という詩に出てくる「比喩はもう何の役にも立たないんだ」なんていうのは、相当な捨て台詞なんだよね。谷川の場合にはこういう詩は十年ぐらい前から何度も書いているわけで、この詩も谷川調の詩と言っていいのだけれども、そのなかで「とっくに石になった今では／もうこわいものは何もない／どうだい比喩なんてこんなものさ」というようなドスの利かせ方が出るというのは、居直り方も相当なものです。（笑）

干潟にて

干潟はどこまでもつづいていて
その先に海は見えない
二行目までは書けるのだが
そのあと詩はきりのないルフランになって
言葉でほぐすことのできるような
柔いものは何もないと分ったから
ぼくは木片を鋸で切り
螺子を板にねじこんで棚を吊った
これは事実だよ

比喩はもう何の役にも立たないんだ
世界はあんまりバラバラだから
子どもの頃メドゥーサの話を読んで
とてもこわかったのを覚えているが
とっくに石になった今では
もうこわいものは何もない
どうだい比喩なんてこんなものさ

水鳥の鳴声が聞える
あれは歌？
それとも信号？
或いは情報？
実はそのどれでもないひびきなんだよ
束の間空へひろがってやがて消える
それは事実さ
一度きりで二度と起らぬ事実なんだ
それだけだ今ぼくが美しいと思うのは

大岡　比喩は役に立たないという認識が谷川の場合にかなり以前からある。或るものに関する表現を別の表現で言いかえることが役に立たないというわけだ。では何が役立つかというと、一つの回答が「定義」をすることなんだね。ところが定義というものは、ある意味では比喩の最たるものかもしれないんだね、これが。

「石」を例にとって言えば、本当は「石」という言葉があるから石という物を認識できるわけで、だから「石は、石という言葉にふさわしい或る物質である」と言うことができる。そのとき物と言語の関係は危険な入れかわり方をする可能性があるわけだ。とすると、石というものに関してどんな定義をしようと、それはすべてあやふやな比喩にすぎないということになる。残るのは「石は石です」という同語反復だけで、谷川の場合にはそこへ行く激しい傾斜があると思う。

道元の『正法眼蔵』などを読んでいると、例えば人間が無数にいるってことを「三々五々」とか、まあそういう限定された数字で表現している。無限というようなことは言わずに無限大を捉える一種独得の表現法なんだな。谷川の『定義』にはちょっとそれに似た方向があるようにも思う。非常に簡潔に言えば言えるようなことも、二十行ぐらい使って言ったりしている。それは谷川流の「三々五々」のやり方かもしれない。谷川の表現の行き方には、道元的な行き方と似たところがあるのじゃないかな。

道元は例えば「春」という季節について言うとき、春が春のなかを去来している、それが春だと言う。春のなかを夏が行き、あるいは春が夏のなかを行き、それで春がそこにある、というふうな言い方をする。論理の関節をうまくはずしてある感じなんだけれども、実に正確にすべてを言っている。

『定義』の表現全体に、『正法眼蔵』なんかを読んで感じる或る種の〝言語の清潔さ〟を僕は感じるんだ。つまり、物の世界にベタベタ汚染されずに言語が自立していて、しかしその言語が自然界の事象のエッセンスを見事に吸い取っていて、言語のなかでたしかに世界が動いているような感じを起させる。そういう表現だね。

だから僕は、消滅に向って無限に進んでいくような感覚を谷川の詩に感じるんだけれども、そのとき言語は世界から自立した形でいつまでも存在してしまうという、そういう方向に行くのじゃないかという気がする。

谷川　そうね。だから「干潟にて」の「二行目までは書けるのだが／そのあと詩はきりのないルフランになって」という感じが僕にはつねにあって、どうしても違う書き方を見つけないと次のブロックへ移れない。この二冊のあとでも、『定義』の延長上ではあるけれども『定義』のいわば単一な視点じゃなくて、一篇のなかに複合的な視点を導入した形で詩が書けるのじゃないかと、漠然と予感しているんだ。そうなるといわゆる詩的な文体なんてどうでもよくなっちゃう。記録であろうが資料であろうが、ただのカタログであろうが、そういうもののスタイルが多様に集まることで、それが一つのものに向っていれば、そこにいままでよりもう少し豊かな詩があり得るのじゃないかという気がしている。

俺はだから、沈黙に向って収斂していく傾向を持ちながら、こと詩に関しては書くことがいっぱいあるという感じを持っているわけよ。それで批評的な文章はますます書けなくなってくる。批評的に何かを言うと、すぐその反対のことが浮んできてしまう。埴谷雄高さんがやはりそんなことを書いていたけれど、結局批評の文章みたいな記述をしていくとどうしても全体がつかめない。それで彼はアフォリズムに行ったと言うんだね。

俺はアフォリズムへ行くだけの知性がないものだから、批評ということが非常に難しくなってきて、批評的な文章も或るスタイルを持たないと書けなくなってきたようなところがあるわけよ。例えば自分で〝無駄話〟と名づけているスタイルがあって、これはただのおしゃべりであまり意味がないんだよという気持で書けば或る程度は書けるけれども、真正面から批評的に書こうとすると非常に書きにくいような状態になっている。

だけど詩に関しては、目に触れる文章であれ物であれ、絵でもあれ音楽であれ、ほとんどすべてのものが自分の詩のヒントになっている状態がある。自分の資質に反して日本語そのものが増殖していて、その増殖に関してはわりあい楽観的に信用していられて、まだ日本の詩人があまり書いていなかったことをまだまだ書けるような気がする。そういうことがありながら「比喩はもう何の役にも立たないんだ」なんて断言はできないはずだけれども、それをしてしまうことが詩には許されるみたいなところがあるわけだよね。

だからこの一行を取りあげて追及されるとだんだん尻尾が出てしまうわけだけれども、(笑) ただ、比喩というのは想像力で成り立っているものだから、そういう想像力の濫用によっては世界はもう捉えられないのだという自分の認識の一つの核みたいなものが、この一行にもあることはあるんだよ。そういう想像力を排除していって、なおかつ書けるものがあるのではないかということだね。もちろん大岡のように想像力を微視的に見た場合には、いかに想像力を排除したつもりで書いても、つねにそこに想像力が働いているわけだけれどもね。

多様性のこと及び正統性のこと

大岡　現にあるがままのこの世界が、谷川にとっては自分の性にあっているという前提があるから、批評しなくって、すべてが詩の素材になり得るという感覚が豊かに出てきているのだろうな。

谷川　でもあなたの批評の場合にも、一段高みにいて断定評価をするというのじゃなくて、対象に沿って、あるいは対象のなかに入っていって、その対象の豊かさを身につけて帰ってくるみたいなところがあるわけでしょう。

大岡　そういうふうになっちゃったんだね。手きびしく人をやっつける批評も書いたことがあるけれど、その虚しさを感じて来たんだと思うな。或る批評家が、或る時代の趣味(ティスト)を強烈につくるということは、過去にもあったしこれからもあると思うけれども、批評がそういうふうに特権的王制的であることを好まないところが僕にはあるんだ。人間には誰にも批評能力があるという前提が僕にはあって、それゆえに批評というものは多様であり得るのじゃないかと思う。しかも批評とは本質的に何かと何かを比較することから出発する。その前提には世界の多様性ということがあるわけで、その上に乗らなければ出発できない批評が、せっかちに多様性を無視して断罪していくとき、僕は好ましくないものを感じるんだ。

谷川　だから或る人間の生き方そのものが他の人間の批評になるとも言えるわけだし、あるいは詩のアンソロジーを例にしてみても、詩篇の選び方そのものが一つの批評になっている。

大岡　そうそう。

谷川　日本では詩のアンソロジーのいいものがどうも出てこないような傾向があるけれど、それは日本人が批評というものを、何かについて批判的に言うことだと思いすぎているところがあるからでしょう。例えば大岡の批評に対して〝理解魔〟という言葉が出てくるのも、あなたの書き方がそういう批評と違っているからで、本当はあなたが選択している対象の幅が、すなわち現代文学に対する批評なわけでしょう。そういう批評の機能をもっと考えていいと思うんだけれども。

大岡　そうね。僕は批評と詩をそれほど切り離して考えられないわけだよ。批評も詩が分け入るのと同じ領域に入っていくもので、ただ言語の使用方法が違うから当然結果として違ったものが出てくる。もちろん批評には対象があるのに対して、詩は対象があるのじゃなく、対象があってもむしろそれを消す形で言葉が自立する。そういう違いがあるけれども、入り方においては両者はそんなに違うものとは思えない。

谷川　わりと日常的な次元で言って、僕も大岡はちょっと対象をほめすぎるんじゃないかと思うことはある。そういうことに対する苦情を多くの人が述べているわけだけれども、その場合でも僕が思い出すのは、リルケの、私はほめたたえるために生まれてきたのだという有名な詩句なんだ。やはり詩人であり批評家であるときには、ほめることで対象の深みに迫るということが一つの欠かせない方法なんじゃないかって感じはあって、そこは詩人批評家と詩人でない批評家の分れ目である可能性もあるように思う。分析を通じて総合へ行こうとすると、そういう方法が必要になるのではないかな。断罪する形の批評だとどうしても切り離し限定する方向になるから、総合化は難しいのじゃないか。

しかし、僕もどうも悪口というか断罪する批評は下手なんだけれども、杉本秀太郎さんがあるところで、文章には底意地悪いところが必要であるということを書いていて、それを読んで胸をつかれたところはあるんだ。もしかするといまみたいな時代には、自分のことは棚に上げて底意地悪くならなければいけない面も、とくに批評という面ではあるのではないかとも考えるけれどもね。

大岡　そのことは一回目の対談で出た問題とも関係があるね。テイストに関して明確な原理を持って、それで断罪するというのが、スパッと切る批評家のだいたい共通の原則だと思うんだ。一見非常に論理的な原理に基づいているように見えても、それを支えているのはその批評家の生理が持っている趣味性であって、そのテイストに対する強固な自信に裏づけられているのだと思う。しかし自分自身を考えてみると、俺のテイストってのは天下に唯一無二のものではない。唯一無二じゃないものを根拠にして人に対してナタをふるうということは自分に対して許しがたい、ということがあるわけ。そりゃ自分が天下唯一の存在であると信じたい。しかしそれが信じられない限りは、ナタはふるえないという気がある。

谷川　俺なんかが批評を書きにくいことの理由の一つも、たしかにそこにあると思うのよ。ところが、例えば夫婦喧嘩のときに女房が自分のことを棚に上げて俺を攻撃することがあるよね。そのときに実に深い真実が突如として露わになることがある。（笑）自分のことをふりかえって言っていたのでは相対化されて、お互い五分五分ではないかといったことになるけれども、しかし、いったん人が自分のことを棚に上げれば、相手の弱点の相当深いところを衝ける。そのことに気づいて、文学における批評もときには自分を棚に上げることが必要なんじゃないかと思うことが、ときどきはあるな。

大岡　そうね。僕が最終的に自分を棚に上げられないのは、たぶん自分が詩を書いていることから来る或る種の留保があるのだね。

谷川　そうかもしれない。作るほうの人間じゃない批評家というのは、棚に上げるものがないということがあるよね。ものを作っている人間はどうしても自分を棚に上げられないところがあるけれども、作っていない人はわりと平気で棚に上げる。うちの父親なんか見ていると、ときどきそういうことを感じるんだな。

だけど自分のなかにも綿々と受継がれているテイストというのは不思議なものだね。明治以後の日本にはエリオットが言っているような意味での正統なんて、なんにもないわけでしょう。それがないのになぜこのようにはっきりしたテイストがあって、好悪の判断が自信をもってできるのか。突き詰めていくとわけがわからないのだけれど、逆に言うとそれだけ強固なものであって、それを疑うとすれば自分の全人格を疑わなきゃいけないようなところがあるでしょう。

大岡　そうなんだ。正統的なものがどこにあるかが確定できれば、それに従って自分を棚に上げて批評することができるだろうけれども、そうでない限りは自分を棚に上げることができないのではなかろうか。だから、自分がそこに巻き込まれている状態において、なおかつ自分を離れた形で歴史を見て、日本語という言語による作品の膨大な歴史を貫いている何らかの太い力線を見つけて、正統的なものは何だ、というようなことを探し出してみることをまずやってみないことにはしようがないのじゃないか。まあ、僕の場合、日本の古典なんかに関心が行くようになった理由の一つはそういうことだったんだ。

そういう意味で、日本のなかにある多様性を自分自身のなかに可能な限り抱き込んでしまう。それでなおかつ自分が自己同一性を保っていられるならば、そのとき自分のなかにあるものが何らかの意味で正統（オーソドキシー）に重なっている部分があるのではないか。とにかく自分を実験台にしてみようという意識があった。

谷川　相当な野望なんだね。

大岡　うん、野望と言えばそうかもしれないね。

谷川　俺が一つのスタイルの詩をしばらくは書き続けられるけれども、やがてそれに飽きてしまうというのも、たぶん詩の伝統のなかでの正統性をつかんでいないからだという気がしているんだ。だからこういう二冊の詩集を同時に出したことも、結局一回限りのものという意識が強いわけ。過去にも未来にも結びつかなくて、現在ただいまだけのものであって、だからこそ逆に詩として成立していてね。それが時間の流れを貫く棒のようなものにどうしてもなってくれないから、悪戦苦闘してまた別のところへ行ってみる。結局俺は死ぬまでこうやってフラフラと漂っているのではないかと。

久生十蘭の本を読んで非常に共感したことがあるんだ。ユニークな文体を持った二流の作家と見られているようだけれども、僕が読んだ印象では、あの人はたいへん鋭い芸術的な直観力を持って、文体を渉猟し探しあぐねて、結局自分の文体と言えるものに到達しないで死んでしまったという感じが強かった。俺も同じことをやってるのじゃないか。しかしいまの日本で、はっきりした文体をつかんでそれを成熟させていくなんてことは、ほんとはできるはずがないのじゃないか、という居直りがちょっとあるわけね。文体を探しあぐねて生涯浮浪者で終るところに、俺の時代感覚の比較的いい部分があるのではないか。

大岡　俺の場合だって、八方に手を拡げて、そのまま八つ裂きになってしまう可能性がいちばん強いわけよ。やっぱりはじめからカチッとしたものを作って、一筋でずうっとやっていく人のほうが、形としてはきちんとしたものとして残るでしょう。腕力の問題もあるなあ。とにかくぐうっと手を拡げておいて、死ぬまでに何とかそれを自分の胸元まで持ちこたえられるだけ持ちこたえてみようということにすぎない。

その一方でこないだ杉本秀太郎さんに、大岡信はとてつもないナルシストだと書かれてびっくりした。あの人はたいへんなテイストの持ち主だし、京都の伝統のなかで生きているってところがあって、そういう人から、とてつもないナルシストだと具体的に指摘されて、ぽかんとしたと同時に感心しちゃったんだけどね。そういう盲点はあるんだな。

谷川　僕らには大岡信をナルシストと見る目は全くないね。むしろ逆に見えている。それがそう見えるというのは、京都人の凄さなのかもしれないね。俺には大岡信という人は、もしかすると自分の手に余るぐらいのものを抱き込もうとしている人だとは見えているわけだ。俺も同じように俗なるものから聖なるものまで可能な限りつかみとりたいという野望をつねに持っているけれども、それが自我を膨脹させていく方向に向っているものだとは思わないわけね。むしろ自我を消去していく方向でなきゃつかめないものだろうって気がしているからね。だからそれをナルシストと言われると、ギョッとしちゃうわけだな。

大岡　そう。僕としては自我を消去していく方向へ行ってるような気がするんだけどね。そのへんはよくわからない。ただ、水平にいくら手を拡げてみても駄目だという意識はあって垂直の方向への憧れがある。それが批評の文章を書くときには、いつでも心にわだかまりとしてある。

二の章　大岡 信を読む

谷川　僕はこれまで他人の詩集を一篇一篇丹念に分析的に読むということはあまりしてこなかった。むしろそれを避けて、パッと出会った直感のほうを信用してきたところがあるわけです。しかし今度は「批評の生理」というテーマを出されて、僕自身は批評をあまり書いていない人間だから、自分が実際に他人の詩作品に触れて感じた心の動きをできるだけ正直にしゃべったら、それが自ずから自分にとっての〝批評の生理〟を表わすのではないかと思った。それでいままでになく丹念に、自分なりに感じられる限りのものを感じたいという読み方で、大岡が去年の秋に出した『悲歌と祝禱』という詩集を読んだのです。それが僕にとって非常に面白い経験だった。だから、自分の好きな何篇かをとりあげてしゃべるというのじゃなく、この本の頭からできるだけ一篇一篇についてしゃべってみたいと思っているんだ。

大岡　すごいことになってきたな。（笑）

「祷」及び旧仮名のこと

谷川　まずはじめに「祷」という短い詩があるね。

はじめ何の気なしに読んだときには、きれいな詩だなという感じで読んだだけだったけれども、考えだすとこれは巻頭に置くのに実にふさわしい詩で、全篇の主題がここに尽くされているような詩なんだね。

覆がへるとも

花にうるほへ

石のつら

谷川　この詩から僕は、はじめはなんとなく道端でひっくり返っているお地蔵さんというイメージを持って、「石のつら」の「つら」は顔のことだから、お地蔵さんが顔をうつ伏せにして倒れているのかなと思った。だけど考えてみると「つら」は「おもて」とは違う。顔でも頬から顎にかけての横の面の表現だ。これはやはり横ざまに、たぶん丈の低い野草のなかに倒れているのではないか、というふうにイメージが変った。

そうして考えてみると、今度はこれは別にお地蔵さんでなくてもいいのじゃないか。「石のつら」というのを人間の顔に重ね合せて考えなくてもいいわけで、もしかするとうつ伏せに倒れた墓石の横の面であるかもしれない。またそこからさらに連想して、これはいかにも日本的な詩のようでいて、しかしギリシャの遺跡で大理石の柱が原色の花のなかに倒れ伏していると読んだっていいのじゃないか。そのどれが正解というのではなくて、そこまで重層的に読めるという気がしてきた。

とにかくこの一篇の主題は、滅亡したものがそのあとも花という現在によってうるおってください、そういう形で過去というものが現在に蘇り得るのだ、というテーマだろう。そういう「石のつら」がなければ花というものもその存在を明らかにしないのだっていう気持がこめられていると思う。つまりこの詩の「花」は『花伝書』の「花」なんかにつながる現在の象徴で、「石」は過去の象徴だと読めるわけね。だからそこにはまた、過去というものが石のように堅固で確乎として存在するものであるのに対して、現在というのは花のようであり、それは早く萎れたり枯れたりするものだという対照もあると思う。

この詩の題が「祷（いのり）」であるということのなかには、大岡が自分自身および自分の生み出す作品が未来においては石であることを願うし、現在においては花でありたいと願う、あなた自身の願望がこめられているのじゃないかという気がする。「覆がへるとも」という始まり方に、大岡の詩の持っているドラマティックなものの特徴もはっきり出ているわけだけど、こういう俳句もどきのフォルムを持っている短かさのゆえに、自由詩型のほかの詩よりもかえってふところが深くて、いろんな読み方を人に許すようなところがある。

それに、「うるほへ」という言葉も、ここにあなたのキーワードの一つである「水」とか「水気」というものが出ているし、それを思いきって命令形で言ったところに、詩に対するはっきりした決意みたいなものも感じられる。

大岡　内幕を言うと、この詩の最初の形は「覆がへり花にうるほふ石のつら」で、実は安東次男、丸谷才一両氏と三人で連句をやっているときに見つかった言葉なんです。連句三十六句のうちに花の座が二つ、月の座が三つあるでしょう。たまたまその花の座の順番にあたったわけです。花の座というのは古来たくさんうたわれてきて、いま花の句をつくっても陳腐になる危険は大いにある。しかも連句のなかのいわば名所にあたることがはじめからわかっている場所だから、読む人がかえって感動なしに通り過ぎるようなところがあって、花の座とか月の座というのは難しいわけね。だから僕としては、そういう条件を踏まえた上で、何かしら現代的な感性の刻印があるような句をと考えているうちに、「覆がへる」という言葉が出てきた。いま君に言われてなるほどと思ったけれども、僕の詩はどこかでドラマティックな要素を持たないと自分で満足できないという習癖があって、つまり逆上しないとだめなところがあるんだね。だから「覆がへる」が出てきたときには、こいつはうまい言葉を思い出したぞという感じがあった。その言葉にふさわしいものとして、「石」が自然によび出されてきた。

それで、「覆がへり花にうるほふ石のつら」というすらっとした句ができたんだけれども、君が言ってくれたような構造性が自分でも気に入っていて、詩集をつくるときにこれを詩集の最初に持ってきたいという気持がはっきりあった。

その場合に、この句を命令形にしたいという気持が生じてきた。それは詩集の最初に置くことにしたためでもあって、一冊の集の冒頭で、自分自身にまず命令を課したいと思ったんだね。それで「覆がへるとも花にうるほへ」という命令形にした。また、最初は一行ですらっと書かれていたのを三行にして、しかも「花にうるほへ」のあと一行あけて「石のつら」として、一種の短詩の形をとった。そのため「覆」「花」「石」という漢字三字が各行のはじめに来て、あとは全部平仮名になっているのも落着きがいいように思って最終的にこの形になったんだ。しかし「花」が現在で「石」が過去ということまでは、君の分析を聞くまでは考えていなかったなあ。

谷川　「覆がへり花にうるほふ」の形だと、そういうものはたぶん出てこない。「覆がへるとも」という強い言い方だから、覆がえったっていいじゃないかという感じがあって、作者自身の花と石に対する願望がはっきりしてきたと思う。この命令形は大岡のいちばん深いところから出てきた命令形じゃないかという感じがする。

大岡　そうです。僕には、人間というのは必ずひっくり返るという考えがあってね。僕自身のことで言えば、二十年余り詩を書いてきて、とくに三十代の半ばから四十ぐらいの時期に、自分で抱えきれないようなものを抱え込んでしまったような気がして、もうだめじゃないかと思ったことがあるんだ。飛行機で言えばエンジンがとまったような具合で、しばらくは何とか空に浮んでいて、そのうちにまたエンジンが動きだした。そういうことを感じたことが何度かあった。詩の問題だけじゃなくて、人生というのは必ずどこかで突如として覆がえるし、三十とか四十とかになってくればその可能性はどんどん強くなっていくのじゃないか。けれども、ひっくり返ったときでも、花がたまたま散りかかってきたときには、せめてうるおいある顔ができるような気持をもっていろよ、干からびるなよ、と自分に向って言うくらいの気持があったわけだ。痩せ我慢みたいだけれども、しかし人生における花なんてのは、せいぜいそんなものじゃないかという気もあるわけね。

谷川　連句の場合には「花」というのは桜でしょう。

大岡　そう。

谷川　僕はこの詩の「花」をどうも桜とは限定できないんだ。上から散りかかってくる花ではなくて、むしろ下から生えているタンポポとか、平凡な野花が石のつらのところで花を咲かせている。花にうるおうというのも、下から地下水を吸ってきた花自体の水気が石をうるおしている、というふうに僕はとるわけよ。この詩を読むとどうしても、あなたが日本の古典についていろいろ書いていることが思い浮んで、そういう過去の「石」に対してあなた自身が「花」になってやろうという優しさにとれる。あなたが未来においては石でありたい、現在においては花でありたい、というふうに僕がとったのは、そういうことなんだ。

大岡　作者自身としては、「石のつら」は自分自身以外ではないんだけれどね。

谷川　そこが僕には二重に読める。自分が覆がえった石になったときには花が自分をうるおしてほしいし、いま覆がえった石であるものに対しては自分が花になってやろうという、作者の優しい決意ですよ。

大岡　しかしそれは僕のなかにはないんだな。自分自身、もっと干からびた感じがある。

谷川　それが、この詩の「花」を散る花びらととるか、地面から咲き出た花ととるか、二つの解釈の違いになっているんだな。僕が地面から生えている野草の花という解釈ができたのは、逆に言えば僕が連句というものの約束にしばられない無学な人間であるからだと思うけれども、そのほうがやっぱり、いま作者の解釈を聞いても、なおかついいと思う。タンポポでもオオイヌノフグリでもいい、小さな何でもない花なんだけど、しかし地面に根を下ろしている花である。幹から離れた花びらじゃなくてさ。

大岡　たしかにそのほうがいいな。今後そういう解釈にいたします。（笑）批評の面白いところはそういうことだな。パリに十何年か暮していて人生の辛酸をなめている友達がいてね、この男がこの詩を読んで、大岡もこういう詩が書けるようになったかと思ったと言うんだ。それで、この詩を壁に貼っておきたいから筆で書いて送ってよこせと言うんだけれど、彼の場合にはおそらく僕がつくったときと同じように、自分自身が「石のつら」であるという読み方をしたんだと思う。しょっちゅう俺は覆がえっているけれども、せめて花がちょっぴりでも散りかかってきたらうるおえよ、と。

谷川　俺のほうがおそらく挫折体験が深刻じゃないから、もう少し積極的に読めるところがあるのよ。（笑）

だけどこの「石のつら」というのが、「おもて」ではなくてちょっと横を向いている「つら」であるところに、一種のシニカルな寂しさみたいなものもあって、そこもとてもいいと思うんだ。

それからもう一つは、この詩はやっぱりどうしても旧仮名でないといけないなということです。大岡はいつごろから旧仮名を使うようになった？

大岡　数年前に『紀貫之』という本を書いたときに、貫之の歌なんかをもちろん歴史的仮名遣で引用しながら地の文は新仮名で書いているわけです。ところが僕は作家論を書くとき、書いている相手と自分自身がしだいに同化しちまうような状態に自分を追いこんでゆくくせがあって、貫之を書いているうち地の文になるときに新仮名で書かなくてはならないのが苦痛になってきた。僕らは一応は旧仮名を習った世代だから、貫之を引用していると次第次第に、旧仮名でないと貫之を論ずるのに馴染まない感じがしてきたんだね。その経験が僕にとってはショッキングで、その後は詩を書いているときにも、新仮名で書くと詩がなぜか軽いものに見えるような気がしてきたわけ。

旧仮名というのは、音そのものを映した文字ではないので語の一つ一つの手ざわりが、少なくとも或る障害を経たうえで出てくる。新仮名だって音に完全に忠実とは言えないけれども、思考を一応発音に忠実に書けば新仮名になるわけです。しかし、われわれが頭のなかで考えているものは「音」であると同時に、もう少し違う、語は「物」であるという感じが僕にはあって、それを表わすには旧仮名で書いて、何か歯止めがかかる感じのほうがいい。旧仮名で書くと、一つ一つの語は音の流れだけではなくて、小さな語一つでも岩みたいにそこにあるという感じになる。例えば「何々さえ」というのでも、「さへ」と書くと岩が一つそこにあって流れを止めるような気がする。それで詩の場合に旧仮名を使いはじめたんだ。だから僕の場合には、歴史的仮名遣のほうが表記として正しいとか歴史的に理由があるということよりも、もっと機能的な意味で、このほうがブレーキがよく効くというふうな、わがままな形で旧仮名を使っている。散文は新仮名で書いているけれども、詩を書くときには旧仮名で書くことで、一つ一つの言葉を音であると同時に物である扱いをしているという考え方が、それだけで端的に出るという気がしているわけです。

「冬」

谷川　次が「冬」という詩。これははじめ詩の雑誌じゃなくて「小説新潮」に書かれた詩で、この詩集のほかの詩と比べるとちょっと異質なんだけれども、これも僕が好きな詩です。

蓑を着て
枯れた庭の裸か木の枝に
ぶらさがつてるやつがゐる

こどもの背丈ほどの小枝に
三コもゐるのだ

葉巻型の小越冬家は
つかんだ指に従順なはずみで媚びる

袋のそとで嬲つてゐる殺意の指を
こいつは区別できてゐるのか
たとへば春の微風から?

谷川　この詩の題が「冬」でありながら、最終行に「春の微風」というふうに、そこにすでにドラマティックな緊張感を持った重層性があって、おそらく月刊誌の季節感の要請に応えて書いているのだけれども、そのなかで「春の微風」という次に来る季節感を先取りしている。そこがまず僕の感性にぴったりする。

僕はこないだ「三月のなかの五月」という短い文章を書いたんだけど、実は五月という月がとっても好きなわけ。ところがその五月をいちばん強く感じるのは、三月あたりのまだ肌寒い時期に突然、初夏のような一日がある。そういうときに本当に自分の好きな五月というのをとても強く感覚的に受けとることがあって、だからこの詩の「春の微風」という一見題名と矛盾している言葉が、かえって冬をはっきり形象化していると思う。その点で歳時記というのは、新暦を使っているわれわれにとっては、いつでも季節のなかの予感を先取りしているように読めるところがあると思わない？

大岡　歳時記によっても違うけれども、例えば山本健吉さんの『最新俳句歳時記』では春なら「初春」「仲春」「晩春」の三つの春に分けて、それと別に春全体に通じる「三春」というのを立てている。その晩春あたりの季語になると、季節感としてはもう初夏と重なっているね。

谷川　季節のなかにある次の季節の予感と、逆に、冬なら冬のなかにある秋の思い出というものもある。冬という季節は春の予感と秋の思い出とで成り立っていて、もしかすると冬そのものはよくわからなくなるみたいな、そういう季節感というのはおそらく日本人だからだろうという気がする。つまり冬なら冬が、そう厳しくないわけよ。一行目に「蓑を着て」とあるけれども、つまり蓑を着てしのげる程度の冬なんだ。

「蓑」という言葉がすでに或る種の擬人化だけれども、「小越冬家」というところに一種のユーモアがあるよね。ミノムシというこんなに小さな生きものも、彼の主観に立ってみると、南極越冬隊に劣らぬぐらいの覚悟を持って越冬しているのである、と。そんなところも好きなんだけれども、「殺意」というドラマティックな言葉が出てくるのがやっぱり大岡らしいな。普通に季節感を考えた詩であれば、「殺意」というような言葉は出てこないだろう。

大岡　これは実際の経験が相当入っている詩なんです。それがほかの詩とちょっと違っている理由だと思う。僕は自分の体験をあまりストレートに使わないほうだけれど、この場合には庭のたいして大きくないレンギョウの木の、冬でまだひょろひょろした枝に、ほんとに三つもミノムシがぶら下がっていたんだ。僕はそのとき庭で写真をとられていたんだけれど、しゃがんでひょっと見たら目の前にミノムシがふらふらしていて、なんということなくさわってみると、中でゴソゴソ動いている。僕の体験というのはそれだけのことだけれども、一方に写真をとられている男がいて、それとなんの関係もなしにミノムシがいまのところ真っ暗な状態でぶら下がっている。もし僕がそのときに彼を殺そうと思えば、捻りつぶせばいいわけだ。ところがミノムシのほうは僕の手の触感から春のそよ風が吹いてきた感じを受けたかもしれない。そのへんからフィクションになってくるわけだけれども。実際はそのとき殺意を感じたのではなくて、殺そうと思えばすぐに殺せるなと感じたわけ。しかし人間というのもみんなこんなものじゃないかなって感じでね。つまりミノムシに自分を重ね合せていくと、われわれは目を開いているつもりでいるけれども、本当はどこかにある巨大な手で捻りつぶされるような存在ではないか。その指が自分のからだに触れてきても、春の微風が吹いてきたなあとのんびり構えて、やがて花が咲く季節が来たら俺も外へ飛び出せると思っている、というイメージが出てくる。

谷川　作者のその解釈は腑に落ちるけれども、それではちょっとつまらないのじゃないか。むしろ「媚びる」ものに対して瞬間的に「殺意」と出てくる、そのあいだの心の動き方が僕としては面白い。作者はあくまでミノムシではなくて人間であって、殺意を持つ巨大な加害者の側にいるというほうがさ。

大岡　そう、僕自身もつくっているときはそういうつもりです。しかし僕の考え方の一つの型かもしれないけれど、ミノムシに自分の精神状態を重ね合わせるようなところがある。だから「つかんだ指に従順なはずみで媚びる」というふうになるのは、だいぶん推敲してからなんだ。「小説新潮」に載せたときにもまだ、この行のあとに三行か四行余計なものがくっついていた。つまり、この庭ではこういう出来事があるけれども、庭のむこう側はたくさんの木が生えている林があった、そっちでは風が吹いていて、夕陽に向って裸木が無数に突っ立っているというような情景描写があったんだ。活字になって自分から離れたものとして読んだときに、しまったと慌ててね、今度詩集にするときに削り落した。

谷川　この詩で「殺意の指」と「春の微風」は、作者としては同じものではないと言っているわけだよね。区別しているわけだ。ところが読んでいるうちに、春の微風にだって殺意はあるのじゃないか、というふうにも読めてきて、それもまた面白い。

大岡　そうそう。区別はしているけれども、君の言うようにも読める状態で留めたいという気持で書いている。「殺意の指」と「春の微風」がいつのまにかダブってくるというふうな読み方をしてくれれば、作者としてはそれが一番有難い。

谷川　あなたは前に、もっと詩的混乱が必要だということを書いていたけれど、これはそういう意味では混乱のない詩で、作者としてそこはちょっと不満があるのじゃないかという印象もあるけど、どうですか。

大岡　僕はきちんとした形のある短い詩はなかなか書けないし、そのことにコンプレックスを持っているから、こういうのが書けたのでむしろ気に入っているね。

「朝・卓上静物図譜」及び波動性のこと

谷川　僕にはその逆のコンプレックスがあるわけだ。（笑）ところが次の「朝・卓上静物図譜」という詩になるとがらりと変りまして、相当混乱しておりまして（笑）よくわからないところもあるのですけれども。

I

味噌椀に光起ち
壜の唇かすかに震へ

ひとけないひととき
朝影にわが身はなりぬ

と壜はささやく

2

茶碗は舌にも筋はなかつた

3

おまへ百まで　おれ九十九まで
フォーク欠けたか
歯はまだか
ホッチョ　馳け鷹

4

「さては
菜桶(さいとうの)別当酒盛
湯瓶(たうびん)のかたにありて鍋釜をまもるか」

「さればよ
飯銅(はんどう)武士たるもの
あに桔梗皿(ききやうざら)と化して折敷(をしき)に伏し
腰高の末那板(まないた)の蔭なる
平べちやの茶磨(ちやうす)とのみ
乳繰り合うて果てむや」

とある明けがた
食器どもがたち騒ぐ

まぶたの裏側に
土蔵鼠のたんらんさもて
私が見つめてゐた
とある明けがたの
闘技場

5

焙烙(はうろく)の睾丸(ホーデン)は
秋(オータム)の宝丹(ほうたん)ならん
この　爽やかな朝

6

吐血鳥彫りし吐月峰
食卓におきたく

7

さらくらひしかど
げりもせず

8

薄切りの豆腐のうへに
浮びでた
ふとも気になる
東海の
逆上の血の
おもひで

さはれないので
噛みおろしたのだ
ひと息に

9

（石の匂ひのともりゐる朝）

誰《た》そやかの火祭の夜に頬寄せし
（鉦叩《かねたたき》　来て梳ける眉引《まよびき》）
誰そやかの火祭の夜に涙せし
（翼も潮もとほき朝焼け）

手が水を揉む
音が音とこすれる
野菜が手の下で
苦汁をたらす
いかなる音楽の切株も
模倣できない
ぶつぎりの繊維の
やさしいいきしり

フライパンあり
またひとつの朝

谷川　1の「朝影にわが身はなりぬ」というのは万葉集ですか。

大岡　そうです。柿本人麻呂の歌で、――まあほんとうは人麻呂の作かどうか議論のあるところだけれども――「朝影にわが身はなりぬ玉かぎるほのかに見えて去にし子故に」というのがあるんだ。朝影というのは朝のまだ弱々しい光がさしてきて物の影がまだ弱々しいという状態です。要するにそういう状態にまで恋の苦しみのためにやつれてしまったということです。

谷川　そこに問題があるんですよ。僕はすでにこの一行で古語辞典を必要とする読者なわけです。（笑）「朝影」が恋にやつれた形容であるとわかれば、この一節の「壜」がペニス的なものであると読んで、ここにある諧謔がはっきりしてくる。だけど僕みたいな無学な読者がそういうことを知らないで読むと、よくわからなかったり、あるいは読み過してしまうということがあるわけね。作者としてはそのへんをどうお考えか。

大岡　そこは難しいんだな。「朝影にわが身はなりぬ」に由来があると読みとってもらわなくても、それだけで或る種のイメージは浮ぶのじゃないか、それでいいという判断でやっているわけ。しかしひょっとして、何かあると思って調べてくれれば、それはそれで一層いい。ただ、「壜の唇かすかに震へ」というのは明らかに壜というものが生物的にとらえられているわけで、それをフロイト的に考えていけばたぶんペニス的なものになる。作者としてそのくらいの気持はあるわけです。しかし読む人によっては、とくに女の人なんかだったら、そこまで気がつかないかもしれない。しかし、きれいだなとでも思ってくれればいい。逆に男の中年の読者が、あ、これはと思って、なるほどおかしいやと笑ってくれれば、それはそれでますますいいと。つまり何種類もの読み方をされることのほうが面白いという気持がある。

谷川　たしかに、註をつけたら限定してしまうってことがあるよね。だけど2になると、ちょっとよくわからない。「茶碗の舌」というのは、例えば日本の伝統のお化けみたいなイメージもあるし、大岡が鉱物的なものにもすぐに動物的なものを見る傾向を持っているわけだから、そのイメージはわかるんだ。だけど「筋」というのがよくわからない。これはスジと読むの?

大岡　うん、そう。

谷川　「野暮筋」とか「違う筋」とかの筋じゃなくて、まったく筋肉的な筋?

大岡　そうです。えーと、これはね、この位置に意味のないものを入れたかったわけで、言ってみれば脇の句という感じがあるんだ。1で壜がわりと自己主張をしているので、次に茶碗を出したときには、茶碗のつるっとしている感覚そのものだけを出しておきたかったわけ。茶碗に何かを主張させるのではなくて、むしろ脇の句の持っているような、ただ次へすらっと移す運び役みたいな位置に置いたんだ。

谷川　そうか。そういうふうに〝運び〟で読むことは、現代詩の読者には非常に難しい。だいたいそういう概念がないわけだから、どうしても何か探してしまう。なんで舌があって筋がないのだろうか、とかね。

大岡　この詩全体に、いろんな食器が一種のお化けみたいな感じで出てくるよね。だからここではそうではなくて、ただつるっとしたものを出したかったんだけれども、ほかの食器を扱う場合に生物的な感じで扱っているためにこの場合も一応「茶碗の舌」と、茶碗に舌があるようにした。しかしその舌も、茶碗の場合には筋肉がないと。茶碗というのはつるっとしているだけなんだ。ただ、言い方が下手なんですね、これは。

谷川　3の「ホッチョ　馳け鷹」は「庖丁欠けたか」と掛けているわけね。

大岡　それとホトトギスの鳴き声の「ホッチョカケタカ」の語呂合せ。

谷川　これは面白さはよくわかるんだ。そういう語呂合せもあるしね。ただ、辞書を引いているうちに秀つ鷹(ほったか)なんて古い言葉があったけれど、そういう隠した意味はないわけね。

大岡　ない。単に語呂合せだけ。

谷川　分析的に読もうとすると、こういうところでやや弱点が出てくる。最初にパッとつかんだものを、下手をすると取り逃すかもしれない。

　4は当然、斎藤別当実盛だけど、これは例えばディズニー映画にもあったけれども、鍋とか釜とか箒とかの無生物が生き物になって、ゴチャゴチャ喧嘩したり騒いだりという、一つの古典的な型を踏んでいるんだな。これも、この通りに読んでおけばいいわけでしょう。

大岡　そうです。要するに、食器の古い呼び方の持っている変なおかしみを、古い言葉を持ってきてわざと出してみたわけです。

谷川　ただ、「湯瓶」がいまの日本の台所ではピーピーケトルになるのか、あるいは魔法瓶になるのか、僕にはわからない。それから、「飯銅」ってのはなに？

大岡　水を入れておく金属製の容器で、いまで言うとジャーみたいなものかなあ。

谷川　こういう詩を書いているときには、そういう現代の物とのダブルイメージはないわけ？

大岡　あんまりないね。言葉の面白さのほうだ。ここでは飯銅が坂東と重なって「飯銅武士」となっている。

谷川　桔梗皿とか折敷ぐらいまでは辞書を引けばわりあいはっきりしたイメージになるけれども、湯瓶や飯銅はどうもイメージ化しにくい。もともとははっきり具体的な物の名前であったものが、いまはわれわれにはイメージ化しにくいというもどかしさが、読んでいてあるんだ。

大岡　古語にはその問題があるよね。それを現代的な流通過程にある言葉とどのくらいまですんなり結びつけることができるかについて、僕の場合にはちょっと判断の基準がずれているのかもしれない。こういうものを面白がっているところがあるからね。

谷川　「土蔵鼠」というのはわかるんだ。僕には土蔵のイメージははっきりある。というのは、京都の母の里にわりと大きな土蔵が二つあって、そのなかでよく遊んだ記憶があるわけです。土蔵には過去の遺物の捨て切れないものがいっぱいあって、土蔵自体に或る種のスピリットのようなものが充満している。そこに住んでいる鼠が「たんらんさ」をもって見るということは、逆に湯瓶とか飯銅とか桔梗皿というものを作者が現在の位置から照射しているという感じがはっきりする。ここでイメージがはっきりしてくるというところが、うまく行ってると思うんだ。

大岡　最後のそれがあるから前のほうはなんとか成り立つだろうという判断が、僕にはあるわけです。

谷川　5の「焙烙（はうろく）の睾丸（ホーデン）」というのは、焙烙の上で焙っている睾丸？　それとも焙烙の持っている睾丸？

大岡　焙烙自身の睾丸のほう。焙烙を使って銀杏なんかを焙って食べていた思い出があるから、すっと焙烙という言葉が出てきて、あとは音の上のつながりで出てきているのです。焙烙という器には臍みたいな出っぱりさえない、つるっとしたもんですね。だから、あのつるっとしたものの中に、実は睾丸が隠れていると空想する面白さをねらっているのでもあるんだけれど。

谷川　僕も母親が胡麻や銀杏を焙っていたのを見ていたから、あのパチパチはぜる或る不安感みたいなものがあって、「焙烙の睾丸」というと睾丸が焙られて悲鳴をあげているのじゃないかって。(笑)そう考えると今度は睾丸のエキスで宝丹つまり売薬になるのかな、なんて思うわけ。そう読んでも面白いけれどね。

大岡　朝、ぼうっとしながらこういう馬鹿馬鹿しいことを考えているんだな、と読んでもらえばいいわけです。次の「吐血鳥彫りし吐月峰」もやっぱり音です。

谷川　吐月峰というのはあなたの故郷の山で……

大岡　静岡の山で、同時に煙草の灰を落す竹の筒のことですけどね。

谷川　吐血鳥はホトトギスですね。これは前の「ホッチョ　馳け鷹」と響き合せているわけ？

大岡　うん、そう。6全部が語呂合せだけれど、同時に前のほうからの関係もあってホトトギスが僕の頭をよぎっている。

谷川　7の「さらくらひしかど／げりもせず」の「さら」は、お皿のほかに「更に」というのもかかっている？

大岡　かかってない。

谷川　遊んで読むと「更に」にかけても読めるし、「徹底的に」という意味で英語の thorough にかけても読めるけれど、作者としては皿を食ったけど下痢はしなかったということでいいの？

大岡　意味としてはそれだけ。だけど自分のなかではいろんな反響のある言葉で、どうしても捨てられないんだ。

谷川　「あさきゆめみしゑひもせす」というようなこと？

大岡　そうなんだ。「酔ひもせず」が「げりもせず」になっている。そう読みとってもらうことを作者としては期待していたわけです。意味としては単純。

谷川　それから8の「逆上の血の／おもひで」というのは、「東海の」が前についているから、どうしてもそのあたりでのあなたの初恋とか、そんなところに連想が行くけれど。

大岡　深層心理的にはおそらく自分の過去の体験と関係があるのだろうね。

谷川　一行目の「薄切りの豆腐」には白い肌のイメージがはっきりあるからね。それに、「さはれないので／噛みおろしたのだ／ひと息に」というのには、そういう過去の体験と実際の豆腐を噛みおろすことの二重性がどうしても読みとれてしまう。

大岡　そうね。

谷川　9は括弧内を説明してもらわないと、僕にはよくわからないんだな。これはあなたの言葉？

大岡　うん、全部そう。

谷川　そうすると、連句に関係がある言葉？

大岡　連句そのものじゃないけど、自分ひとりで独吟の連句のようなものをやってみることがあって、自分のなかでAとBが連句をつくるというか。そういう遊びのなかから出てきた言葉です。

谷川　最後の「朝焼け」は前の8の「逆上の血の／おもひで」にかかっていてわかるんだけれども、あとの二つの括弧のなかがわからない。

大岡　「石の匂ひのともりゐる朝」というのは、石さえもポッと灯がともるように匂うような、特別な感じのする朝ということです。「鉦叩」というのは虫で、小さなからだで繊細な長いひげを持っていて、細くてよく通る声でチンチンと鳴く。ああ、いい鳴声だったなと思い出すときがよくある。その虫の鳴声が美しい女の眉を、まるで櫛で梳くようにきれいに梳きながら眉墨を引くというイメージだけれども、鉦叩には乞食坊主の意味もあるので、ちょっと冒険かなとは思った。鉦叩の声なんて聞いたことのない人が大半だから、あのチンチンと鳴く声のイメージを女の眉にかけて読んでくれる人は少ないかもしれない。ただ、鉦叩という言葉が、やっぱり好きなんだよ。

谷川　かなりの読み上手でないと、ちょっと難しいな。それに比べると10はとてもよくわかるわけですよ。「苦汁（にがり）」が液体の苦汁（にがり）であると同時に抽象的な意味の苦汁であることははっきりしているよね。

大岡　イメージとして、まっさらな野菜をブスッと切っていくわけだけれど、音楽というか芸術はすべて結局、野菜が切られるときのそういうきしりのようなものには匹敵できないのではないか、という思いも一つはあるのです。

谷川　それはよくわかるね。それから最後の二行だけれど僕は「フライパンあり／またひとつ朝」と、「の」を抜かして読んじゃう。「の」があると落着かなくてしようがないんだけどさ。

大岡　ああ、ほんとうね。「またひとつ朝」と言うと、もっとスパッとした朝の光みたいなのが出てくる。僕が「の」を入れたのは、僕のなかの古典に毒されている感性のためだな。「またひとつの朝」と言うと、古典的な落着きのようなものがある感じがするんだ。

谷川　ここで非常にはっきり現代になるわけだけれど、フライパンと湯瓶などのあいだの落差というものが、あなたの場合にはイマジナリーなもので埋められているというか貫通している。ところが僕なんかにはそこが貫通できないという感じがあって、そこを貫通できる感覚が羨ましいと思う。そういうものが一種の歴史感覚だろうし、古典に親しんでいればその感覚が育っていくと思うのだけれども。

大岡　でも自己判断としては、僕は自分自身の古典の感覚は信用していないんだ。もっとずっと泥臭い感覚のほうが多い。

谷川　例えばふだん、自分の家の魔法瓶を見ていて、なんとなく湯瓶のイメージが重なっているという感覚とは違うわけ？

大岡　違う。

谷川　詩の上で意識的に、何か雑音を入れたいということで入れているわけか。

大岡　そう。そうしないと落着かないところがある。自分の感覚のなかにある変な、どろっとした、濁っている部分に何か形を与えたいがために或る場合には古典的な言葉を持ってきたりする。淀んでいる感覚が自分の内部で動いていて、それに或る形を与えないと気分が悪くて、そのときどきでいろんなことをやっているだけのことだね。

谷川　その感覚が自分にとって不快で、それをわざと白日のもとに引っぱり出したいというようなこともあるの？

大岡　うん、ある。言語の世界に引っぱり上げてきて、きれいに一つの形になるという感じにはどうしてもならないものが僕のなかにはあって、だから君の『二十億光年の孤独』のいくつかの詩を雑誌で見たときに、ほんとにびっくりしたんだ。自分の言語感覚の古くささを感じた。一つには親父が短歌をやっていたために子供の頃から短歌を読み慣れていて、そこにある詠嘆的なものの痕跡が濁った形でいつまでもあるような気がする。

谷川　それは大岡と俺との、二十代に抱え込んでいたものの違いでもあるけれども、俺の場合には、抱え込んでいるもののうちの形にはならない部分というのは詩には書いてはいけないのだ、私生活でごちゃごちゃと悩まなくてはいけないものだ、詩というものははっきりした形で提出しなければいけないのだ、という観念があったからだ。そういう観念がいつどこで出来たかわからないのだけれども、おそらくこれは自分の育った家庭環境なんかと結びついている。そういうものの違いだろうな。

　大岡の場合には最初の恋愛体験が相当割り切れない思いを残していたようだし、俺の場合にはそれを逃げるというか切り捨てて生きてきた。つまり生きることの楽なほうについてきたという思いが強くて、だから俺の側から見ると大岡は俺に欠如したものを逆に照し出しているわけで、あなたの言う古くささというのとはちょっと違うと思うけれどもね。

大岡　恋愛体験ということで言えば、それは自分のなかではたしかに大きかった。だけど客観的には誰でもぶつかることで、どうってことはない。ただ僕はそこに大きな問題を見つけよう、見つけようとしていたのでしょうね。

谷川　でもそれがその人の資質というものでしょう。僕の場合にそういうものを切り捨てていこうとしたことの根本には、一人っ子で幼児期に非常に強く母親に依存していたことがあると思う。少なくとも小学校のあいだじゅう、とにかく母親を失うということが最大の恐怖だったわけね。自分と母親という他人の区別がほとんどなかった。それを思春期において特別ネガティヴに捉えてしまったんだ。どうかして自分と他人の区別をはっきりつけて自分というものを形のあるものにしなければ俺は生きていけないっていう焦りがすごく強かった。だから最初の恋愛体験で、女に依存することで母親依存から切り離された、あるいはむしろ意識的にそうしたのだけれども、同時に、恋人に対して母親に対するのと同じような依存をしたらたいへんだという意識が強くて、距離をとろうとろうとしていた。つまり僕は他者にまきこまれることを避け続けてきたんだな。

大岡　君の詩が成立してくる場の問題そのものだね、たぶん誰にも同じようなことがあると思う。僕が他人の詩の批評を書くときにほんとにつかみたいのはそこなんだ。その人の生存の根本的なある種の形式がつかめればいいと思って、書かれたもののなかからいろいろ探ってみるけれど、なかなかそれはつかめない。そのくせ、その人自身に聞けば、あっと驚くようなことが必ずあるんだ。批評の難しさがそのへんにあると思う。

谷川　いまのことと関係しているんだけれども、僕はあなたの中に、〝波動性〟というのがあると思うんだ、これはすでに大岡自身が『彩耳記』で書いてることだけど。現代物理学では光子とか電子というものは粒子であると同時に波であり、物質であると同時にエネルギーであり、形のあるものであると同時に形のないものである、という二元論が出てきたわけで、あなたの詩はそれを明確に踏まえていると思う。そのなかで、普通は粒子性のほうを重視しているから、逆に波動性のほうを強く出しているという面がとってもあってね。

粒子性というのは、人間関係でいえば自分と他人をあくまで区別していこうとする心の動き方で、造型的なことで言えば表現の面で自分をできるだけ明確な形で決めていこうという心の動き方だといっていい。波動性というのはその逆で、自分を他人とできるだけ溶け合せていこうとする心の動き方で、自分をエネルギー的なものとして捉えて、詩の言葉も一種の波動性で使っていこうとする。そうなると形の明確さというものはむしろ崩れていくもので、僕があなたの詩にいままで感じてきた違和感の最大のものは、その波動性のつかみがたさだろうと思うんだ。ところが今度のこの詩集をよく読んでみて、あなたのなかではその波動性と粒子性とがつねに相補的な関係にあって、いまわれわれはどちらかと言えば粒子性のほうを際立たせているから、それに対してあなたは意識的に波動性を出してきていると言えるのじゃないか。

大岡　うん。それは僕自身のなかでは相当に意識的だね。

谷川　人間存在まで波として捉えるということが、たぶんあなたのごく初期からあるんだということね。それがいったいどこから来たのか、それはよくわからないわけだ。恋愛体験で恐れげもなく相手の中へ中へ入っていこうとした大岡の意思みたいなものが、どこからどういうふうにして出てきたのか、不思議な気がするんだ。

「風の説」

谷川　次の「風の説」という詩には、その波動性がとってもはっきり出ている。とくに第一節には、これ以上分析のしようもないぐらいに、はっきりと出ている。あなたがもっと前に書いた「水の生理」という詩がやはりあなたのそういう面をかなり出していて、僕の好きな詩なんだけれど、あれと共通のところがあるのじゃないのかな。


風には種子も蔕(へた)もない。果実のやうに完結することを知らぬ。

わたしが歩くと、足もとに風が起る。けれどそれは、たちまち消える溜息だ。ほんとの風は、かならず遠方に起り、遠方に消える。

風には種子も蔕もない。果実のやうに熟すことを知らぬ。

風はたえずもんどりうつて滑走し、あらゆる隙間を埋めることに熱中する透明な遊行者だ。

それは空中に位置を移した水といふべきだ。

*

雨後。浅瀬あり。

林をたどつていく。

色鳥の繁殖。物音の空へのしろい浸透。

石はせせらぎに灌腸される。

石ころの括約筋のふるへ。

石ころの肉の悩みのふるへ。

風のゆらぐにつれ
陽は裏返つて野に溢れ
人は一瞬千里眼をもつ。
風はわたしにささやく。
《この光の麻薬さへあれば
ね、螻蛄(けら)の水渡りだつて
あなたに見せてあげられるわ》
このいとしい風めが。
嘘つきのひろびろの胸めが。

＊

別の風は運んでゐる。
つひにまともな言葉にまで熟さなかつた人語のざわめき
ああいふ人語は
仮死状態だとなぜこんなにもなつかしいのか。
すべての木(こ)の葉の繊毛に
こんもり露をもりあげる
気体の規則ただしい夜のいとなみも

かすかなざわめきに満ちてゐるのではないか。
人間は神経細胞(ニューロン)の樹状突起をそよがせて
夜ごとあれらの樹の液と
ざわめきを感応させてゐるのではないか。

そしてたがひのあひだには
もんどりうつて滑走し、あらゆる隙間を埋めることに熱中する透明な遊行者が
ふかい空間の網を張つてゐるのではないか。

谷川　「風には種子も蒂(へた)も」なくて「果実のやうに完結することを知ら」ないし「熟すことも知ら」ないということは、要するに風というのは成長・成熟・死というサイクルを突き抜けたものだ、ということだろうと思うのね。「あらゆる隙間を埋めること」という言い方は、「水の生理」にあったように水があらゆる隙間を埋めるのと同じで、あなたにとって水と風とは区別できないぐらいのものだから「空中に位置を移した水」になる。

大岡　古典的な言葉づかいとしてはいろいろな種類の鳥ということだけれども、文字からそういうふうなものを受取ってもらったほうがありがたい。古語としては知らなくても、色彩の豊かないろいろ

「色鳥の繁殖」の「色鳥」には彩りの意味も含まれているだろうね。

な種類の鳥というイメージがあればそれでいい。

谷川　「石はせせらぎに灌腸される」から三行の石のイメージも、鉱物を動物化してしまっていて、当然ダリの「垂れ下がっている時計」の絵などを連想する。だからここには大岡のシュルレアリスム体験も入っていると思うけれども、その前にすでにあなたの資質としてある、一種のアニミズムとも言える。

大岡　僕はふだんは現実の自然界をそんなものとして見てはいないけれども、言葉に書くと必ず出てくるんだよ。だから、それは僕の内部にあるものなんだろう。石がせせらぎにあると、そこへ「灌腸する」といった言葉をどうしてもつけたくなるし、次には「石ころの括約筋のふるへ」「石ころの肉の悩みのふるへ」と、三つぐらいが出てきてしまう。実はこの三行を書いたとき、一種の快感があったんだ。(笑)

谷川　萩原朔太郎が植物の動物化をやったけれど、あなたの場合は鉱物を動物化してやわらげてしまうところまで一歩踏み出している。(笑)はじめの詩の「うるほへ」とか、このやわらげることというのは、あなたのからだのいちばん奥のほうにある願望なんじゃないかと思う。

「螻蛄(けら)の水渡り」というのは、できそうもないことのたとえだって?

大岡　そう。僕はそういう極り文句が好きで、わりと気を使って書いているのです。ここの「螻蛄の水渡り」は、あのオケラが水なんか渡れっこないじゃないかと思ってもらえばいいんだ。で、風は「そういうことさえ光がさっと野原一面に溢れているところならば可能なのよ」と言うんだってこと。僕の場合は古い言葉を使っても、その言葉は現在そこに置かれている状態で感じ、理解してもらいたいという気持が、いつでもある。言葉にイメージの具象性さえあればいい。その物を知っている人には、ああそうかとわかってもらえるから一層いい。こういう態度はよろしくないですかね。

谷川　それは一人ひとりの詩人の伝統感覚にもとづく勘だからね。ある人間にとってはその言葉がどうしても具象化しない、だけど別の人間にとっては生きている言葉だ、ということがあって、これはどうしようもないな。オケラだって、若い人だったら下手をするとミズスマシの一族かと思ったりするわけだ。(笑) あなたはむしろ、わざとそういう言葉を使って、こういうものも知っておいてほしい、というようなところもあると思えるけどね。

大岡　うん、そういう場合もある。「螻蛄の水渡り」なんかはどうでもいいけれども、ある場合にはこのくらいまでは知っている読者がたくさんいてくれると、現代詩の書き手がもう少し息がしやすくなるのじゃないかと思うことがあるね。思い上がった言い方をすれば、現代詩を書くことのなかにはそういう使命感もあるとは思っている。

谷川　気どりとか変なスタイルをつくるために古い言葉が使われていると反撥を感じるけれども、あなたの場合にはひとりよがりで使っていることがないと思うね。読むほうで積極的に辞書を引くというふうに反応できるから、結局それは古い言葉が前後の文脈とくっついているということだろうな。

初めと終りに出ている「遊行者」には仏教的なイメージがあるわけだね。雲水ふうのもので、この表現には、風が何者かの媒介者になって、もっと深く広いものをわれわれに教えてくれるはずだというような確信がある。でも実際の生活であなたが散歩しているときには、「風が遊行者である」と言語化しているわけではない。ひたすら歩いているだけでしょう。そこが詩の面白いところで、過去の散歩の体験が机の前で変質していくというか、言葉になっていなかったものがこういう形で言葉になってしまう。作者にとって最も深い意味で自然なものかもしれないけれども、それはある種の人工をはっきり経ているということ。読者はそのことを自覚しておいたほうがいいのじゃないかという気がする。

大岡　自然界を実際に歩いているときには個々のものに接しているわけだけれども、それらに本当の意味で形を与えるのは、自分自身のなかの意味あるいは感覚の体系だと思うんだ。世界観とか人生観という言い方もできるけれども、女のからだが月々完全な形の卵子を生み出しているみたいに、人間のからだのなかにつねにフォルム感覚が見えない形で生み出されていて、そこに個別の一つのものがひっかかってきたときに言葉になる。そういう考えが僕にはある。

谷川　ああそうか。そういうふうに書くとすれば、いつでも具体的な何ものかが媒介者として存在している。完全な空想から出たものじゃないわけだ。それがあるから、あなたの波動派的な詩のなかに、僕みたいな粒子派でも物の実在感を感じられるんだな。つまり自然のなかでの具体的な体験がつねに基礎にあることが感じられて、そこでおそらく噛み合えるものがあるわけです。

「死と微笑」

谷川　「死と微笑」というのは副題に「市ケ谷擾乱拾遺」とあるように、三島由紀夫事件という時事的なトピックスを扱った詩で、同時に大岡信の女性論であり、とくに最後の一行はあなたの女性観をはっきり表わしていると思うな。

男たちは死にあくがれる

入江の彩雨
家常茶飯の塩の閃き
印度洋よりはれやかな絵馬
それらがあるとき
男たちに見えなくなる

みちのほとりのあだごとに
傾ける耳をもたなかつた男たちの
魂魄は月しろよりもいかつて細り
唇は墓に封印される
血しぶきのかなた
公案は達磨の台座の
へこみに凍りついたままだ
不遜にも男たちは死にあくがれる

少年は　唇を
大人は　腰を
おのがじし涼しげにひきしぼり
百千鳥（ももちどり）そらのももだちとるあした
残照を浴び蜥蜴たちが
紅葉の裏のむらさきをよぎるゆふぐれ
果実の毳にたまる露吸ひ
男たちは死にむかつて発（た）つ

なぜもない
ゆゑにもない
断言肯定断言否定の
なんたる解放
なんたる歓喜

衰へにかがやく霊は
映像の絶えた宇宙を
ほめうたうたひ　よろめいてゆく

鴨の脚はけふも林にささめいて降り
家常茶飯の塩はこぼれる

女たちは岸でほほゑむ

大岡　これは、あの出来事に関して僕が書き得たほとんど唯一の文章で、僕は三島由紀夫という人を「みちのほとりのあだごとに傾ける耳をもたなかつた男たち」の一人だったと見ているわけです。鴨長明がその『発心集』の序文で、「道のほとりのあだごとの中に、我が一念の発心を楽しむばかりにや」と言っている。世間一般の日常的な生活のなかで語られているたわいない言葉のなかに、自分の心の向上をはかるきっかけを見出だすということで、僕はそういう言葉に耳を傾けることが人間として生きている上でとても大事なように思うんだ。しかし三島由紀夫という人はそうではなかったという気がする。道のほとりのあだごとに耳を傾ける気持に欠けていて、一方で男性原理に憧れ、そして禁欲的だった。まあ僕のモチーフとしては、あるイデオロギーを信奉すると一切のあだごとに耳を傾けることができなくなってしまう、そういう人びとのタイプをここで書きたかった。三島由紀夫もその一人であり、マルキストのなかにもそういう人がいる。これは生物学的な分類に近いもので、だから軸をちょっと動かすと男性的対女性的という分類にも関わりが出てくる。この詩は三島由紀夫批判であるけれども、それと同時に、そういう人びとの潔さに惹かれるものもあってね、苦労して書いた詩です。最初に発表したときには「なぜもない」からの五行はなくて、詩全体が変に抒情的になっていたのだけれども、この一連を付け加えて詩を垂直に立てるということを考えて、一応言いたいことは言えたような気がする。

谷川　そうね。しかし、はっきりはしたけれども、この五行は詩句としては逆に弱いね。これがあってもなくっても、やっぱり三島由紀夫批判のほうが強い。

あの事件には全く説明できないようなショックを受けてね、そのあとのいろんな記事のなかで、三島さんがああいう行動をどうやら決意してから、息子がかわいくてしようがない、息子のことを考えるのがいちばんつらいと洩らしていたって話を週刊誌で読んだんだ。その記事に俺はいちばん感動した。息子に対する執着は彼にとって「みちのほとりのあだごと」に近いものだっただろうし、三島由紀夫という人がそういうものへの感受性を持っていたということで、自分があの人を理解するモメントはたぶんそこにあるだろうという気がした。だから彼の「みちのほとりのあだごと」に対する態度というのも多分に人為的なものであって、そういうものに一所懸命に心を閉ざそうとして生きてきたとも言えるのじゃないかな。

「女たちは岸でほほゑむ」という最後の行。これは会心の一行でしょうけれども（笑）いささか古風な女性観でしょうね、「家常茶飯の塩」と結びついているあたり。

大岡　現実の女のイメージは全くなくて、女の霊みたいなものを考えていて、だからどうしてもこの一行は動かせない。

谷川　それはそうだろうな。ただ、これはとてもきれいでイメージの鮮明ないい行だけれども、ここに女というものの見方の或る限界があるのじゃないかという気もちょっとする。

大岡　例えばビザンチンのモザイクに描かれているような、目をぱっちり開けて不動の姿勢で立っている女というような、イメージとして完結したものに入れてしまいたいという気持も一つにはあった。三島由紀夫の死というものを扱いかねていたから、そうすれば何とか気持が安らぐというところがあるわけよ。

谷川　そうか、ビザンチンのモザイクのイメージとはちょっととらなかったな。

大岡　いや、作者のモチーフはそういうところにあったということにすぎない。やっぱり人の死を扱う詩は難しいね。

谷川　うん。でもあなたは自分の中学時代の友人の死に対しては、いくつかの詩があるけれども、もっと素直に言えているね。だけど三島由紀夫の死に対してはずいぶん屈折がある。

大岡　あるね。非常に両面的な感情があって、結局、この詩のように少し古風な感じのするところへ事件を全部収斂させて、お祈りにして終りにしてしまったわけだな。

谷川　そうだよね。だからそこに、こういうふうに片づけてしまっていいのかという不満は残る。しかし一篇の詩として、これはいい詩です。

「燈台へ！」及び削るということ

大岡　いまの詩のすぐ次にある「燈台へ！」という詩も、実は三島由紀夫事件の衝撃で書いたものです。

谷川　ああ、そうか。そうすると燈台というのは男性を象徴するものとして読んでいいわけね。

大岡　そう。死と性。そういうものの象徴として。

谷川　それでギリシャが出てくるわけね。多島海が出てきたり、「逃げあしはやい曙」というホメロスの言葉が出てくるのが、ちょっとわからなかったんだ。「硫酸まみれの夕暮／ざわめきながら枯れてゆく東のバビロン」というのは現代の東京なんだな。そう読めばわりあい素直な詩だね。

大岡　これはむしろ三島由紀夫に強く傾いている詩です。

あぢむら騒ぎ
しろがね融ける地表に
狂ひたつ生きものたちの
水晶体はけぶる
祖先のからだの髪と管は炎える

漂民は
山吹咲く深井戸を越え
たづねたづねてさまよふのだ
地のはてにかがやくといふ
あの燈台を！

たまきはるうつつ乳房を
ふくよかなしろい背(そびら)やへそのまはりに数しれず匂はせて
死の淵に　肉(ししむら)　ふるふ
あの燈台へ！

鏡なす多島海よ
紺瑠璃をくちびるにひき
昆虫踊るひかりの角柱で
おれを殴りつけてくれ
葦笛のきよい音色(ね)の錐で
ぎりぎりとおれを刺してくれ

群青のこころよい痛みがはしる
このときおれは
きらきらの球体とわが身を感じ
このとき船は
吃水線の皺をのばす

船体はめざめる
船体はめざめる風だ
へさきのやさしい一撃に
波はめざめる
ぴちゃぴちゃとその口の中に
すずしい血をもつ魚（うを）どもをゆすりながら

逃げあしはやい曙
硫酸まみれの夕暮
ざわめきながら枯れてゆく東のバビロン
滅びへむかつて人畜が熟柿めくいま

おお　なぜか
群青は胸を刺し
しるしもしるく
燈台のまぼろしゆらぎ
いとしいものらを讃へる言葉は

今こそ
くちびるの波間に荒れる！

大岡　この詩にもはじめは「市ケ谷擾乱拾遺」という副題をつけたんだけれど、三島由紀夫よりもむしろ自分自身になってしまっているところがあるので、最終的には副題をはずした。

谷川　ああそうか。副題をつければはっきりするけれども、そのかわりに浅くとられるね。

大岡　そうなんだ。

谷川　「あぢむら騒ぎ」「しろがね融ける」というようなのは、自分の語彙として実感できるわけね。

大岡　この詩を書いた時期に、僕は自分の詩をなんとか変えたいと思っていたんだ。そのために、いま自分が使っている言葉と古い言葉を一度まぜこぜにしてみようとして、その痕跡が残っているんだけれどもね。

「あぢむら騒ぎ」というのはアジ鴨の群がいっせいに騒ぎ立てるようなことだけれども、自分のイメージのなかではもっと一般的に、非常に騒がしい生物の群ということで、「しろがね融ける」は象徴的に言えば金属類がわき立ち融けていく現代ということなんだな。だから生物と鉱物の両方が騒がしくわき立っているような地表というイメージ。

谷川　「たまきはるうつつ乳房」が出てくるのは、燈台という比較的見やすい象徴を、女性的な象徴を持ってくることで逆に少し曖昧にしてみようという意識が働いているのかな。一元的に受けとられたくないということがあるわけでしょう。

大岡　そうね。それと、燈台というものを男と女の合体したような、男女両性の複合体として考えると、僕は身内でゾクゾクするようなところがあるわけよ。

谷川　なるほど。両性具有的なもののほうがずっとエロティックなわけだね。

大岡　この燈台はもちろん死の世界の象徴であるし、死の世界まで行かなければ到達できないほどの生理的なものの極致みたいなものであって、そこへどんどん近づいていくということがある。しかし最終的には、そういう自分自身も世界も全部滅びてしまうようなところに感じられる一種の残酷な快感のようなものを歌いたかった。そういう滅びへ傾いていくと、意外なことに「いとしいものらを讃へる言葉」がいまこそ唇に荒々しく溢れるということです。そういう逆説的な道筋をたどることを通じて現在を生きるのが、自分では必然性があるような気がしているんだ。それが果たして出ているかどうか。

死というもののなかに取り込まれた状態でないと、いま現在自分がいとしく思っている身のまわりの人びとへの讃美の言葉も出てこないという、理屈ではない感覚、それをうたいたかったのだけれどもね。

谷川　俺の趣味から言うと、それにしては工夫が凝らされすぎていて、もう少し直截に言えるのじゃないかって気がする。受取る側の趣味とか感性の問題だから簡単には言えないし、また、あまり直截に出たら含意が失われてしまうけれども。

大岡　直截に言えば構図は出てくるけどね。僕の場合、構図があると同時にその構図の図柄がほとんど見えないくらいに塗りつぶしてしまいたいという気持がある。そして言葉の一つ一つが艶とか厚みを持っていて、それが積み重ねられて、いろいろな手ざわりのあるものをつくりたいんだ。

谷川　あなたがルオーについて書いて、ああいうマチエールをつくりたいというのと同じようなことだな。

大岡　感覚的にそういう欲深いところがあって、だから詩の格好がうまくつかない。

谷川　それはあなたが、削るということは組織化していくことだという意味で、自分をできるだけ単純につかまえていくことと関係があるよね。つまり、できるだけ多くのものを取り込んで、それを組織化することで複雑なものが単純になるという考え方。だからその単純なものの骨組だけを明らかにしたのではなんにもならないのであって、世の中にある具体的な肉体で感じられる多くのものを、組織化することによって単純化していく。そういう一種の構図があなたにはあって、その考え方はきっと正しいと僕は思うんだ。だけど、それが一篇一篇の詩で成功しているかどうかは別の問題だから、そこのところは難しいのだな。

僕なんかはどちらかと言うと、人生を一行の断言でくくれればいちばんいいんだとか、詩人は一行だけ素晴しい詩句が書ければいいといったようなところが、まだどこかに残っている。だから、削るというと、どうしてもそういうものに向って自分が痩せていくようなところがあるわけ。同じ削り方でも例えばジャコメッティの彫刻なんかは、逆にものすごく錯綜した線で削っていくやり方で、あなたの場合にはその傾向のほうがはるかに強い。現実が禅の高僧が言うように一行で言えるかというと、どうもそうではない、とくに詩の場合にはそうは言えないと、僕もこのごろ思うんだ。だからそういう痩せる方向の削り方をするのはやめようという方向へ行っているわけだけれども、なかなか豊かなマチエールをつくれなくて、下手をすると設計図のような詩を書きそうだという危惧はあるんだな。

「花と鳥にさからつて」及びストーンド思考のこと

谷川　あなたの詩には新しい花鳥風月みたいなところがあると思うんだ。現代物理学なんかの成果も踏まえた上で、花鳥風月の流れにうまく沿って、そのもっと奥まで入りつつあるという印象がある。だから「花と鳥にさからつて」という詩が出てくると、これはちょっと逆説的に言っているのではないかという気がする。「花鳥のめぐみにとほく」という言い方からは、いくら花鳥風月を目指してもそこへは入っていけないんだという理屈は出てくるけれども、どこか屈折してやろうというところが感じられるんだな。

静かな散歩をする秋がやってきて
いのちをこめて歩いてゆく
粘膜が光る
発破の走る谿間よりもくらくなる視野
指が光る　山頂が光る

空はうなり
後ろから　うねりが歩いてくる

押入れのふとんのずれがふッと気になる
後ろから　うねりが追つてくる
小動物とのみるみるひろがる距離
裂ける内部のひろがる距離

ひそかに虹を私有するやましさあれば
粘膜光り
川は荒れ
よしない歓喜身うちにあばれ

鉄橋越えれば
わが一存で
冬へも転がつてゆくか　風景よ

斧に雪ふれ
大野に雪ふれ

冬蜂のやうにおのれをいたはる日溜りにとほく

花鳥(はなとり)のめぐみにとほく
心は水のやうに
相撃つものを求めてさすらふ

軽くされることにあらがひ
すべてのふくらみはじめるものの
もつとも重い部分へ沈む

谷川　僕は「いのちをこめて歩いてゆく」という一行なんかとても好きなんだけど、そういう行の素直さと「押入れのふとんのずれがふッと気になる」というのは、どこかちぐはぐじゃないかな。なぜこの行があるのかなあと思う。あなたの詩ではふッと浮んだ行であっても、無意識のうちの知的検証が膨大な量で働いていることが多いという気がするんだけれども、この一行の場合にはもしかするとあなたがほんとうにそう感じたそのままじゃないかって感じがあって、読んでいってそれこそふッと気になるわけです。(笑)

大岡　なるほどね。この詩で歩いていく歩き方に自分でいうのは妙だけど、後髪を引かれるところがあってね。僕自身の生き方には、或ることに突進していくときもう一つの自分がいつでもそれにブレーキをかけるということがあって、そういうところから出てきた言葉なんだ。だから僕としては「押入れのふとんのずれがふッと気になる」というのは、わりと気に入っているわけ。自分にとってリアルなものが、こういうところにはあって、それははずしたくない。だから、批評的な目をそこでは働かさないで、大事にしているといえるかもしれない。

谷川　ああ、そうか。ただこの詩には連句の発想と共通のものがあるよね。そう思って読んでいくと、うねりというわりあい抽象的な言い方と、「押入れのふとんのずれ」という瑣末なことにひっかかる現実の人間というものが、うまく対照的になってくれないんだな。

大岡　僕にとっては「うねりが歩いてくる」というのが、心理的にはリアリティーを持っていて、それがそのまま次の「後ろから　うねりが追ってくる」へ続いてしまうと、世界の構造が一元化されすぎてしまう。だからそこへ粒子的なものが入ってこないとどうしても困るんだね。

谷川　流れすぎちゃう……。

大岡　そう、流れすぎちゃう。だから流れを止める要素をいつでも置いときながら、それを押し倒して流れがどんどん先へ行くというふうにしたいわけよ。

谷川　そこにやっぱり「相撃つものを求め」る心が働いているのですね。

大岡　そう。だからお説のように花鳥風月的なものも僕の中の一つの要素ではあると思うけれども、それに逆らう要素を僕はどうしても必要としていて、だから詩が完結することが難しい。それをぶちこわす要素が入っていないと詩として落着かない感じがある。だから詩としては破綻してしまうようなもののなかに、自分ではひどく固執している要素があるんだね。

谷川　『ナチュラル・マインド』（アンドルー・ワイル著・名谷一郎訳・草思社・一九七七）という本が出たんですよ。アメリカのドラッグ（麻薬）を研究している学者が書いた本で、ドラッグというものは人間が日常の意識とは違うところでそれより高い意識を得るための一つの仕掛けであると捉えた革命的なドラッグ論だけれども、彼に言わせると人間には〝ストレート思考〟というものが本来ある。これは知性イコール精神であると信じて、すべて論理的に片づけていこうとする、普通の人間が日常に持っている思考である。それに対して彼は〝ストーンド思考〟というのがあると言うんだね。ストーンドというのはマリファナなんか飲んでハイになった状態を言うんだけれども、彼は、人間には食欲や性欲と同じように生得の欲望として、日常の意識とは全然違う意識を周期的に持ちたいという欲望があるという仮定に立っている。麻薬だけじゃなく酒とか煙草とかコーヒーも全部それで、彼はそれらをひっくるめて〝ドラッグ〟と呼んでいて、そのドラッグによってハイになった状態のときの、直観まで含んだ思考が働く思考状態を〝ストーンド思考〟と呼んでいる。そのストーンド思考のいくつかの特徴の一つに、アンビヴァレント（反対感情両立）なものをアンビヴァレントなままで包み込んで受けとろうという態度を挙げているんだ。

あなたの詩には、アンビヴァレントなものをそのまま取り込もうとする態度が強い形であると思うんだ。それがやはり本当の現実のつかみ方ではないかと僕は思うわけ。あなたの基本に緊張した一種の二元論があって、或る一つの次元があれば必ずそれに対して「相撃つものを求めて」しまうということは、基本的に全く正しいと思うんだ。一篇の詩の完成度という問題は別にして、この詩を読んでますます強くそれを感じている。

「水の皮と種子のある詩」

谷川　「水の皮と種子のある詩」も連句的な技法を使ったものだけれども、例えば3の「沈め／詠ふな／ただ黙して／秋景色をたたむ紐となれ」というのは、逆にそれをぶちこわしていて、こういうところを読むと、ああやっぱり現代の詩だなという感じがあって、僕は好きなんだ。

I

霖雨の腕をかいくぐつて
風月延年の飾りを祝はう
樹に垢じみたもの
一木もなし

2

歯をみがきつつありしとき
経師屋きたり
夏目さんの
かんしやくを問ふ

3

沈め
詠ふな
ただ黙して
秋景色をたたむ紐となれ

4

ぐい呑みのかなた
はッと萌えそめし焚火あり
森　あわてて
はだしになる見ゆ

5

窓に切られた空も
千萬の鳥を容れるに足る
夢に見た光と
午後は韻をふんで語りたい

6

たがやせば天までいたる
さかひ目のない春
すべてふくらみはじめたものは泳ぐ
ひとの眼ざしのなか

7

澄んだ空気にかつゐる通風孔
引き裂く雷鳴を待つ暗夜の榛の樹
流星の通過に受胎し
なめらかな女体となるだれのものでもない夜空

8

船はたえず貝殻骨をひろげる
波の圧迫だけが船に呼吸（いき）をつかせるのだ

9

水の皮は瑪瑙の縞に通ふ

物音がしづくに通ふごとく

10

からだのすべての細部で
遠くを見ること　遠くを見ること！
お告げです　お告げです
そんな声のあるはずはない

11

造物主はまだ
解体前の種子のありさま
種子の
ある
さま

谷川　2は滑稽みが実によく出ているし、4は酒を飲んでいる実感があるんだな。「はッと萌えそめし焚火あり」などは、飲んでなきゃ出てこないような感じがある。

大岡　実際に飲んでいて感じたわけじゃないんだけど、飲んでいる感じを詩で書けば、というふうには考えた。こちらは酒を飲んでいて、向うのほうで、現実のものではないけれどもパッと焚火が燃えあがるような状態があって、そのとき森全体があわててはだしになっちゃったというだけだけれども、最初から絵画的なイメージが頭のなかにあったと思う。岡鹿之助さんの絵で、どこか高山の冬の森で、雪の積もった枯れた木の枝が無数に鋭く交錯している面白い絵があって、その中央によく見ると焚火が燃えている。あとで考えると、そのイメージが僕にはあったかもしれない。しかし詩をつくっているときには、ぐい呑みの向うに燃えはじめた焚火とあわててはだしになった森という二つのものの組合せで、これはいけるっていう感じなんだ。こういうのは俳諧的な発想なのかなあ。

僕は俳句は全然書けなくて、連句でも発句（ほっく）は駄目で付句（つけく）ならば何とかできそうな気がするんだ。それに、現代詩を書いている人間が五七五の発句を書けるようになったら危険じゃないか、現代詩というのはむしろ付句的なものだろう、という気持もある。ところが詩を書いているときには現代詩の形で発句のようなものを書いているような感じがときどきあるんだ、この4なんかもあるいはそう言えるかもしれないと思うんだけれどもね。

ただ「水の皮と種子のある詩」全体で言えば、1の「霖雨の腕を……」というのは、――「風月（ふげつ）延年（えんねん）」は詩歌芸術のことでね――この四行は、いわば発句なんですよ。それで2の「歯をみがきつつ……」というのは脇の句で、ちょっと笑いがあるものになる。3でぐっと沈めて意思的なものを出して、4のぐい呑みの詩でまた滑稽みを出すという、一連の動きは意識している。

谷川　4が俳句的であるのかどうか僕にはわからないけれども、息の変化というのはうまく行っていると思う。この詩に限らずあなたの場合には、そういうふうに変化させることは意識的にやっていると思うし、それがうまく行っているときには、日本語のなかの一種の禅的な表現が可能な部分と共通のものがあるような気がする。つまり切り捨てていってつなげていくという行き方が日本語ではできるわけで、技法的にも有効なものじゃないかと思うね。その点5になると、これは意外に素朴な現代詩で、びっくりするものはない。

6の「すべてふくらみはじめたものは泳ぐ／ひとの眼ざしのなか」には、見ることとの捉え方に関連した、人間の目に対するあなたの感じ方がよく出ている。金子光晴と共通していると思うけれども、目というものが非常に質感のはっきりした、例えば煮こごりみたいにプリプリしたものとして捉えられている。あなたの好きな「水」が凝固したようなものとして認識されていて面白い。8も、「波の圧迫だけが船に呼吸（いき）をつかせるのだ」という言い方に、ほかのものの抵抗そのものが即ち自発性にほかならないという大岡的な感じ方がはっきり出ているね。

大岡　7はどうですか。自分では好きなんだよ。

谷川　ちょっと型どおりというか、大岡流名台詞ですよ、「流星の通過に受胎し」というのなんかね。こういう感じ方そのものには共感するけれども、表現がところどころ固まってしまっていると思う。あ、大岡の極り文句だな、と読んでしまうところがある。

大岡　ところが作者本人としては、一所懸命考えてここに到達しているつもりなんだね。書いてしばらく経って、俺はわりとこんなことを書いているなと思うけれども、書いているときには忘れているんだね。通風孔のイメージなんかもこの詩集の最後の「少年」にも出てくる。僕の場合には自分の好みのイメージがどうしてもあるらしいんだけれど、そこが出発点にならずに、いつでもそこへ向ってやり直してしまう。

谷川　この詩集全体にも似た表現がいくつか重なったところがあるけれども、それは自分でなぞっているのではなくて、前のは忘れちゃってそのたび出発点から新たにそこに到達するわけか。面白いね。だけどどんな詩人でも、似たような行は必ず書いている。それを当人は苦心して到達した表現だと思っているところが面白い。それだけ必然性があるわけだ。

大岡　そういうところに関しては自己批評が働いていない。

谷川　9の「物音がしづくに通ふごとく」は理に落ちているけれども、「水の皮は瑪瑙の縞に通ふ」というのはいいね。

大岡　こういうのは、即物的に水の表面を見ていて瑪瑙の縞が思い浮んだというのではなくて、自分のなかのフォルム感覚をいったん通しているわけだ。人間の認識には超経験的(アプリオリ)なものがあって、それは人間のなかにあるカテゴリー感覚によっているということをカントが言っているけれども、アプリオリに僕のなかにあるフォルム感覚に合せて、現実の水の表面を別のものに類推してつなげていくと瑪瑙の縞になる。そういうふうに現実の一つ一つの物が広い意味でのフォルムの可能性の現われとして捉えられていくのが、僕にとっては詩を書く場合につねに望ましいことなんだ。つぶつぶの個々の物が同時に大きな或るリズムのなかに生きているということを現わしたい。だからこの場合には「水の皮」と「瑪瑙の縞」というイメージ連結の底に、一種の世界観を現わしているように思っているんだけれども。

谷川　「物音がしづくに通ふごとく」で、それが弱まっているような気がする。
大岡　はじめは「物音がしづくに通ふ」と、「ごとく」はない形で、ただ並行していたんだね。
谷川　そのほうがいいのじゃないかな。で、10で永遠のテーマが出てくるわけだ、大岡先生の。（笑）
「からだのすべての細部で／遠くを見ること　遠くを見ること！」

　目もその一つの器官にすぎないということだね。これは何度繰り返してもらってもいいですよ。そして、人間波動説みたいなものは「お告げ」みたいなものにとられかねないわけだから、多少生まであってもあとの二行のように限定しておくことが必要なんだね。11で種子が出てくる。つまり流れているものをここでいっぺん粒子にしている。あなたがずっとエネルギーとして波動として捉えているものが、最終的に種子を持っている。その種子は何だろうという疑問も実は出てくるけれども、この一篇としてはそう思わせることで終っていいね。
大岡　これは、人間がどこから来たのかというのと同じくらい難しい問題で、11を「造物主はまだ／解体前の種子のありさま」「種子の／ある／さま」と二つに分けたのは、設問の二つのタイプを並列して置いただけで、しかしこういう設問の仕方そのものに、僕としてはいま現在の自分の状態をそのまま置いてありますということなんだね。
谷川　「種子のありさま」は粒子だし「あるさま」は波動だよね。創造のエネルギーがこの二つのあいだにあるってことはとても納得できる。
大岡　普通はなかなかそういう読み方をしてくれないね。作者としては或るフォルムの感じがあって、しかしそのフォルムは表には出さず、その上に肉があり皮膚があり性感帯もあり、触覚もある事物を配置してゆくんだ、というつもりで詩をつくっている。だからそれを表皮から肉質のほうへ一枚一枚はぎとっていけば、わりときれいにはぎとれるものでしょう。うまく行ってる詩はそうなっているはずなんで、そこまで読んでもらえるといいなあと思っていても、なかなかそうはいかないね。

谷川　そこまで苦労しないで読める詩と、苦労しないと読めない詩とがあってさ、苦労しなきゃ読めない詩というのはやっぱりどこかひっかかるわけよね。

「豊饒記」

谷川　その点つぎの「豊饒記」――もちろん「方丈記」と重なっているわけだけれども――、これはまさに集中の全篇を解説するためにあるという機能を果していて、こういうふうに率直にわかりやすく言ってある詩があるのは、この詩集にとってプラスだと思う。この詩を読むことで、僕にはほかの詩がはっきり見えてきた。

よくきく眼は必要だ
さらに必要なのは
からだのすべてで
はるかなものと内部の波に
同時に感応することだ

こころといふはるかなもの
まなこといふはるかなもの
舌といふ波であるもの
手足といふ波であるもの

ひとはみづから
はるかなものを載せてうごく波であり
波動するはるかなものだ
ある日つひに黄金の塊と化し
蒼空をかあんかあんと撃ちながら
雪崩れる光子の流氷をくるめかすもの
空に漂ふ大公孫樹（いちやう）

深大寺（じんだいじ）裏山に棲む
このはるかなもののため
秋の酒はとつておくのだ

トンボ眼鏡も流れてゆく

蕎麦の里の夕ぐれ
かんだかい声のあるじは
垣根ごしにザルを滑らし
舌ひらめかせる

「起きぬけに
公園裏の松林で
スウエデン体操するたのしみを
だれもわかってくれようとしない

くろぐろとした葉っぱのひまから
繊い空をのぞいてみなせ
乳液がほのかに湧いてくることもありまさ
行く秋や
情に落入る
方丈記
かね」

こゑといふ
はるかな波

行く秋や情に落入る方丈記――――加舎白雄

谷川　あなたの一つの中心が波であるということは、この詩で確かめられる。「ひとはみづから／はるかなものを載せてうごく波であり／波動するはるかなものだ」という言い方ではっきりしているね。また、大公孫樹(いちやう)が「棲む」という言い方に、化け公孫樹みたいな不気味な存在感があるし、「舌ひらめかせる」というふうに、言語を発するものであり食物の味を味わうものでありセックスと結びついたものである「舌」が、あなたのキーワードの一つであることもわかる。

「情に落入る」というのはどうとったらいいの？

大岡　「行く秋や情に落入る方丈記」というのは江戸の俳人加舎白雄の句で、僕が前から好きな句なんです。秋の暮れに『方丈記』を読んでいる。秋が去ろうとしているさみしさにからんで、世捨て人風でありながら現世に執着している鴨長明的な生き方への感情移入があって、読んでいるうちに人生に対して変に情感が刺戟されていく、というふうに僕はこの句を読んだんだ。

　深大寺に住む或る人が朝方誰もいない林でスウエデン体操なんかをやっていて、木の葉のあいだに透けて見える空をのぞいて、その空に乳液の流れる情景を感じとっているというところにからめて「行く秋や」の句を出してきているわけで、全体の方向をむしろ情緒的なものに持っていく。そういう形で深大寺裏の秋というものの質感を出そうとしたわけです。

谷川　「だれもわかってくれようとしない」というのを僕は強くとったものだから、少し世をすねている人ととれて、そこから「情に落入る」というのは頑なになっていくことなのかなと思った。

大岡　むしろ、独り暮しをしながら晩秋に『方丈記』なんかを読んでいくと、なんだか人恋しくなっていくというようなつもりなんだな。

「和唱達谷先生五句」及び深読みのこと

大岡　「和唱達谷先生五句」というのは、達谷山房つまり加藤楸邨さんの句を入れた五行の詩をつくろうとしたわけ。加藤楸邨さんの雑誌「寒雷」の記念号に載せたもので、楸邨さんの句が自然に僕の詩に入って、しかも僕の詩は加藤楸邨の詩の解釈であり延長でもあるといったものをつくってみたい、いわば楸邨の句に対する唱和としてのオマージュ（頌詞）をつくってみたいということで、五つの句を使った五つの詩ができたわけです。

。。。。。。。。。。。。
暗に湧き木の芽に終る怒濤光
鳥は季節風の腕木を踏み渡り
ものいはぬ瞳は海をくぐつて近づく
それは水晶の腰を緊めにゆく一片の詩
人の思ひに湧いて光の爆発に終る青

＊

つひに自然の解説者には
堕ちなかつた誇りもて
自然に挨拶しつつある男あり
ふぐり垂れ臀光らしめ夏野打つ
受胎といふは　機構か　波か

＊

蟹の視野いつさい氷る青ならむ
しかし発生しつづける色の酸素
匂ふ小動物にはつぎつぎに新しい名を与へよ
距離をふくんだ名前を
寒卵の輪でやはらかく緊めて

＊

水音や更けてはたらく月の髪
地下を感じる骨をもち

塩をつかんで台所にたつ
謎の物体が目の奥を歩み去るとき
好(す)キ心の車馬はほのかに溢れる

＊

石を打つ光の消えぬうちに
はてしないものに橋梁をかける
掌(て)から発するほかない旅の
流星に犯されてふくらむ旅程
嗽嘛僧と隣りて眠るゴビの露

達谷先生――――達谷山房主・加藤楸邨氏

谷川　二番目の「受胎といふは　機構か　波か」というところも、僕の大岡信論からすると特徴的なんだな。だからこれは、どちらかというと「波」のほうに重みがあるだろうと読むわけです。

大岡　先に立つ三行がいわば解釈で、「つひに自然の解説者には／堕ちなかつた誇りもて／自然に挨拶しつつある男あり」その男がふぐりを垂れて臀を汗で光らせながら夏の野を耕している。そこまで行って突如、受胎というのは機構であるのか、それとも波動であるのか、という疑問形で出てきた。そこには解釈のしようがなく、断絶があるけれども、僕は「きまった」と思ったわけです。

谷川　そう。これは密接にうまく行ってると思うよ。逆に言えば、「ふぐり」に対して「受胎」だから、見方によってはつきすぎているとも言える。

大岡　僕の頭では「ふぐり垂れ」も消えていて、広々とした野原に光がカーッとあたっていて、あたり一帯が汗で光っているようなイメージなんだ。だからそこでは、男のふぐりというのは意識のなかではむしろ消えているんだけれど、作品のなかではやっぱりつながって出ているのだろうね。

谷川　「夏野打つ」というのも、種子をまく行為なんだから、自然に「受胎」へつながっていくからね。

大岡　俳句を詩のなかにそのまま取り込んで一篇の詩をつくるというアイディアそのものは、変な感じがしますか。

谷川　僕があなたといっしょに連詩をやっていることもあるけれども、ごく自然だと思う。なかの俳句が全く他人の詩句とも全くあなたの詩句とも思えないような兼合いになっていて、少なくとも詩のなかの俳句を俳句としては読まないね。

大岡　だから僕は加藤楸邨さんに対して失礼なことをしているかもしれないいんだね。句から俳句的なものを消してしまっているわけだから。しかしそのくらいにしなかったらまた失礼でもあるわけだ。一句として完成している作品を五行の詩の一行にしてしまうのだから、それだけの必然性がなければいけないわけで、そこで加藤楸邨の句を変質させなかったらかえって失礼になる。

谷川　連句を或る程度念頭に置くわけだな。だから俳句一句独立を先入観として持っている人には違和感があるかもしれない。

大岡　僕の詩は加藤さんの句からたしかにもらっている。と同時に、僕の詩はやはり加藤さんの句に対してお返しもしているような気がするね。

谷川　三番目の終りの行にある「寒卵」というのはなに？

大岡　俳句の季語で、寒中の鶏卵のことなんだけれども、僕のイメージとしてはキュッと緊まったような卵。それが僕のなかでは一つの輪の感じとしてあるんだ。

谷川　言われてみればわからなくはないけれども、ちょっと読んだときにそういうところが焦点が合わないというか。

大岡　むしろ寒卵というのが、寒中の卵というよりも冬の一つの象徴なんだ。そのあたりは頭のなかで一瞬の操作でそうなっていて、本人には当り前みたいになっちゃっているんだな。冬の緊まった感じと「寒卵」の語感や字づらがパッとくっついてしまっている。

谷川　それはやはり言語の波動性のほうを強く感じているんだよ。僕はどうしても粒子性のほうだから、寒卵という物のイメージが来てしまって、「輪でやわらかく緊めて」なんていうと、卵を輪切りにしてどうするのかみたいな、俗なイメージになってしまう。

四番目の「水音や……」は句そのものがわかりにくいんだよ。

大岡　「水音や更けてはたらく月の髪」という句は、句そのものが象徴的な色合を持っている。秋の夜更けに月が煌々と照っていて、台所で水音がポトリポトリとしている。そういう秋の夜更けに月が突如として髪の毛を生やして、その髪が家のなかに座っている楸邨さん自身にまで伸びてくるというイメージだと思うんだ。秋の夜更けの妖気ただようような瞬間の感覚を捉えようとした句だというふうに僕はとっている。それで、「地下を感じる骨」というようなイメージが、僕のなかでそれに応えて出ているわけ。お月さんに髪の毛があって、それが夜更けになると急に人間に対して妖気を帯びてはたらいてくるという、超現実主義の絵みたいなイメージがあって、俳句としては珍しいところのあるいい句だなと思っているんだ。しかしこの僕の読みは間違っていて、ほんとはもっと単純率直な句なのかもしれない。僕に限らず現代詩人というのは、俳句をときどき深読みしすぎることがあるからね。或る語に感心して読んでいると、それが単なる季語であったりしてね。だけど俳句をやっている人に言わせると、言葉そのものからそういう別の解釈をしていって、その解釈が面白ければそれも俳句としての働きだと言うべきである、と。異端的な意見かもしれないけれども、そういうことを言う人もこのごろはいるわけです。

谷川　「水音や……」をそういうふうに象徴的なものとして捉えていないと、この詩のあとの読みも無理になってくるね。全体としてやっぱりつかみにくい。

　最後のは揚句(あげく)的な意識が強すぎて、やや結論的に言いすぎているという感じがあるね。

大岡　やっぱり癖が出て、ひとこと人生観みたいなものを述べている。（笑）僕には詩のなかでそういう「観」を言いたくなる癖があって、それも単純なものなんで、一つは「人生は旅である」といった考え方がいつでもあるんだ。

谷川　それにしても「石を打つ光の消えぬうちに／はてしないものに橋梁をかける」というのは、楽屋落ち的で大岡さんにもあるまじき簡単さじゃありませんかって言いたくなるよ。「流星に犯されてふくらむ旅程」というのは、さっきの「水の皮と種子のある詩」のなかの「流星の通過に受胎し」の繰り返しに見えてしまうしね。楸邨のこの句からは、もっと出てきてよさそうな気がする。

大岡　そうね。「嗽噺僧と隣りて眠るゴビの露」をアンリ・ルソーの絵で楽器を持って眠っている女とライオンのようなイメージと結びつけていけば、また全然別の情景になるかもしれない。

谷川　この部分は礼儀として最後の一行を楸邨先生の句で締めようというようなところもあって、そのために前の四行が弱くなったきらいもあるね。句が第一行にあれば、もっと違うものになったのに、という気が少しする。

「とこしへの秋のうた」及び現代日本語の内在リズムのこと

谷川　「とこしへの秋のうた」は藤原俊成の和歌十九首をもとに一首ごとに行分けの散文の詩にしたものですね。一番目だけを挙げておきましょう。

たちばな

花橘の花の散るころ
村里の家でくらした

春のあはれ秋のあはれを人はいふが
私は夏のあはれもまた深いと思ふ

橘の花が散るのをあそこで見てから
夏もなをあはれはふかしたちばなの花散る里に家居せしより

谷川　こういう散文脈のものに、僕自身は例えばシェイクスピアのソネットの吉田健一訳にあるのと共通な響きを感じる。あの訳は実にはっきりしたスタイルを持っていて、どうしても詩であるものなんですね。僕もあの口調を真似て詩を書いたことがあって、翻訳体のこういう詩は好きなんです。

大岡　これはもともと詩というよりは、歌の解釈を志してやっているので、行かえにはなっているけれどもむしろできるだけ散文的であろうとした。和歌を現代詩人が自分なりに現代語に置き換えてみるときに、もしそこにリズムをつけてしまったら完全に和歌に負けてしまう。むしろ散文的な言葉で置き換えれば、そこに現代に移してきたことの或る意味が出てきて、しかも散文でありながら散文でないものができるのではないか。

谷川　これは絶対に散文ではないんですよ。散文的ではあるけれども、はっきりした内的な韻律がある。しかもそれが、吉田健一さんとあなたとで似ているし、僕の内的リズムもまた、こういう散文的なものにおいて共通性を持っている。それが心強いという感じがあるな。

大岡　吉田さんのシェイクスピア訳というのは非常な傑作なんだけれども、リズム感覚においてそういうものとこれとか、君のものとかが、或る共通のものを持っているとすると、ここには意外に現代詩の或る種の可能性があるのかもしれない。

谷川　あるね。僕が吉田健一流の口真似で書いた詩を飯島耕一が読んで、「アレクサンドラン風」と言ったんだ。もしかするとそういうフランス語の詩の呼吸に似た韻律があいうものにはあるのかもしれない。いわゆる七五調よりは息が長いけれども、おそらく七五に基礎を置いた一種のリズム感がある。簡単にははっきりした形式にならないけれども、或る幅をもって共通性があるんだな。明らかに現代の日本語にそういうものが内在していると思うんだ。

「そのかみ」「薤露歌(かいろか)」

谷川　「そのかみ」「薤露歌(かいろか)」の二篇は、大岡のもう一つの面、誠実さとか思いやりとかがよく出ていて、僕はとても好きなんだ。こういう詩をもっと書いてくれてもいいのじゃないかなあって気がする。

そのかみ

海星(ひとで)と空の光のあひだに
水平線はふるへる巣をかけ

未来のイヴは
すべての骨を
風にむかつてひろげてゐた
そのかみ

ピンぼけの写真のなかで
中年になつたぼくの友はほほゑみ
ひざの上の娘に
氷のさじを運んでゐる

波のきらめく狩野川のふちで
たちはら　みちざう
だざい　をさむ　を
教へてくれたのはかれだ

戦ひに敗れた日の
空腹と愁ひをそそる夏雲に
ぼくらはともづなを解いたのだが

苦しみの車馬を幾台も幾台も乗りつぶし
なだめすかしてぶらさげてきた
胃下垂の裾野のはてには闇があつた

かれは去年　ひと夏を甦つてすごし
それからふはりと軽くなり
冬のさなかに　息が消えた
胃袋にくらひついた蟹をかかへて

希望といふ残酷な光は
水平線にまだ漂つてゐる時刻なのに
太田裕雄――一九六七年十二月十八日歿

薤露歌（かいろか）

難波の北の蘆原わけて
思ひきやひとりの死者をおくる日に逢ふ
この道の土堤のひかりのくるしみ
黄金なす野とは名のみの
秋の底を掃いて走る刀ッ風は
骨にひびくぜ

死者の遺したうらわかいひとの
哀号を受けとめるてのひらなんか
この場のだれの手にもない
いとけないこどものふたり
おれはつひに見ることを避け避けつづける
向ひのうちの屋根の普請は
夢ではないか
涙も出ぬおれのかうべは石になつて
薤(にら)の葉にたちまち乾く露の身の
それにしてもあんまり急(せ)いて乾いてしまつた
重田(しげた)の徳(あつし)よ

岡ノ宮の一本道の夕陽のなか
五本の指をアヒルの水搔く風情に振つて
元気にすすむ　野を分けてすすむ
中学生のきみとおれたち
きみの大きな百姓家の二階にのぼつて
「鬼の詞」の合評をやつたのだ

わがなげし木ぼくりながら流れけり（失意）　徳

小癪なほどにつつましい句のかがやきを
おれたちは吐息を捧げて祝つたのだ

野苺の堤（どて）や十五なりし人を恋ひ　徳
鷭（ばん）鳴くや代田（しろだ）の草の夕あかり

岡ノ宮の夕あかりはおれたちの知らない慈愛
夏のひかりはおれたちのまちときみのむらに
べつべつにたなびいたのだ

桐かげのにじみてありし夜に立ちぬ（年逝く）　徳
炭鳴ればこころひそかに期するあり

空山にひとりのひとを見なくとも
人語の響はふもとをめぐつて絶えないことを

おれたちは最初の雑誌で知つたのだ

　凍る月の残像枯野の果に印す　　徳

太田の裕雄（ひろを）が死んだことを知らせたとき
きみは電話のむかう岸で
あーッと叫び見えなくなつた
おれはずぶ濡れごゑでいつた
癌だつたんだ　ちきしやうめ　癌だつたんだ
そのきみについて同じことを
おれはこんどは仙台の有幸（いうかう）にむけてつげたのだ
やあやあどうだいげんきかのこゑが
とつぜん失せて荒々しい動悸だけが東北にみちた

難波の北の蘆原わけて
秋の底の刀ッ風に切られながら
茨木童子（いばらきどうじ）とおれは歩く
二十五年の歳月ののち

先生と再会したのがきみの葬儀だ
浪華の市長の弔電なんか
もらつたつてなんになる
活力と善意のかたまり
陽気な笑ひ　スキーの陽やけ
脳髄に中国近代史をつめこんで
それを陳(なら)べてみせるまもなく
きみはすべつた　直滑降の非時(ときじく)の坂を

新(にひ)足袋の商票の違ひを見せ合ひぬ（正月）　徳
新足袋に畳ずり行けば母やさし
夜遊びの下駄記憶して上りけり

死にたくなくとも死なねばならぬ
死にたくなくとも死なねばならぬ
その時がそのひとの　時

薤(にら)の葉にたちまち乾く露の身のおれ

燭をそむけてひとり深夜の月にむかひ
十六歳のきみが残した句を低吟む
きみの死は
かうしてきみの生きた言葉を
おれの中へもういちど植ゑなほすのだ

おれが乾くそのときまで
おれの中で息づくために

重田徳――一九七三年十一月十八日歿

大岡　「そのかみ」も「薤露歌」も、僕の中学時代の友人の死に捧げた詩だけれども、「そのかみ」の太田裕雄は非常に親しい友人だった。その親しさには、いまでもまだ話せないような、やわらかいところで痛んでいるようなところがあって、それでこの詩も本当ならもっと違う形に書けるはずなのに、こうしか書けない。「薤露歌」の重田徳の場合には彼が十五六のときにつくった俳句が、思い出というより現在の事実のように僕のなかにあって、重田への追悼の詩にはどうしても彼の句を入れなければいられないというものがあった。ところが太田の場合には、まだ少年の自己表現が完結しているようなものはつくり得なかったわけね。その太田が文学的な表現として完成したものをつくり得ないうちに三十代の半ばで死んだことへの、悲しみもあってね。詩のなかにも書いたけれども、立原道造とか太宰治とか、ヨーロッパの小説家の名前とか、僕に教えてくれた、いちばんませていたのが太田なんだ。ただ自分自身で表現しようとすると、物知りではあるけれども、或る一行は立原の、別の一行は太宰の影響があるというものになる。そういう風ではあったけれど、彼に僕はずいぶんいろんなことを教わった。その太田は旧制高校には行かず実業のほうに行ってしまったんだけれども、のちのちまで親しい関係を持っていたんだ。だからこの詩は逆に、深刻な状態にまで入っていけずに書いているんだね。

谷川　二つを比べればどうしても「薤露歌（かいろか）」のほうが上だから、「薤露歌（かいろか）」の死者のほうが親しい人だったように思えるけれども、詩になると逆に出てくるんだな。だけどもう一つの原因は、二人目の死者ということで、「薤露歌（かいろか）」では或る加速された感じが詩を支えているのじゃないかな。

大岡　そう、太田が死んで重田までが、ということがあってね。それから、「そのかみ」は一九六八年で「薤露歌（かいろか）」よりずいぶん前だから、その時期の僕の詩のスタイルがこういうものだったということもある。わかりやすくてストレートなところがあった。「そのかみ」には僕自身の死の意識はまだ入っていないけれども、「薤露歌（かいろか）」になると明らかにそれが出てきているしね。

谷川　それだけ六年か七年のあいだに成長なさったと言えばいいか、衰弱なさったと言えばいいか（笑）詩の上では明らかに力が張ってきている。「薤露歌（かいろか）」のなかの「向ひのうちの屋根の普請は／夢ではないか」というところなんか、弔問というか、死者の傍らにいる現実感覚がすごく出ていると思う。また最初の節では明らかに、あなたが『紀貫之』で書いていた、古今集などにある遺族を慰める歌の系譜を意識して引いていて、それがあなたの人柄として出ているところが素晴しい。とくに「そのかみ」と違うところは、最後の何行かで自分自身の死が一つの決意として語られ、それが一種の言語論にも詩論にもなっていることが、素直に納得できる。あなたのほかの詩には、感心はするけれども、この詩のように痛切なものを含んでほろりとさせることはないよね。だから逆に、こういう詩ばかり書かれても困るわけだけれども。

「初秋午前五時白い器の前にたたずみ谷川俊太郎を思つてうたふ述懐の唄」及び批評の歴史のこと

谷川　ここで「初秋午前五時白い器の前にたたずみ谷川俊太郎を思つてうたふ述懐の唄」というたいへんな詩が出てくるんだなあ。

大岡　午前五時になって、ああ、もう朝か、寝ようか、と思ってさ、寝る前に白い便器の前に立ったときに、突然谷川俊太郎さんを思ってうたったと、こう解していただいて結構です。

谷川　当然そう解せますけど、なぜそのとき突然思い出したのかは謎だね。(笑)

大岡　それはやっぱり非常になつかしい感じじゃない？(笑)いつでも思っているというより、放尿のときに頭にすっと浮ぶってことは、わりと大事なことよ。

鶏(とり)なくこゑす　目エ覚ませ

死ぬときは
たいていの人が
まだ早すぎると嘆いて死ぬよね

《まだ早すぎる！
《死にとない！

ふしぎなこと
そんなに地上が楽しかつたか？
生きやすかつたか？
謎のなかの謎とはこれ

汗の穴まで
苦しみと呪ひをまぶし
こんがりと讒謗阿諛（ざんぼうあゆ）の天火（てんぴ）のなかで
おのが一身焼きに焼き
はてに仕上がる
舌もしびれる毒の美果
これはこれ
物かく男の肉だんご

たれゆゑにみだれそめにし玉の緒は
似るも妬けるもありはしない
一皮剝げば二目と見られぬ妄執のヒトデ
煮ても焼いても試し食ひなどできぬわサ
親兄弟の沈黙を苔(しもと)と感じ
白い器の眼を恐れ
たたずんでゐる夜明け

鶏(とり)なくこゑす　目エ覚ませ

君のことなら
何度でも語れると思ふよ　おれは
どんなに醜くゆがんだ日にも
君のうたを眼で逐ふと
涼しい穴がぽかりとあいた
牧草地の雨が
糞(ふん)を静かに洗ふのが君のうたさ

おれは涼しい穴を抜けて
イッスンサキハ闇ダ　といふ
君の思想の呟きの泡を
ぱちんぷちんとつぶしながら
気がつくと　雲のへりに坐つてゐるのだ
坊さんめいた君のきれいな後頭部を
なつかしく見つめてゐるのだ
ぱちん……
ぱちん……

粒だつた喜びと哀しみの
この感覚を君にうまく伝へることはできまい
どんなに小さなものについても
語り尽くすことはできない
沈黙の中味は
すべて言葉

だからおれは

君のことなら何度でも語れると思ふ
人間のうちなる波への
たえまない接近も
星雲への距離を少しもちぢめやしないが
おとし穴ならいつぱいあるさ
墜落する気絶のときを
はかるのがおれの批評　おれの遊び

こんなに近くてこんなに遠い存在を
おれたちはみな
家族と呼び
友と呼び
牧草地の雨に濡れる糞（ふん）のやうに
新鮮でありたいと願ふ
死ぬときは
たいていの人が
まだ早すぎると嘆いて死ぬよね
君はどうかな？

おれは？
見おろせば臍の顔さへ
隆起のむかうに没して見えぬ
はみ出し多く恥多き肉のおだんご
それでもなほ　あと幾十年
しつとりと蒸しこんがりと焦がして欲しと
肉は言ふ　肉は叫ぶ
謎のなかの謎とはこれ

人生では
否定的要素だけが
生のうまみを醱酵させる
とでもまつたく言ひたげに

信（しん）・アンドロメーダ　見ーえた？
俊（しゅん）・あんたのめだま　見ーえた！

《どんなに小さなものについても…すべて言葉》まで四行、谷川俊太郎「*anonym* 4」より。

谷川　一行目の「鶏（とり）なくこゑす　目ヱ覚ませ」は何かを踏んでますね。

大岡　「色は匂へど」と同じように、「鳥なくこゑす夢さませ」で始まる〝いろは歌〟があるんです。その「新いろは歌」のもじり。

谷川　あなたが自分のことを「肉だんご」と言っているところは新鮮だったね。禅の坊さんの言い方みたいなものを連想させる。一方、「親兄弟の沈黙を笞（しもと）と感じ」というのは意外な感じがした。ほんとにそうなのか、一種の照れ隠しなのか。

大岡　僕には妹と弟がいて、それぞれ親しいのだけれども、二人とも僕の書くものには沈黙しているよね。妹弟に対する愛着心が一方にあるから、複雑な思いがします。そういうことはこれまで詩のなかにもほかのものにも書かなかったけれども、谷川俊太郎に詩を捧げるならばそのくらいは出さなくては、という気持が働いているわけだ。

谷川　なるほどねえ。いただく側としてはやや重荷という感じもあるけれども、そういうふうに書いてもらったというのはやはりありがたいことだな。

　しかしその先の「おれは涼しい穴を抜けて／イッスンサキハ闇ダ　といふ」は、僕に対する批評と読んだ。

大岡　僕が近ごろ考える谷川俊太郎というのは、つねに非常に明晰なフォルムをつくり明晰な言葉で語るけれども、一方で「イッスンサキハ闇ダ」という思想を持っている。というよりは、それを持たなければもう一方の明晰なものも出てこないような頭になっているのじゃないかなと思う。そうでなければ書けないような詩が相当ある。

谷川　それは過褒だと僕としては思うんだ。あなたが感じている闇の深さほどには俺の闇の深さは深くないと思っているから、ここは批評的にとれるんだな。

すこし先の「おとし穴ならいっぱいあるさ」以下も、「イッスンサキハ闇」と或る共通性を持ったもので、そこにあなたの批評論が出ているわけだ。批評が同時に遊びであるということは、あなたの批評の文章と普通言われている批評との違いをはっきり示している。僕自身はというと、「おとし穴」をできるだけ避けて歩いているという自覚がいつでもあるわけで、だからあなたが「墜落する気絶のときを／はかるのがおれの批評　おれの遊び」と言うと、僕に対する批評だととれるし、そこから戻って「イッスンサキハ闇」を解釈するところがあるわけ。

大岡　でもね、詩を書いていくと、或る形にはめて言葉をつくっているわけで、形のほうが少しきれいにできていくという面があるね。僕自身いつも、いっぱいあるおとし穴に気絶しながら墜落する、その時を刻々とはかっているのが自分の批評である、などと思っているわけじゃない。だけど詩を書くとこういう形になって、そう書いてみると、たしかに或る種の批評の行為は僕にとっては「おとし穴」に意識的に墜落することであり、途中気絶したときにいい批評ができると思っているところがあるなと、あとになって気がつく。

谷川　『詩の誕生』のときにも言ったように、僕は眩暈（めまい）というのが恐ろしいほうで、あなたはそうではないんだという認識があってね。どうしてもそういうところから「おとし穴」という言葉を読んでしまう。

大岡　「墜落する気絶のときを／はかるのがおれの批評」に加えて「おれの遊び」と言っているところが、僕としては居直っているわけだ。これを書くとき、ちょっとためらった記憶がある。

谷川　僕には全く素直に読めたな。批評文のなかで精神が動きまわっている、その動き方のありさまが読者にとっての楽しみであるような批評というのはなかなかない。多くの批評は断罪したり、「かくあらねばならぬ」と言ったりしているのに、あなたの批評は、つまりこうであるということを条理をつくして説きあかしていて、しかもそうすることが楽しいからそうしているということがはっきりしている。だから「おれの遊び」という言い方は自然なものにとれるんだけれどもね。

大岡　僕のつもりではこの「おれの遊び」というのは、自分の批評の性格についての批評ではなくて、「墜落する気絶のときを／はかるのがおれの批評」であり、同時にせっぱつまった「おれの遊び」ということなんだ。だから書いたものが人を楽しませるとすれば、それは思いがけない贈物を逆にもらうような感じであって、本当のところは、人のことは考えずに後ろは断崖絶壁のようなところでただ無茶苦茶に遊んでいるという気持があるんだけれどもね。

谷川　さっき言った『ナチュラル・マインド』のなかで、人間が生まれながらに日常の意識とは違う意識を周期的に求める例として、子供のころのぐるぐる回りを挙げている。わざとぐるぐる回って、目がまわる眩暈（めまい）の感覚を楽しむというのは、すでに一種のドラッグだと言うのです。あなたのなかにも、自虐的にわざと自分を眩暈の状態におとし入れるのが快楽であるということがあって、それが同時に直観的な認識の方法の一つになっていると思う。

大岡　どうもそうらしいようには思いますね。だから、僕のやっているのが批評だとしても、これは歴史の上で批評とされてきたものとは、かなりはずれてしまっていると思うんだ。

批評を歴史的にたどれば、プラトンとか、アリストテレスの『詩学』とか、だいたい理想とされる或る状態を想定している点では共通していて、そこから演繹的に、この理想に照らしてこの作物はどうであるかという判断をしている。近代においてもイデオロギー批評のようなものはだいたいその系列にあるわけです。僕はどうも、そういうものと反対のところへばかり行こうとするところがあるんだね。

だけど詩人の批評というのが、ボードレールとかマラルメとかヴァレリーとか、十九世紀以後のフランスにはっきり出てきて、それはだいたいイデオロギー批評の反対を行っているように思う。イギリスは必ずしもそうでなくて、例えばエリオットはいつでもカトリシズムを背後に意識している。

日本の批評家はそういう意味で後ろに背負っているものがあまりないのじゃないかな。小林秀雄の場合でも、最初は象徴派の理論を頭に置き、あるいは心臓の内部に置いて出発した。途中で日本の古典とかいろいろなものを材料として増やしていったという感じがあるけれど、最初に理想的な状態を想定して、それを背中に背負うとか、それに対して反逆するとか、それを目指していくとか、そういうやり方とは違うという気がする。だからヨーロッパの批評の歴史を適用してストレートに日本の批評を理解しようとしても難しいのじゃないかな。日本の場合には「生理としての批評」というふうなところがかなりあると思う。僕なんかの批評も、その意味で言えば非常に日本的な批評だろうと思うよ。

谷川　それは、僕にとって「批評」という言葉と「趣味」という言葉が子供の時分から切り離せないものであったことと、とても関係があることだな。

この詩に話を戻すと、僕にとってはあなたが自分の肉というものをここまで捉えたということがいちばんショッキングだった。僕のほうはそういうものを見まいとしているようなところがちょっとあって、日本的な〝枯れていきたい〟という気持がある。あなたはそこではむしろ日本的じゃなくて、枯れていくのではない年のとり方を自覚している。それがショッキングだったね。

大岡　逆の見方が多いんだよ。大岡はどんどん古典趣味になって、枯れる方向へ一所懸命自分を追いやっていると思われている。そう行きたい気持もないわけじゃないけれども、しかしどうも四十代に入ってから、生臭いものを平気で出さなきゃだめだというふうになっていて、枯れる方向にはとても行けないような気がする。

谷川俊太郎についての人の見方は、むしろいつまでたっても枯れないだろうというイメージだろうね。ところが僕のイメージでは、この詩でも「坊さんめいた君のきれいな後頭部」と言ってるわけで、最初に高僧めいた枯れ方をするのはどうも谷川俊太郎じゃないかという気がする。(笑)

谷川　高僧めかないにしても、自分に感じている危険の最たるものはそれですよ。どんどん隠遁していって坊さんみたいになりはしないかと。俺は必死になってそれに抵抗しているわけ。だから「坊さんめいた」と書かれると、ギョッとする。やっぱりそう見えているかと。(笑)

最後の二行は、科白とみていいわけだね。信が「アンドロメーダ　見ーえた?」と言い、俊が「あんたのめだま　見ーえた!」と言う。ちょっと照れて終っているんですね。

大岡　ここでは僕の自分自身に対する批評があるわけです。

谷川　そうね。僕も少しはあなたの目玉のなかへ入っていきつつあるのかもしれない。見えたと断言はできませんけれども。（笑）

「霧のなかから出現する船のための頌歌」及び失敗作と批評のこと

谷川　「霧のなかから出現する船のための頌歌」という詩は「M・Kに捧ぐ」となっていて、このM・Kは銅版画家というか造形作家の加納光於さんですね。この詩を書くときには加納さんの作品は頭にある？

大岡　それはないんだけれども、数年前に加納さんと共同で「アララットの船」と題した作品――木箱のなかにその部品のような形で加納さんの作品と僕の詩集を入れたもの――を作っていたときに書いた詩で、アララット山に漂着するノアの方舟のイメージがないことはない。

砂洲にうそぶく
風の巣箱
陽はまさに鷗のまなこを裂いてのぼる
だがホメーロスの夜の波は
今日も崩れ　明日も打ち
はてをしらない
そびえたつ雲の峰は

夏の怒髪のいやはてのたなびき
永遠といふ
言葉の
たてがみ

*

たてがみは冷える
竹やぶは鳴る
つるむ戯(たは)れ女(め)
くるしむ戯(たは)れ男(を)
洪水せまる
胴震ひのみやこ
広場の微光は透明になる
ふるへて

*

ふるへやまぬ磁石の針

なにかが起りつつある
なにかが
地震(なゐ)ふる　なにかが

蜘蛛の巣の庭に宿る
まぼろしの
千年王国

波がしら

＊

波うちぎは
カインは蜥蜴のしつぽをまねび
本体はたちまち変身精子と化す
異人さんに運ばれて
新しい土地に繁殖

アベルは血まみれ

砂地に浅く横たはる
遺骸は芽をふき
鴉がつつく
愛人は
腋の下から胯間まで
生けるがままにそよいでゐる
にんげんの毛を泣きながら剃り
他の愛人は
五臓をつひに花鳥(はなどり)に捧げるため
いやはての浄めをする

闇は艶を発しはじめるさだめ
そのときものみな
露を孕み清夜にむかふ

愛人は
愛する人を見失ふ

＊

人の涼しい影は
幼い神神の頰笑む土地をよぎる
大地は低くうたふ

マックス・エルンストは巣に帰らず
ヘンリ・ミラーはオレンジの芳香に埋もれ
スヴェーデンボリは木星人と青い婚姻
地に姫殺し溢れ
土蔵はいたるところで水揚げされる

涼しい女の言葉よ
いまこそ土地の血管をゐぐれ
こほろぎ棲む草の根よりもうるほひある
言葉よ

発止！

＊

言葉が夢の探索のギアとなるとき
連動する助辞は
身をふりしぼつて透き徹る
霧につつまれた船が

雄弁の森のかなたに浮かびあがる
霧の尻は熱してふるへる
船は龍骨をふるはせて
断言の
蒼銀の
そらへ
離陸する
ウリッセース！

大岡　全体としてこの詩は古代的な神話とか伝説のイメージを頭においていて、アベルとカインの兄弟のあいだでの殺人とかいろんなことがあった上で、いま方舟がまた一艘出発するという一種のストーリーはある。けれどもこの詩ではストーリーよりも、永遠と今というものを同時に捉えてみたいとか、そのなかに殺人とか裏切りとか、夢とか希望とか、人類の歴史のなかのいくつかの基本的要素を入れてみたいということを考えていた。こういう詩に僕は昔から固執しているんだけれども、どうしてもうまくいかないでいるんです。こういうテーマだったらむしろ長大な散文詩のほうがいいのかもしれないのだけれど、この場合にはどうしても、行かえで、印象としてはきれいな詩で、そのなかに複雑な構造を持っているものを書きたかったんだ。

谷川　深い意味で加納光於さんの作品に影響を受けているという感じはあるね。加納さんの作品と等価なものをつくりたいという欲求が隠されているでしょう。

大岡　そう。

谷川　「永遠といふ／言葉の／たてがみ」というのはいい詩句だと思うんだ。ただこれの読み方だけれど、「そびえ立つ雲の峰」が言葉の「たてがみ」なの？　僕は「永遠」そのものがあらゆる言葉の「たてがみ」だと読んだのだけれども。

大岡　そうね。雲の峰がそびえ立っている。それは夏の逆巻いた怒髪の最後のたなびきであるというイメージがまずあって、それを別の次元で言いかえようと思ったんだ。そびえ立っている雲の峰を時間を越えて別の質感を持つものにすれば、それは「永遠」だというふうに、雲の峰という具象的なものを抽象化して観念の世界に持ってきた。

雲の峰のように運動感のあるものが永遠だという考え方が僕のなかにあるからなんだ。だから、雲の峰は永遠という言葉のたてがみであるというふうに作ったわけ。だけど君の言うようにも読めることは意識していて、できれば二重に読んでもらいたいなと思っている。
　飯島耕一が新聞の時評でこの詩をとりあげて、大岡は本来問いかけをするタイプの詩人なのに、この詩では美的なるものに傾きすぎて美のなかで立ちどまっているのではないかと書いていた。人から見るとやっぱりそれで終っているのかなという気もするけれども、でもね、自分の頭のなかで予感している或る世界を詩に書きたいという欲求がすごくあって、そういうつもりで書いた詩ではあるんだ。ただその世界を言葉で捉えることが非常に難しいことはたしかだ。
谷川　僕から見ると「美」という言葉はこういう詩からは出てこないんだ。僕には、美は明晰なものであるという抜きがたい偏見があって、だからこういう詩はむしろ謎めいたものであって、その謎めいたところが加納光於さんの作品群を思い浮べたときにふさわしいという判断になる。この詩も加納さんの造型作品との等価物をめざして、言葉がむしろオブジェ的に捉えられすぎているのじゃないか。だから波動性が稀薄になっているという不満のほうが出てくる。それはもしかすると、きれいすぎるということと、どこかでつながるのかもしれないんだけれども。
大岡　終りに近いところで、マックス・エルンスト、ヘンリ・ミラー、スヴェーデンボリといった僕が関心を持つ人たちがみな僕自身のいる世界から切り離された世界へ行ってしまったと言っているわけだけど、僕が取り残されているこの地上には「姫殺し溢れ／土蔵はいたるところで水揚げされ」ている。この「姫殺し」というのは隠語で土蔵破りのことです。言葉として面白いと思って使ったんだけれども、ここで言おうとしているのは、だから地上における略奪なんだ。ところが言葉がきれいなイメージで出るものだから、僕が言いたいことも言葉の感じのほうに引きずられてしまって、すーっと読まれてしまうところがあると思う。それは結局、僕自身の失敗だね。「涼しい女の言葉よ／いまこそ土地の血管をゑぐれ」というのも、そういう地上であり時代であるから、むしろ言葉が土地に潜んでいる血管をえぐって、その血管から血を吸って、新しい言葉になって出てこいという、一種の祈りなんだけれども、これもきれいになりすぎているように僕も思うんだ。

だけど詩というのはこのくらいの長い詩になると、それ自身の自律的な動きができてしまう。このへんでガラッと変えようと思ってもうまく変らないところがあるらしいんだ。作っているときにはこの動きでいいと思って作っていることもたしかなんだけれども、あとになると自分でも別のやり方があり得たかなと思うことがある。君の場合はそういうことがないでしょう。

谷川　そうだね。根本的にこのやり方では駄目だったと思うことはあるけれども、そういう場合には改良はきかない。はじめからやり直すしかないね。だから推敲の仕方なんかも、あなたと僕とではずいぶん違うのじゃないかと思う。ただこの詩のように自ら失敗作とも成功作とも断じきれないような詩のなかに、その詩人のいちばん基本にあるものがあるのじゃないかってことはわかるんだ。

大岡　いつでも気になって絶えずそこへ立ち返っている主題があるね。僕の場合のそれは人類の歴史みたいなもので、そういうものを一篇の詩のなかで書きたいという気がある。これは僕がわりと早い時期にエリオットの『荒地』を読んだことの影響もあるかもしれない。少なくともあの詩は、現代の荒廃の状態と人間も自然も豊沃だった時代の記憶とを踏まえて書いているわけだ。しかしそのために一篇の長い詩でなくいくつかに分けて書かざるを得なかった弱味があり、各部分の調子も違っている。だから詩の完成度から見れば失敗作だと言わざるを得ないのだけれども、それにもかかわらず魅力があるわけね。それで、なろうことならばエリオットの『荒地』に見合うようなものを日本語で書きたいという気がずいぶん前からあるんだ。あれほどの人が扱いかねて、決して成功作とは思えないものを書いているのに、こちらがそう簡単に行くわけはないと思いながら、こういう主題にいつでも立ち返るところが僕にはあるな。

谷川　壮大な野望を抱いているわけだね。

大岡　少し話がずれるけれども、僕は人の詩を批評するのに失敗作を見る癖がある。自分の書いた詩人論を読み返してみると、中原中也なり萩原朔太郎なりについて論じているときに、これはいいなあ、素敵だなと思った詩について触れていない場合が多い。むしろその詩人の後姿がまる見えになっているような詩を意識的に使っている。その詩人に強い共感を持って語っている場合でも、その詩人の核心をつかんだと思って使っている詩というのは、まず失敗した部分を持っている。そういう意味で批評というのは、対象としている作者の最高のものを扱うには難しいものを抱えている文学形式じゃないかなと、このごろ感じているんだ。

谷川　人間関係でも相手の弱味を握ればそれについては自分も身に覚えがあって、そこから相手のなかに入っていけるということがあるからね。それはやっぱり批評の生理的なものかもしれないな。

大岡　その作品にびっくりし圧倒されたときには、もうそれだけでよくなっちゃうんだな。興味の中心はむしろ批評以外のところへ移ってしまう。

谷川　批評で扱っていない作品のなかに、あなたの本当に好きな作品がある、と。面白いね。

大岡　最近必要があって昔書いたものを読み返していて、僕の場合にそういうことがあるのに気がつ

いた。かなりギョッとした。（笑）

「声が極と極に立ちのぼるとき言語が幻語をかたる」及びトートロジーのこと

谷川　でも「声が極と極に立ちのぼるとき言語が幻語をかたる」という詩は相当な力作で成功作だと思いますよ。

あのかたの庭
花ばなは止みなしにうちふるへつつ
感じあつてゐる
通じあつてゐる
坂には湧く　不断の綾風
分子のすだれの甲高いひびき
花びらの舌は
あのかたの舌にからむ
夢の通路は四通八達
あのかたはそこに
おのれの分身
「唵（オオム）！」の声帯でできた絨毯を

敷きつめて坐る
守りにつく精霊たちは
岩をも断ち割る爪をつっぱり
重々しい鉄銹におほはれて
顔を失くしてゐる

＊

語ガイツサイノ色ヲ吸ツテ
ホツホツト蕾ンデヰルノハ
鋤ガクチビルヨリモヨク
上下シタ土地

ダガソコニ
ワガコトバ　スベテ
根ヲオロスベシトハ
信ズルナカレ

＊

あのかたの敷物の
一隅で光る
未開の眼
それは「理性」にささやく
「喉を鳴らせよ　ほら
この
おかたい妖婦！」
あのかたは
かけだし妖婦の未熟な筋(きん)をほぐすべく
波うつ指とへこみになり
お喋りな未開の眼は
湧き水の中に沈めてやる
そして「理性」に耳うちする
「飲門(ノミド)ヲ鳴ラセヨ　ソラ
コノ
オボコ！」

＊

森羅万象トハ何カ
森羅万象ハ死ノ食物デアル
死ノ食物トハ何カ
死ノ食物ハ一切ノ息スル生物デアル
一切ノ息スル生物トハ何カ
一切ノ息スル生物ハミヅカラ動クフイゴデアル
ミヅカラ動クフイゴトハ何カ
ミヅカラ動クフイゴハ愛欲デアル
愛欲トハ何カ
愛欲ハ死ニサカラツテ踊ル幼イ獣(ケモノ)デアル
死ニサカラツテ踊ル幼イ獣トハ何カ
死ニサカラツテ踊ル幼イ獣ハ瞬時ニ方位ヲ変ヘル快楽デアル
瞬時ニ方位ヲ変ヘル快楽トハ何カ
瞬時ニ方位ヲ変ヘル快楽ハ醒メル前ノ五色ノ夢デアル
醒メル前ノ五色ノ夢トハ何カ
醒メル前ノ五色ノ夢ハ自我ガ織リナス迷妄ノ河デアル

自我ガ織リナス迷妄ノ河トハ何カ
自我ガ織リナス迷妄ノ河ハ湿ツタ薪ノ濛々ト吐ク煙デアル
湿ツタ薪ノ濛々ト吐ク煙トハ何カ
湿ツタ薪ノ濛々ト吐ク煙ハ人語デアル
人語トハ何カ
人語ハ人ガ森羅万象ニ投ゲル投網デアル
人ガ森羅万象ニ投ゲル投網トハ何カ
人ガ森羅万象ニ投ゲル投網ハ名デアル
名トハ何カ
名ハモノヲ容レル虚空デアル
モノヲ容レル虚空トハ何カ
モノヲ容レル虚空ハ語デアル
語トハ何カ
語ハ音ト化シタ森羅万象ノ光デアル
音ト化シタ森羅万象ノ光トハ何カ
音ト化シタ光ハ消エル
タダヒトリ
人ガ地上ヲ去ラウトスルトキ

語ハ火ニ帰スル
息ハ風
骨ハ土
血ト体液ハ水ニ帰スル
人間ハソノトキドコニ在ルカ
人間ハソノトキ
語トトモニ火ノ源ニ帰スル（カ）
ワレソノ帰趨ヲ知レド語ラズ
ワレハ虚空ナレバナリ

*

かきわけていくこの濁水を飲みつくすことはできないわたしだ
虚空を経めぐり一瞬に「我」ならぬ「我」に帰ることはできないわたしだ
器の水は秋の色
山の顔は深い彫りだ
橋のたもとに四人の女
あれは生きてるけもののにほひ
一人は白いレエスの下に春の若草

一人は赤いマントの下に男の指
一人は黒い手袋の中におのれのこぶし
一人は光る皮膚の中で溶けかけてゐる
山の顔は深い翳りだ
四人の女はほんとに四人か
四百人のわたしではないか
橋はかかつてゐるのか　けふ
たたずむわたしの足をささへて
土の気だてがやさしくなるのを感じるとき
とめどなく湧き出る闇が
わたしの背中をねらつてくる
その闇の顎に貼りついて
あのかたの庭の精霊が
またもわたしに嫣然と頬笑みかける
「ロビンソンさん
自然回帰の虚空旅行は
おきらひか？」

＊

卑シキ自我ハ無数ナレド
ワレヲ見知ラズ
マコトノ夢ヲモ

ソハイカナル証明ニモ
先立ツテマヅ巨イナル正解ノ存在セシヲ
カレラ知ラザレバナリ

谷川　「森羅万象トハ」以下の片仮名のところは一種の疑似宇宙論になっていて、片仮名にしたことで古文書的な面白さが加わって効果をつよめている。この部分で感じたのは、人間の認識は最終的にはトートロジーだなということだ。「森羅万象トハ何カ」から以下ずっとイコール記号でつないできて「森羅万象ノ光デアル」と、結局はトートロジーに近いものになっている。トートロジーというのは、等価に見える二つの語が無限に豊かなものでつながれていることで、イコール記号に重点が置かれたものなんだな。だから「石は石である」と言っても、最初の石と後の石とは、そのあいだに宇宙のすべてが含まれるから、二つの「石」は同じではない。そういう認識を得られるのがこの詩のこの部分だと思う。とくに「湿ツタ薪ノ濛々ト吐ク煙」のような言い方はなかなか出てこない。禅語の影響があるような気がするけど、非常に具象的なもので極度にメタフィジックなものを象徴させる方法が、ここでは成功していると思うんだな。

「あのかた」という言い方もいいね。「あの神」などと言わないで「あのかた」と呼ぶのは、神であると同時に愛人である呼び方で、宗教的なもののなかに含まれたエロティシズムがよく出ている。

大岡　「あのかた」は神というか超存在のようなものだけれども、それが人間の「理性」に対して、理性の「未熟な筋をほぐすべく／波うつ指とへこみになり」というふうなところは、言いたかったことがわりと言えているような気がする。

谷川　下手をすると理屈になりそうなところが、すれすれで理屈にならないでいるところがある。それは比喩のうまさと言うより、行の動き方のうねりの激しさで、重層的な意味がわりあいうまく伝わるようになっているのじゃないかな。

大岡　或る観念と観念のあいだに橋を架ける方法を一所懸命考えるということ自体を詩にしようとしているところが、僕にはあるわけなんだ。これは人にわかってもらうにはいちばん迂遠な方法で、本来は哲学とか宗教のほうの書き方のほうがいいのかもしれないけれども、それをなんとか詩でやりたいんだね。

谷川　自分の言葉に絵具のマチエールのような皮をかぶせていきたい、肉体を付与したいということだよね。それがなければ結局嘘になると思っているのじゃないかな。

大岡　そうなんだね。だからわりとうまく言えているところがあるとすれば、その部分では観念と肉体にうまく橋が架かっているときだね。それが架からないと惨憺たることになる。

谷川　ただ、観念と肉体の橋渡しにはわれわれは慣れていないわけだから、読み手のほうで入っていきにくいというところもある。逆に大岡のほかの詩をたくさん読んでそこを覚えれば、わりと素直に入っていけるという面もあるね。だから簡単に失敗か成功かは決めにくいわけだ。作者の側でも同じことがあるわけだから。ますます難しいと思う。或るときにはあまりにはっきりアフォリズム的に観念論が出てきて、そのほうが腑に落ちる快感はあっても、それだと肉体性が失われていて大岡の詩らしくなくなる。逆にもうちょっと明断になってくれないかと思うところもある。読者のほうも矛盾するところがあるのね。

大岡　別の言い方をすると、僕の場合どうしても、批評的なものを書く自分が詩のなかへ入ってしまうんだと思う。自己批評も含めて、何か一つのことを言うときにも、それをできる限り複雑にしてしまいたいという、どうしようもない欲望が働くらしい。それがこの「声が極と極に立ちのぼるとき……」では、そういう要素が分裂しながら、それぞれが場所を得ているらしいという感じはある。

谷川　そうだね。「森羅万象……」のところなんかはスタイルが明断で、曖昧な比喩みたいに見えているものがスタイルのおかげで明断になっていて、やっぱり圧巻なんだな。あなたはいつでも自分の抱え込める容量ぎりぎりのところまで組織化したいという意思を持っていると思うんだけれど、それが自分の力に及ばない場合とうまく力が及んでいる場合とがあるわけだ。

　最後の節の「卑シキ自我ハ無数ナレド」の語調はたしか宮沢賢治にも似たようなのがあるよね。

大岡　それは全然考えなかったけれど、語調としてはたしかにあるな。超越存在のようなものを書こうとすると一種の似かよった姿勢が出てくるのかなあ。

谷川　日本語の語調として、例えば片仮名まじりがいいという判断とか、こういういわば断定調のようなものとか、共通のものが出てくるね。

大岡　或る種のフォルムが露出してくる。

谷川　そう、露出してくるのね。それが嫌味になることもあり得るんだけれども、この詩の場合には嫌味になっていない。平仮名と片仮名の混り具合がいいのじゃないかな。

「少年」

谷川　この詩集の最後に「少年」という詩を置いて、この一篇だけで終りの章を構成している。それが実にぴったりした感じで、この詩集全体、配列がよくできていると思う。

大岡　前の章の終りの「声が極と極に立ちのぼるとき……」で、生から死の世界への観念の旅を書いたわけだけれど、ここで僕自身がもう一回少年に立ち戻るという一種の輪廻の節を考えているわけ。この「少年」から再び前へ戻ると巻頭の「祷」の裏返った石が出てきて、そこからまた干からびた石が潤いはじめ、再び世界が始まるという円環を、自分では考えているんです。

大気の繊(ほそ)い折返しに
折りたたまれて
焰の娘と波の女が
たはむれてゐる

松林では
仲間ッぱづれの少年が
騒ぐ海を
けんめいに取押へてゐる
ただ一本の視線で

「こんな静かなレトルト世界で
蒸溜なんかされてたまるか」

仲間ッぱづれの少年よ
のどのふつくら盛りあがつた百合
挽きたての楢の木屑の匂ひよ
かもしかの眼よ
すでに心は五大陸をさまよひつくした
いとしい放浪者よ

きみと二人して
夜明けの荒い空気に酔ひ

露とざす街をあとに
光と石と魚の住む隣町へ
さまよつてゆかう

きみはじぶんを
通風孔だと想像したまへ
ほら　いま嵐が
小石といつしよに吸ひこまれてゆく
きみの中へ

ほら　いま煤煙(すす)が
嵐になつてとびだしてくる
きみの中から

さうさ
海鳥(うみどり)に
寝呆けまなこのやつなんか
一羽もゐないぜ

泉の轆轤がひつきりなしに
硬い水を新しくする
草の緑の千差萬別
これこそまことの
音ではないのか

少年よ　それから二人で
すみずみまで雨でできた
一羽の鳥を鑑賞しにゆかう
そのときだけは
雨女もいつしよに連れてさ

河底に影媛（かげひめ）あはれ横たはるまち
大気に融けて衣通（そとほり）姫の裳の揺れるまち
おお　囁きつづける
死霊（しれい）たちの住むまちをゆかう
けれど

少年よ
ぼくはきみの唇の上に
封印しておく
乳房よりも新鮮な
活字の母型で

「取扱注意！」

とね

谷川　少年にはあなたの息子というのが、意識のどこかにある？　とてもみずみずしく少年というものが捉えられているからね。
大岡　息子のイメージはないんだ。何連かは僕自身という感じで、あとは自分のことは忘れて少年のイメージを外在化させて、それについてどんどん動いている。
谷川　かなりはっきり対象化されているわけよね。やや教え諭し調になっているところもあって、それが「少年」という主題にふさわしくてさ、作者自身とはとれなかったな。「雨女」というのも、もしかすると少年のおっかさん、つまり作者の女房のことかしらとも思えたわけよ。（笑）俺たちは男同士なんだ、二人でいる。しかし、そのときだけは女房も連れて行ってやろうかみたいなさ、そういう下世話な感じがあって面白かったんだけどね。

大岡　女房のイメージはない。幻の女、雨でできた女です。少年には僕自身も入っているけれども、イメージとしては例えばランボオのような人の少年期みたいなものを想定しているんだ。詩人になりかけている少年のイメージ。

谷川　それはわかる。だって「衣通姫（そとおり）」は和歌の女神なんでしょう。ミューズだよね。終りの「けれど／少年よ」以下を読んでも、そういう志向を持った少年だということはよくわかる。

三節目の「騒ぐ海」を「ただ一本の視線」で取押えているというのは、そういう少年の明示的でカチッとしたイメージができているね。

大岡　うん。だけど自分では、これでいいのかなあというところもあるんだよ。

谷川　あなたにとってみると、そうなんだろうね。詩的デッサンのお手本みたいなことになりかねないわけだ。だけどこれは少年というイメージからあまり逸脱しないで、求心的に少年というものに行っているところは、僕なんかは気に入っている。若い人が読んでも、かなりちゃんと理解できるのじゃないかと思う。

大岡　「少年」という詩の一つの可能性として、カチッとしたものを出したいという気がすごくあってね、この次には「恋愛詩集」の形で恋愛詩を出したいと思っているんだ。カチッとしないものと並行して書くわけだけれども、恋愛詩の場合には少しは形がはっきりするのじゃないかって気がする。『悲歌と祝禱』というこの詩集は題名からすでに二元論で、詩集の内部構造も二元論じゃないわけね。だけれども最終的には一つのイメージのカチッとしたものを出すことで二元論を統一したい、そのなかにみずみずしい可能性を持つ少年のイメージを呼び戻すことで二元論をみずみずしい統一にしたい、という気持があったわけだ。

谷川　それは可能なのかな。

大岡　そのためにはますます生まなましくならないと駄目なわけだ。そうすると、恋愛詩というものが次に出てくる。僕自身がむしろ理念として抱え込んでいる恋愛についてのイメージがあるわけだけれども、それと現実の女というものとのあいだに橋を架けていく形にしたいんだ。

全体（ホウル）を捉えるということ

谷川　だけど、あなたの二元論というのは普通の二元論と違って、対立ではなくて相互嵌入であってね。それを可能にしているのは、あなたの「波」という言葉で象徴されている、人間存在をエネルギーとして捉える方法論だと思う。普通の二元論までは言語は機能してきたけれども、それが相互嵌入的な、むしろ多元論に近いものになってくると、言語の限界ぎりぎりの仕事になってくるだろうと思うのよ。だからあなたが楽観しているようにうまく行くかどうか、やや疑問だと思う。と同時に、あなたがそういうところを目指しているってことは、非常に興味のあることだね。

大岡　音楽家で言うと湯浅譲二さんなんかが音楽でやろうとしていることは、方法論として僕と似ているところがあるね。「相即相入」とか、そういう観念は僕と近いのですよ。

谷川　ただ、あなたの場合には入ってくる生まなましい人間関係のようなものは、音楽家の場合には入らないわけね。だから一種の楽観的な宇宙論みたいなところで仕事ができる。

大岡　ときどき羨しいと思うことがあるね。音楽には形式もカチッとあるしね。言葉でそれをやろうとすると、逆に言葉の限界をはっきりさせていくだけのことになりかねないからな。だからいつまで経っても完成には行かないと思うけれども、一生のうちに一篇ぐらいすごくいい詩ができるってことがあれば、それはおそらくカチッとした見事ないいものという感じではなくて、目が眩むようなギラギラしたものじゃないかな。人によっては何だかわからんと言うような、しかしこれ以外には一語も動かせないという意味でギラギラしているものであり得るかもしれない。

谷川　それはやはりあなたの、ほんとに奥深いところから出てきているもので、動かしようのないものだね。さっきから僕は『ナチュラル・マインド』を例に引いて、あなたのなかにアンビヴァレントなものをそのまま抱え込もうとする欲求があって、それが「波」という言葉に象徴されると言ったわけだ。しかし、その欲求がなぜ生まれてきたのか。その全部はわかりようがないけれども、例えばあなたが若い時期にお父さんの影響でしたしんだ七五の抑揚が持っている波動性とか、その後あなたが深い関りを持ったシュルレアリスムにある相互嵌入的な要素とか、あるいはあなたが海のそばに育って海としたしんできたことから来る触覚的なものとか、また、あなたが酒飲みで酒というドラッグによるハイの状態をつねに経験していることとか、あなたのセックスに対する感受性とか、いくつかのことは考えられる。

そういうもののすべてが大岡信を形づくり、そこから、言語の限界をむしろ越えるような、日常意識と全然違う深い意識を追求しようとするってことが出てくるわけだ。そのためには日常的な感覚を或る意味で遮断して眩暈（めまい）とか奥行に到達しなければいけない。しかし日常的な意識の遮断は日常的な言語の通常の用法を拒否することにつながっていくわけで、どうしても表現が難解にならざるを得ないというところがある。

大岡　その一方で僕には、小唄ふうなものへの憧れがあるんだ。例えば日本の古典で言えば『梁塵秘抄』とか『閑吟集』の小唄にすっかり参るところがあって、ああいう一行でスパッと或る断面を切って見せるものへの憧れは強い。ところが自分で書こうとすると、やっぱり絵具を厚塗りにするところがあってね。すべてを捉えるというような言葉に、僕はかなりひどくひっかかっているね。戦後詩の出発点で「全体を捉えよう」という掛声があったけれど、その声に僕はずっと真面目に付合ってきているんだ、ひょっとしてだまされてきたかもしれないけれど、という気がする。

ただね、僕のなかに疑似的な意味ではドラッグの状態に対する親近感があると思うんだけど、そういう状態に深く入っていくほどに、逆に例えば社会的なテーマなどが扱えなくなってくる。なんとか扱いたいと思っても、こういう詩の方法だと扱えないところがあって、僕のなかではそれは大きな問題であるわけだ。社会的主題を扱うためには詩に散文的な文脈を入れなければならないと思うけれども、ここまできてしまうと、それはそう簡単なことではない。生活者としての自分のなかには社会的な主題はいつでもあるわけですよ。だけどそれがどうしても詩のなかにうまくはまらなくて、実は困っている。

谷川　僕の場合には或る程度書き分けるというところがあって、だから社会的主題なんかも扱うことができるわけだけれど、しかし逆に、書き分けることで全体を回避している面があるってことを、自分でつねづね感じている。

ただ、ホウル（whole）とホウリイ（holy）は同じ語源だというから、「全体」という言葉には本来「聖なるもの」の意味が含まれているんだけれども、戦後詩が言った「全体」にそれが含まれていたかどうかは疑問だね。戦後詩が言ったのは「社会の全体性」ということであって、それは明らかに本当の「全体」じゃない。本当の「全体」を捉えるというのは、途方もない野心なんだよ。志賀直哉が日記の一節に、ホウルには誤謬が多く含まれている、ディテールに真理がある、というふうなことを書いていて、まさに志賀直哉らしい言い方だと思うんだけど、正確さということを一義的に考えるとどうしてもディテールでなくてはならなくなってくるわけだ。

しかし、だからといってディテールに安住してディテールにこそ神は宿り給うと言えるかというと、いまの時代はディテールをもってホウルを代表させられない時代だ。そういう時代にホウルをつかもうとするのは、逆に不正確であることを敢えて辞さないということになるのじゃないか。これはおそらく大岡だけの問題ではなくて、現代詩全体の問題だろう。

大岡　僕が叙事詩的なものとか劇詩的なものにどうしても後髪を引かれるように取りかかっては、そのたびだめになっちゃうというのは、その問題にひっかかっているわけよ。

谷川　僕の場合にはいま書き分けているのを全部いっしょくたにした一つの長大な詩というものがつねに念頭にある。一つの書き方で「全体」が捉えられなければ、散文的なものもあり短詩的なものもあり、小唄的なものも劇詩的なものもある、そういうもののモンタージュでわりあい長い詩が書けて、その構造そのもので《whole》というものをある程度捉えられるのではないか、ということは考えるんだな。実際にやることは難しくて、なかなか取りかかれないでいるけれども。

大岡　その点では僕もそんなに違ったことを考えているわけではないと思うよ。

あとがきの章　触覚及び再び他者のこと

谷川　何を批評するにしろ、批評することのいちばん基本には人間の感覚があるわけでしょう。聴覚、視覚、触覚、嗅覚、味覚の五感があって、音楽なら聴覚、絵なら視覚が主になるけれども、五感というのは人間が簡単にそう区別しているだけのことで、人間の内部では意外に通底していて、全部で或る一つの感覚をつくっているところがあると思う。

聴覚型と視覚型、音楽型と絵画型という人間の分け方があるよね。あれも、どっちにより強く惹かれるかということはあっても、実際はそんなに簡単には分けられないだろうという気がするけれども、そういうことを前提として、大岡はどちらかというと何型かね。

大岡　視覚型と見られることが多いね。だけど僕が詩を書くときには、少なくともいちばん気がかりなのは、言葉のはこびのなかにあるリズム感のようなものなんだな。もちろん日本語は二音と三音を基本としているので、二とか三とかの拍が頭のなかにつねに基調として鳴っているということはあるかもしれないけれども、ただそれだけのことではなくて、言葉が或る明確なリズム感を持って動いているときには、それが弱いときに比べて含蓄の範囲が広かったり深かったりする。そういう勘があるんだ。僕の詩は視覚的イメージがわりと豊富だといった批評もされるけれども、実際に書いているときには、そういうことは考えたこともない。頭のなかでは、とにかく正確に言わなきゃならないということが基本にあって、そのために或る言葉、或る言葉と選んでいくと、それが結果として視覚的イメージに大きく偏っているらしいのだけれどもね。

視覚のなかにも触覚があるだろう

大岡　ただ、ロールシャッハテストを君にすすめられて、馬場礼子さんのテストを受けてみたことがあったよね。あれでは、僕が視覚型だと言われることが納得できないわけでもなかった。十枚のテスト用紙を見せられて、それぞれ何に見えるかをどんどん答えていくわけだけど、答えたイメージの数が僕のは平均よりだいぶ多いらしい。また、答え方に特徴があると言うんだね。普通は最初に見せられたパターンの全体のイメージを答えるけれども、僕はいきなり細部から答えはじめたのが多かった。それは最初に全体として感じたことを隠匿して、その次の、ちょっと分析的になった段階から出発しているということで、内的なガードが固いことを示すらしい。僕はわりと抽象絵画を見るし、そのときとりわけ細部をよく見ることが関係しているのではないかと思って訊いてみたけれども、それはあまり関係ないらしい。

谷川　部分から見ていって、最後には全体に到達するの？

大岡　到達するときとしないときとある。（笑）ところが到達しても例えば、「この獣は、手とか足が崩れていく予感に怯えていて、それで手足の尖端が闇に沈んでいる」というような言い方になってしまう。つまり、細部はうんとこまかく見ていって、大きな図柄に到達した瞬間に飽きてしまって、自分自身の無力感みたいなものを表明して終るということなんだって。飽きた瞬間に、もういやだっていう反応が実によく出ていると。（笑）

谷川　この対談を機会にあなたの詩をまとめて読み返したんだけど、非常に触覚的だという感じを持った。あなた自身も『彩耳記』に、自分にとって触覚は非常に大事であると書いていたよね。ロールシャッハテストで細部から出発するというのは、視覚のなかの触覚的な部分を働かせているのじゃないか。

聴覚の場合は鼓膜に音波が実際に触れるわけだし、視覚の場合にもやはり光が網膜に触れているわけだから、どこかに触覚的なものがある。また、絵画作品というのはすべて或るマチエールを持っている以上、絵画を見るときには、手では触れなくても目でその触覚的な表面を探知しているところがあるだろうと思う。あなたが抽象絵画の細部を見るというのも、創作行為のなかで画家は細部において最も触覚的に働いているわけだから、大岡の感覚のなかで触覚がたぶんキイになっているということじゃないのかな。

大岡　そういうふうに見ていけば、大半の人が触覚から出発して、その分れとして視覚型であったり聴覚型であったりしているんだろう。

谷川　赤ん坊はまず触覚がめざめ、そのあとほかの感覚が分化してくるのだからね。

大岡　文学とか美術とか音楽とかをやってる人たちは、たいてい幼児性を強く保っていると思う。それはオッパイを吸っているという感覚で、そういうところで世界とつながっているようなものが、芸術的なモチーフの根元にはあるのじゃないかな。君の詩なんかもそういうものが、いつだって跳躍板の役割を果たしているだろう。

谷川　僕は触覚的なものにすごく執着しているから、逆に触覚的なものに惹かれることが怖いということがある。母親の躾とかいろんな人間関係と密接にかかわっているだろうと思うけれども、少なくとも触覚的なものを切り離していこうとするところがある。

サンフランシスコの子供のための科学博物館みたいなところに、〝触覚の木〟というのがあるらしいんだ。芸術家と科学者が協力して作ったもので、とにかくあらゆる手ざわりのものが木にいっぱいなっていて、それを子供がさわって歩くようになっている。新聞でそのルポを読んだだけだけど、僕はそういうものにわけもわからず猛烈に惹かれるんだ。

肌の感覚なんかにしても、衣料の質感が気になるほうで、布のなかでは木綿の持っている吸湿性としなやかな自由さがどうもいちばん自分の肌に合うといったふうに、肌に合うか合わないかの感覚は動かしがたいものがある。芸術作品との対し方とか人間関係のすべてを通して、それが自分のなかに生理的に働いているってことを感じるよね。だから、そういうふうに肌が敏感なせいか、友達と肩を組むようなことが子供のときにはすごくいやだった。肌と肌とが触れ合うような人間関係は怖いのだろうね。頑固に拒否するわけよ。

大岡　僕も同じだね。いまでもわりあい駄目なんだけど、それは君の言うように、触覚的なものに敏感だからだろうな。それに実際問題として僕は皮膚が弱い。そういうことも関係があるのじゃないか。扁桃腺炎をわずらう人は粘膜が弱いらしいけど、リンパ腺とか甲状腺とかの「腺」というのがかなり関係しているような気がする。僕自身なにか物を見るとき、ただ目が見ているというのじゃなくて、自分の内部の唾液腺とかそういう「腺」がかなり参加して見ている感じがするよ。

「肌でわかる」が最後の殺し文句になる

谷川　日本人というのはどっちかというと肌の接触を嫌う民族じゃない？　挨拶の仕方でも、握手したり顔に触れたりってことはしないからね。ところが一部、わりと肌でベタベタと、例えば友情などを表現しないとおさまらない人たちもいるでしょう。そういう人は僕はちょっと苦手だな。酒が入るとやたらにキスしたがるということだけじゃなくて、どうも精神的な人間関係にまで及んでいる。

大岡 ところが一方で、日本人が旅をするときには団体旅行が多くて、そういうところではみんな無礼講になって、肌身を接してしまうような習性があるよね。これは、よくわからないけれども、いわば〝村〟というふうにとらえられる集団の形成のされ方とか〝村〟の内部の人間関係のあり方と関係があるのじゃないかな。

村の内部では縦横の人間関係の秩序がきちんとあって、人はそれぞれ自分の枠を抜け出ることができないようになっていた。それは一つには、これだけ人間が稠密に住んでいる国だから、日常生活であんまり肌身を接する付き合い方をしていたらやっていけないわけだ。だから、いわばフィクションとしての階層秩序というものを日常生活では固く守っていく。ところが旅に出れば、そういう〝村〟の規制が弱まるわけだから、旅の恥はかき捨てが許されて、お祭りの乱交パーティーみたいな心理状態になる。逆に、日常生活でベタベタしてしまうと、こんな狭い島国じゃもうしょっちゅう内乱が起る、それは許されないということから来た知恵じゃないのかな。

谷川 日本語には「肌でわかる」ってのがあるよね。最後の殺し文句なんだな。文学作品であれ人間関係であれ、「肌でわかる」と言われてしまうと、それには全く反論が許されないような極北の評価であってさ。このときの肌は英語のスキンなんかとは全然違う。そういう意味では日本人は肌というのを相当大切に思っているんだね。こういう湿っぽいところに住んでいる人間だから、肌がベタベタするとかサラッとすることに敏感なんだろうけれども、そういう感覚で中国の文化でも西洋の文化でも受け入れている面がずいぶんあるのじゃないかと思うのね。そうだとすると、いろいろ誤解しているのじゃないかな。

大岡　そういうことは批評のあり方にも当然関係がある。文学でも美術でも音楽でも、それを批評する批評家が、島国のモンスーン地帯で湿っぽいという、この国の根本的な条件の影響を受けないでいられるはずはない。これは自分の肌に受付けないとか、肌にぴったりだとかの判断から出発して、そのあとにしかるべき体系的な論理が乗っている場合が多いのではないか。僕は自分の批評にも必ずそういうことがあるだろうと思っている。だからその自分の批評が一元的に正しいとは思えないんだね。俺はこう思うけれども、俺と体質の違う人が批評すれば、きっと違う原理から出発して、違う論理体系のもとに違う評価を出してくるだろうと考える。もちろん或る場合にはこれは絶対に俺の評価でなければならないと思うけど、一歩退いて考えると、たいてい物事は相対的に捉えたほうが正確ではないかと思う。

谷川　でも、他人の詩なら詩を読むときに、はじめに肌が違うと感じても、もっと先まで読まなければいけない場合があるでしょう。

大岡　うん、ある。その場合には僕自身に関して言うと、読んで行けばかなりのところまで、肌で感じたものの修正はきく。

谷川　つまり最初の肌に合う合わないの判断が正しくなくなることがあり得る。それは僕もそうなんだ。だから、「肌に合う」「肌に合わない」というのは表現としては深いはずだけれども、実際には浅薄な判断である場合があるような気がする。

一方、志賀直哉のように自分の肌に合うか合わないかの次元での批評的態度をとり続け、その基準が動かしがたく素晴しい場合がある。それが不思議なんだけど、しかし考えてみると、ものを造る人間が自分のものを創る過程では、必ず志賀さんみたいに、自分ではつかめないような意識下の判断あるいは決心の積み重ねで文章なら文章を書いていっているように思う。そうなると、そういう判断や決心が何の次元に属するのかわからないのだけれども。

肌より先へ進むのが批評の本筋だろうな

大岡　志賀直哉が『座右宝』を編集したときに、美術史家の脇本楽之軒が、この編集は素人にしては少しはましだ、というふうなことを言った。そしたら志賀さんがそれを皮肉り返して、美術史家というのは実に自惚れが強いが、私は彼らの書く解説には全く興味がないし、自分で解説を書くのも嫌いだ、私が美術品に求めるのはそのものがいかに自分の心を奮い動かしてくれるかということだ、と言っている。「そのものの芸術的価値を客観的に判断するよりも、それを制作している制作者の気持が直接自分の心に移ってくることが、美術品に触れる自分の喜びなのである。その美術品が本当にわかったと感じられるのはこういう場合である。美術品の解説というものをほとんど読んでいない自分にははっきりしたことは言えないが、自分がかつて二三ごく短いそういうものを書いた経験から言えば、自分がそのものから受けた感動を正確に文字の上に再現することははなはだ困難だった。むしろそれは不可能に思われた。たまたま人の書いたものを見ても、ただ誇張した言葉ばかり並べ、少しもその芯に触れてこない。いったいそういう性質の文章に変に難しい漢字を使いたがる傾向のあるのは、この困難を補なおうとする焦燥からのように思える。」

これは実にきつい批評でね。こういうことを言われたら美術品の解説なんかだれも書けないくらいに本当のことだと思うんだけれども、これに続いてこう言っている。

「しかしこのことは前にも言ったように、その人びとの気質からも来る。かりに自分がいまの接し方よりももっと美術方面に深入りしていくとすれば、脇本氏ほどの美術史家になろうとするよりは、同じ努力で自身画家となることを選ぶだろう。たとえ下手なりにも、そのほうが自分には意義があり可能性がある。これは必ずしも美術史家を貶めて言うのではなく、自分の気質から言うことだ。」

結局、自分は脇本氏が言うように素人であるかもしれないけれども、どうせやるなら創作家になる。解説のほうに行く気はない。これは自分の気質だからしようがない、というふうな言い方をして、自分の批評の仕方というのは要するに創作家としてやっていることだというところに行くわけだね。創作家が同時に批評家である場合は、本音のところは皆こういう気持だと思うな。対象が自分の心をいかに奮いたたせてくれるかというところに判断の基準があるわけだ。

谷川　しかしいまの時代にそこまで自分の感覚を信じきれるかどうか。ケネス・クラークが『絵画の見方』という本で、或る一枚の絵を見て感動してもその感覚は数分で飽きて、そのあとは感覚的にだけ見続けることはできなくなる、ということを書いていた。結局彼は、そこから先は自分の持っている知識を働かせはじめ、比較計量の世界に入っていく。この時代はどういう時代で、ほかの画家たちはどういうことをしていたとか、そういうところで見はじめると、また違う見方が出てくるというわけ。こういう見方は僕にはとっても魅力があるのです。

それと思い合せて面白かったのは、僕はいま仕事の関係でルーヴル美術館の館長さんと何度か会うことがあって、あるとき雑談で、あなたはこの膨大なルーヴルの収集品のなかで何がいちばん好きかと訊いてみたことがある。そのとき彼は、われわれにとって実に意外なものを挙げたわけです。イタリアのカラバッジョ（1573～1610）の絵と古代ローマのアグリッパの胸像です。ルーヴルにあれだけのものがあれば、彫刻で言えば僕なんか古代オリエントは素晴しいと思うし、エトルスクあたりも面白い。ギリシャは当然素晴しい。しかしローマの模作となると明らかにギリシャのオリジナルと違うことが素人にもわかるぐらいでつまらない。絵のほうではカラバッジョなんてのはなんだか薄気味の悪い絵だなという感じで、絵ならやっぱりレンブラントで、ダ・ヴィンチは素晴しいけれどもロココ美術にはうんざりするというような、日本人にわりと共通な感覚があるでしょう。ルーヴルの館長がカラバッジョを挙げるというのは、われわれの肌には全然合わない。だけど、そこで彼の選択を拒否することはできないのじゃないかな。なぜ彼はカラバッジョがいいのか、それはもしかすると一生涯わからないことかもしれないけれども、自分の肌を信用するのをいったんやめて、それをわかろうとしないとだめなんじゃないか。肌よりもう少し奥の内臓的な感覚にまで入っていかないと、やっぱり批評は本当には成り立たないのではないかと思ったんだ。

大岡　カラバッジョの絵とアグリッパの胸像というのは実に地中海岸的な答え方だね。そういう人にとっては、古代オリエントなんかは論理的体系的に追究していって面白味が出るものじゃないという感じがあるかもしれないな。ヨーロッパの人には、論理的に長々と説明できるものでないと面白くないという人が、わりあいいるような気がするよ。

谷川　批評というものには、或る一つの作品をかけがえのない絶対的なものとして見る見方と、歴史の流れのなかで相対的に位置づける見方と、つねに両方が並行してあるわけでしょう。ところが僕みたいな素人にとっては、美術史の流れのなかでその作品がその時代に持っていた意味を探るということが難しい。しかし歴史の流れをきちんと知っていれば、その作品がその時代に出たことの面白さを、それこそ肌身でわかるのかもしれない。

大岡　ケネス・クラークという人は僕も以前から関心を持っている人なんだけれど、その『絵画の見方』で、美術史的に縦にも横にも比較して作品の位置を決定的に深く見ていくやり方が必要だと言っているのは、やはり批評の本筋だろうという気がするね。

僕なんかもはじめて美術についてものを書いたりしたころには、自分が或る作品に感動したときに、それをどう表現していいかわからなくて、とても困った記憶がある。それで例えばパウル・クレーの絵が好きだということを言うために、僕の場合は文学を引き合いに出した。

クレーの絵にはオリエントの風景や南方の動植物のイメージなど南方的なものへの関心が強い。そういう南方への憧れが僕には面白かったので、ゲーテの『イタリア紀行』の旅とクレーの南方への旅を並べたら何か書けるような気がして、それで書いたのが「パウル・クレー」という、美術について書いた最初の文章なんだ。そのとき、何かと結びつけて書くというのは一つの方法だとは思ったけれども、文学者の生涯と画家の生涯のあいだで偶然一致したものを持ってきて書くというのは、かなりインチキなトリックではないかという気はした。しかし考えてみると、絵を見るときにも僕なんかは感覚だけで見ているとは限らなくて、そこに文学的な印象も同時に見たりしているわけで、そういうことから言えば必ずしもインチキじゃないとは思うのだけれども。とにかく一枚の絵について書くことの難しさというのはたいへんなものであるはずなんだな。

谷川　本当に感動したときには言葉が出てこないからね。ところがその一枚の絵が、つねに唯一の独立した存在ではなくて、必ず美術史のどこかに位置しているものであり、同時代の画家たちのどこかに位置しているものであり、その画家の生涯のどこかに位置しているものである、というふうに他者との関係を持っている。そこを問題にしたときにはじめて言葉が出てくるのだろうな。ただそういうふうにしていったん相対的な世界に入ったあとで、もう一度それがかけがえのない唯一のものであるってことに戻らなければいけないと思うけれども。

大岡　そこのところで志賀直哉のいう気質というのが、決定的な役割を果すだろうね。一枚の絵を一度は相対化した上で、なおかつ最初の感動を心の内部で再現できる能力がないと、単なる解説になってしまう。

去年オランダへ行って、レンブラントの絵をじっくり見る機会が何度かあったんだ。そのなかに彼が自分の子供のティトスという男の子を描いた絵が何点かあった。少年時代のティトスから青年時代のティトスまでね。何度か見ているうちに、レンブラントと子供とはどういう関係だったのかなということを思ったんだ。ティトスは若く死んだ二度目の奥さんの子供だったようだけど、子供のときの顔なんて可愛らしくて繊細で、大人になったら苦しい生涯を送るのじゃないかと思わせるような、大きな目を見開いて、子供のうちから生命のはかなさを知っているようなまなざしをしている子です。そういう絵を見ているうちに、こんな繊細な息子を持ってしまった父親はちょっとたいへんだろうなと考えはじめたんだ。レンブラントという人はがっしりして獅子っ鼻の、すごく頑強そうな感じの人で、そういう人が、若死した奥さんの生んだ息子を、この子も長生きできないかもしれないと思いながら描いているとすると、この絵のなかには大量に父親としてのレンブラントが入っているのに違いないと思った。画家のまなざしになりきったレンブラントではなくて、そういう息子を持った父親の心の不安とか期待とか祈りのようなものがあるに違いない。そう思って少し成長した時期のティトスの絵を見ると、これがまたそういうことを強く思わせてしまう絵なんだ。

オランダだけではティトスの絵を全部は見られなくて、あとで画集でもう一回見直したんだけれども、そうして見てみるとレンブラントが描いた息子の絵というのは、レンブラントの全作品のなかでも独得の系列をなしているんだ。ほかの人物を描いたときには出ていないような繊細な要素が、息子を描いた絵には全部出ているって、僕は確信しちゃったわけよ。一枚の絵をはじめは夢中になってかなり長い時間見ていて、やがてそこから少し身を引いたときに、これを描いた父親の気持はどうだったかと思い、そこが橋頭堡になって僕自身のなかで発展していった。これはもう或る程度、批評という作業に入っていることだと思う。いろんな時期のティトスの絵を比較するということが、自然に行なわれてしまうからね。

谷川　自画像もそうだな。レンブラントの自画像は或る時期まではいい洋服を着ちゃってつっぱった顔で、わりとカッコよく描かれているけれども、四十歳をすこし出たころから、自分をそのへんにいるジャガイモ親父みたいに描き出すようになる。ああいうのもやはり系列で見ていないとわからない。もしレンブラントの初期の自画像を唯一の素晴しい自画像だと感覚的に感じて、それにいくら打ち込んだとしても、後期の自画像の意味は消えようがない。だから主観的に唯一のものと思うことは一面では大切だけれども、やはりどんな作品も唯一ではないということが、どうも批評の基本にはある。ということは、創作活動をしている人間には癪にさわるんだな。（笑）自分が絶対的に描いたものが比較計量の世界に投げ込まれるのは耐えがたいという反撥が出るのじゃないかな。

大岡　しかし、レンブラントとかゴッホとか、自画像をたくさん描いた画家の系列があるんだよね。ああいう人たちはやっぱり自分を相対化することをいつでもやっていた人だって気がする。自分の顔に或る日現われている皺の醜悪さにさえいったんはうっとりして、その皺を夢中になって描く。そうして新しい自画像を描いている画家は、自分のなかから或る意味では飛び出してしまうくらいに自分自身を絶対化しているとは言える。しかし、その自画像は若いころから描いてきた何点かの自画像の次に描かれているわけで、以前の自画像と比較され相対化されているわけだ。ゴッホが自分の耳を切り落したあとで、耳に縫帯をした自画像を描くよね。縫帯した自分にある意味で陶酔しなければあんな自画像は描けないはずだけれども、それを描いちゃう。そのときそれ以外の自画像と相対的に並べて描いているってことは明らかなんだから、創作家の心理状態というのは不思議だね。絶対的なものと相対的なものとのあいだで激しく動いているわけだ。

あのゴッホの自画像の目の皺なんか見ると、自分に陶酔しているだけの目ではああいうふうには描けない。皺に夢中になって描いているうちにありのままの相対的な自分が描けるというのは、それまで積み重ねた技術が意識下で動いてしまうということもあるわけだ。手がうごいてしまう。だけど、それを描いてよしとする目はやはり別の目であって、狭い自我をどうにかして出ていこうとする、芸術に特有の動きの基本にあるものだな。それは絵画と文学とを問わないものだろうという気がする。自分を相対化して皺まで描くというのは、実をいえば、自我の絶対化という言葉がおかしければ、自我の拡張を不断にやっていることだと思うんだ。それができる能力を持っている芸術家というのは、たいへんに柄が大きい人だという気がする。

谷川　自画像というものが現われたのが、そう古いことではないでしょう。自画像の出現ということ自体が面白いことだな。

大岡　日本の場合どうなのかな、肖像画は古くからあっても、画家が意識的に自分を描いたのは明治以後だろうね。いつか南蛮屛風の一つで人物が三百五六十人も描いてあるのを見ていて、南蛮船の船尾で一人だけ遠くのほうを眺めている日本人が描いてあって、僕はそのとき直観的にこれは絵描きが自分を描いたのじゃないかって思ったんだけれど、それには何の証拠もないからね。ただ、ひょっとしてその時代にも、自分を絵のなかに描こうという欲望を持った絵描きは一人、二人じゃなかっただろうと思う。様式として自画像というものがなかったから描かなかっただけかもしれない。

七五はメロディーで個人の体質に根をおろしている

谷川　明治以来の歌人たちの自作朗読を、こないだまとめて聞いたのです。僕は前々から短歌不感症みたいなところがあるんだけれど、その歌人自身の肉声で短歌を聞いて、自分のなかに短歌的な感覚が猛烈にあることが実によくわかってね。これは絶対に聴覚だけじゃない、もっと触覚的なものなんですよ。とくに女流歌人の朗読のうす気味の悪さといったらない。唇、舌、咽喉ちんこ、唾液、そんなものすべてがなまなましく触覚的に出てきている。僕は短歌をそういう肉感的なものとして聞いた瞬間に、ああやっぱり短歌から逃れられないのだということが、パッとわかっちゃったわけよ。そうなると、活字で印刷されている短歌の伝達方法なんてのは実に不完全なものだと思わざるを得ない。それと同時に、聴覚で言えば七五調的なものがまさにいまの日本語のなかにどうしようもなく生きているという感じがあって、ここまで強固なものは捨てようと思ったって捨てることはできないのだ、だからこれを何かの形で生かしていくよりしょうがないんだ、ということを再確認したんだ。

あなたの場合、詩を書いているときに、触覚も含めた聴覚的なものには或る程度自覚的であるわけ?

大岡　このごろはわりと自覚的になっているね。だけどそれで困るようなこともちょっと出てきている。このごろ古い時代の本なども読むものだから、聴覚的に強い古い時代の言葉が割り込んで来そうになるんだ。例えば枕詞のように意味がなくて音だけの言葉が、なぜか頭のなかに出てきてしまう。ここで五音ぐらい欲しいなってときに、枕詞を使ったらぴったりだけどな、とかね。実際は使わないけれども、音としての枕詞のよさというのが、やっぱりあるんだよ。そういうものを繰り返し読んでいると軀(からだ)のなかに入ってしまって、記憶のなかから自然に蘇ってきてしまう。これは危険な徴候でね。

谷川　僕はふだん自覚的には、いわゆる七五調を使わないけれども、ときどきわざと全く七五で書いてみることがある。題も「七五の歌」というのを昔書いたことがあってね、これを詩なんかまるで読まない小説家が読んで、君が書いたあの詩は実によかった、意味は全然わからんけど実にいい詩だった、と言ったんだ。(笑)

大岡　それは最高の賛辞だね。(笑)

谷川　俺はそのとき複雑な気持だった。非常に失礼なことを言われているのではないかと。（笑）現代詩というのはどうしたって意味を重視しているわけで、意味がわからないのにいい詩だって言い方はないわけでしょう。それに、七五でさえ書けばこの人は全部いい詩だと思うのじゃないか、とさえ思ったわけ。

七五調が日本人の感性にこれだけ食い入っているとすると、七五調は意味を無化してしまう面がある。七五調のところだけは実に快く読むけれども、その中味は頭に残らないみたいな。だから自分が七五調を自覚的に使うときには、どこか歯止めをつくっておかないと、完全なパロディーになるかアブストラクトの音楽になってしまって、詩としてはどうも成り立たない。

大岡　七五調というのは日本独得のもののように見えるけれども、中国の七言、五言の詩というのは、中国音では七音、五音なんだよね。したがって日本語の詩の基本の音数が七と五とに整理されてくる過程で、中国の詩の影響が大きいに違いない。事実、万葉集時代というのは中国の漢詩の影響の強い時代で、柿本人麻呂の長歌なんかはそれなしでは理解できないみたいなところのあるものだし、大伴旅人とか山上憶良なんかも明らかに漢文学の素養をひけらかすみたいにして書いている。万葉集の初期のものにはまだ四音とか六音があるけれども、人麻呂など最盛時になると七音と五音がすでに決定的になっている。そういうことを考えると、七音とか五音が日本独得のものかどうかは議論のあり得るところなんだね。

谷川　ただ、いまの時代では日本独得のものになっているのはたしかでね。しかも普通「七五のリズム」というけれども、短歌の自作朗読など聞くとリズムではなくてメロディーに聞える。〝調べ〟なんだ。リズムならスタッカートなタッタッタッタッだけれども、そうじゃなくてラーラーラーというメロディーで、リズムの持っている感情とは全く異質の感情を含んでいる。リズムであればそれに合せて活発に踊って祭り的な場ができるけれども、短歌のメロディーではそれはできそうもない。短歌が朗詠されることで共同体的な問答になることがあったにしても、それはメロディー的な情念のやりとりだったのじゃないかと思わせるものがある。

大岡　そうだね。

谷川　そうなるとこれはやはり音楽に対する日本人の感覚と切り離せないものだろう。僕自身を考えてみると、一方で七五的なメロディーの感覚は明らかに自分のなかにある。その一方で、昔小学校でピアノとかオルガンで和音を使って「起立・礼」というのをやったけど、ああいう和音の終結の仕方みたいなものにわけもなく快感を感じるような音楽的な感性が同時に存在している。これは明らかに西洋音楽の美意識だろう。

たしかに僕なんか、まずベートーヴェンで西洋音楽に開眼して、ロマン派に涙を流し、終極的にバッハとモーツァルトはどうしても捨てられないみたいな状態にあるわけで、西洋音楽は自分のなかに根を下ろしているのだけれども、同時にインドネシアのガムランを聞いてもインドのラーガを聞いても、なにか強く訴えられるものがある。そういうふうに多元化した音楽的な感性が逆に七五調に影響を及ぼさないわけはないという感じがあるな。

大岡　群馬県の新花敷温泉というところで、若山牧水の歌碑ができたときに、記念の会に招ばれていったことがあるんだ。牧水は朗詠がうまかった人で、この会のときには牧水の晩年の高弟二人が朗詠をしたんだけれども、二人とも牧水譲りの同じ調子の朗詠をするのかと思ったら、二人のスタイルが全然違うんだ。ほかの人がやるとまた違う。牧水系統の人たちのはそれでも全体としてはカラッとした朗詠だけれど、ほかの流派の歌人になると例えばヌメヌメとかベロベロとか（笑）そういう感覚的な表現になるような朗詠が多いのじゃないか。その人その人の体質が朗詠にそのまま出てくるような感じがする。

そういうのをいろいろ見ていると、やはりこれはメロディーで、いろんなメロディーがあるということだね。リズムだったら普遍的に外化されて、誰でも利用できるものであるべきだけれども、そうではない。個人の体質そのものみたいなメロディーなんだ。日本の詩は歴史的には明らかに短歌が中心だったわけで、そういうところから考えると日本の詩歌というものは普遍的な原理へ向っていくのではなくて、むしろそれぞれの人の個性の完成のほうへ向っていくものだという一種の結論が出てくる。ヨーロッパの詩にはテーマを世代から世代へと受継いでいくところがあって、宗教詩なら宗教詩の伝統というものが厳密にある。例えばルネッサンス時代のイギリスではずいぶん宗教詩を書いていて、ジョン・ダンなんかもその一人だね。自分自身も大僧正かなんかで、だけれど、詩のなかであきれるくらい露骨な性愛をうたっている。それが同時にきわめて哲学的でもある、そういう詩です。その伝統ははっきり受継がれていて、十九世紀ヴィクトリア朝時代になるとおそろしく固苦しい衣をかぶってしまうけれども、エリオットが出てきてその殻をひきはがし、新しい意味での宗教詩に変えていく。「宗教詩」というテーマがきちんと存在していて、誰でもそれをとってきて利用できるわけで、それぞれの個性を持った人がそのテーマをそれぞれのやり方で使っていくわけだ。ところが日本には、そういう意味での観念的で形而上的なテーマというのがほとんどない。

谷川　花鳥風月になっちゃうね。

大岡　愛については相聞歌、死については挽歌があるわけだけれども、日本の場合には形而上的にならないね。近代の詩人だと宮沢賢治のように形而上的な要素がかなり入った人が出てくるけれども、歌俳の世界ではそういう人はあまりいないのじゃないか。形而上的なテーマに向って自分を捨てて飛びついて、そこで大きな問題に振りまわされたあとで再び自分の内部に落ち込んでくるという運動感みたいなものは、日本の詩の伝統のなかになかったと思うし、散文のほうの伝統もやはり同じような形であった。小説家にしても晩年になって名人芸に行く人がわりと多い。共有財としてのテーマをほかの人がやれないくらい先まで突き進んでその幅を拡げたというのじゃなくて、或る個人の肉体がどのくらいみごとに枯れてきたか、その枯れ方で凄みを感じさせるというふうな文章になっている。いわば個人が原理になってしまう。存在としての個人というものが問題で、したがって分析的な理屈は小うるさいといって排除される。理屈が入ってくると存在が曖昧になってくるからね。

谷川　日本人は歌人に限らず、全体の心性として歌的な人種だなという感じがある。歌というのは最終的に唯我独尊というところがあって、相対的なものを目指す批評というものとどこか対立していると思う。いまの日本に歌的なものと批評的なものとのどちらが大切なのか簡単に結論は出せないだろうと思うけれども、少なくとも批評的に成熟していくのが難しい風土であるとは言えるだろう。歌的に成熟していけば、カリスマ的にお偉い先生になれる。

大岡　それが見事に行くときには名人という域にいくけれども、そうでないときには我が強くて、我がその人のスタイルになって止まりだけれども、それでもけっこう人は心服する場合もある。

谷川　大岡は歌と批評をつねに二元的に抱え込んできた人だと思う。詩人で批評家である人はほかに何人もいるけれども、割り切った言い方を許してもらえば、そういう人たちのはほとんどつねに歌的な批評であってさ、簡単に言うと自己主張なんだ。あなたの場合には詩と批評とがはっきり二元論的に互いに互いの批評として働いてきたのじゃないか。

大岡　たぶんね。だから僕はいつでも自分の位置として、枠の外側にポツンといるって感じを持っていたわけ。だけど例えばサルヴァドル・ダリが偏執狂みたいな一種の精神病理現象を芸術にするという理論体系をつくって、はじめはめちゃくちゃだと思われていたのが、何十年か経ってみるとそれが一つの原理として確立しているのを見てみると、人間というのはどんな不思議なことを考えても、或る人間が思いついたことというのは必ず複数性を持っているのだなという気はする。だからポツンと一人で考えていることも、意外に複数的な存在に理解されるようになるのじゃないかと、昔は考えたことがある。

谷川　いまは案外、理解されすぎているんじゃない？（笑）

大岡　とてもとても。理解されちゃったら、おしまいだろ。（笑）

谷川　結局、僕流に言えば、他者というものをどこまで自分のなかに抱え込めるかということに尽きるんだね。それは芸術作品の創造から批評、あるいは実生活に至るまで、人間活動の基本問題だろうと思う。批評というのは自分を対象に同化する面と対象から異化する面の両面をつねに持っていると思うけれども、そのどちらの場合も、他者というものをはっきり意識しないと成立しないものだと思うのよ。

書くことの快活はどこから生れてくる？

谷川　大岡が『彩耳記』のなかで、正岡子規という見事な媒介者を通して、書くことの快活を言っているよね。あなた自身も書くことが快楽なんだな。そこのところが俺にはよくわからないって言うか、頭でははっきり理解できるんだけれども。つまり、あなたにとっては書くことが食べたり寝たりするのと同じような生の挙動であって、だから生きていてエネルギーのある限り、書くことが快楽なんだと。だけど俺なんか原稿用紙にものを書くというのは、苦痛以外の何ものでもないわけね。（笑）どうして書くことが快活ということにつながるのか、不思議なんだ。

子規の場合は病人だったからこそ書くことが快活につながったのだというふうに、僕にはどうしても見えてしまう。大佛次郎とか高見順のような人も死ぬまで書き続けたけれども、貶めて言うのじゃなくて結局臆病だったからだ。書くこと以外に頼るものがなかったから、最後まで書くことに執着した。彼らがもっと強かったら、もしかしたら書くのを止めたのじゃないか。だから、書き続けて死んだということは、むしろ輝かしい弱さの証拠だという気がしてね。

子規の場合にも多かれ少なかれ似た事情があるけれども、ただ子規にはたしかにもう一つ強さがあった。あなたが『彩耳記』で、子規が愚痴を言いながら、それがだんだん新しいアイディアを生んでいく心の道筋を見事に解き明かしていたけれども、つまり書くこと自体にああいうふうに人間を前のほうに押していく力があるということだね。その力は自分のなかに俺もときどき感じることがあるわけよ。もし詩を書くことを奪われたら、退屈で何をしていいかわかんねえや、そう思うことはあるんだ。しかし散文は全然違うんだ。苦痛なんだよ。だからあなたがいつから、書くことが自分にとって生の営みだと思い出したのか、書くことが快活に通じるようになったのか、訊いてみたいんだよ。若いころは誰でもノートは書くでしょう。俺も人並みに大学ノートに日々の感想を書き始めたことはあったけれど、これは続かなかったね。そういう経験があるから、大岡が若いころに何冊も何冊もノートを書き、その一部がいま本に収録されて読むに耐えるってことが、ほんとに不思議なんだ。

大岡　うーん……。高等学校から大学のころになんとなく散文というものを批評という形で書くことになったんだけれども、そのころからしばらく、毎日何時間かかけて大学ノートに、日記のような、そうでないようなものを書くようになったんだね。それは一つには暇があったからだな。沼津中学時代の先生で箱根の旧本陣の家の人がいた。その先生と中学時代の雑誌のグループが親しかったので、大学の三年間毎年夏を中心に四五ケ月は、博物館になっているその家のアルバイトに行って、ごろごろしていた。あるときは仲間が三四人いたり、あるときは一人ぼっちになったりでね。終戦直後のことだからあんまり博物館に来る人もなくて、たまに来た人には馬鹿丁寧に説明したり、あとはなんにもすることがなくて、箱根の山と湖と緑と霧とを眺めていると、なにか考えちゃうわけよ。本も読むしね。そんなことではじめのうちは日記を書くつもりでいたところが、書き出していくといろいろなことが思い合わされたりしていく。或る言葉を書きつけると、別のときにその言葉でものを考えたりしたときの情景が思い出されたりする。次々に言葉の世界で、自分が思ってもいなかった方向へ文章が発展してくる。そういうのがとても面白かったわけね。

だからそれは快感と言ってもいいのだけれども、書くということによって、自分が考えているつもりのことが書いてみるとまるで浅薄で、そのかわり紙の上に書きつけられた言葉から出発する別の言葉の世界があるということも発見できて、そちらのほうは信用できるのじゃないかという気がした。そのときの僕が、自分に対してつねに不満でやりきれなくて、自己嫌悪をしょっちゅう持っている状態だったからなんだね。言葉の世界のほうが信用できると思うようになるのが、わりと自然だった。だからはじめのうちは自己を逃亡するために書くというところもあったみたいだね。

谷川　欠落している部分を言葉で埋めていくという感じがあったわけね。

大岡　かなりあったと思う。また、欠落していることの自覚さえなく、突如として言葉が自分の世界を押しひろげてしまったと思うことが何度もあった。大学を出て新聞社に勤めてからもしばらくは、社から下宿に帰ると晩飯を食うのももどかしく、とにかく何かしら書いた。今日は何について書こうとさえ思わない。昨日書いたところをちょっと見ると、そこから言葉が続いて出てくる。そういう形で書いたものは、大きく言えば「詩とは何か」ということだけれども、毎日大学ノートで四、五ページぐらい、自然に拡がっていった。

谷川　スポーツなんかと似ているね。

大岡　そう、完全にスポーツ。そして面白いんだ。そういう文字を書いていないときの自分が全くつまらなく見えているから、そこへ入っていくのが面白いわけだ。

谷川　いわば本能的なものかもしれないね。俺の場合には若いころにはあまり欠落感がなくて、箱根なんかへ行ったら、うっとりと森を見て湖を見て、ボートに乗って、ああ今日は楽しいなあ、明日も楽しく遊ぼうってことで終ったのじゃないかな。(笑)俺は年をとるにつれてだんだん欠落感が出て来ている人間なのよ。(笑)若いころには沈黙の世界に自足するのがいちばん楽しいみたいな、ひとりっ子的なところがたしかにあったな。生きる上での本能的な挙動と書くこととは全然関係がないっていう感じだった。

大岡　君の場合には或る時期、おそらく書くことに匹敵するくらい楽しいことが、メカニックなものへの興味だったでしょう。

谷川　自分でラジオをつくったりね。

大岡　そういうことと、僕が言葉を書くのが楽しかったことは、等価値だっただろうと思うんだ。言葉を書くのが僕に面白かったのは、言葉というのは実にメカニックにできている部分があるってことがわかったからなんだ。普通なんとなく感じているときには思いもよらないような構図とか物の手ざわりとか味覚みたいなものまで、書いていくと言葉が呼び出してくるところがあって、それは決して神秘的なことではないんだよ。この言葉とこの言葉がつながってこうなって、ここで「しかし」を入れて展開させるとまるで違うものになっていくとか、そうして動いていくものを見ているときの感覚というのは、メカニックなものを自分でつくっていく感覚に非常に近い。

谷川　ところが俺は、短波ラジオとか模型飛行機をつくったりすることが好きだったくせに、父親譲りで手が不器用なわけです。(笑)手さきが器用か不器用かということは日本の場合には作家の資質にかなり影響を与えると思うんだ。(笑)あなたは大学ノートに毎日四、五ページを書くことが、肉体的にちっとも苦痛じゃなかったと思うけれども、俺は字を書くということがすでに苦痛なわけだ。

不器用で字が下手だからね。あなたの場合は手が器用らしいから、それが多作の一つの理由じゃないかと俺は思っているわけ。（笑）

大岡　僕のことは別にして言えば、自分の書く字にうっとりできる人というのは多く書けるのじゃないかな。

谷川　うっとりと言うよりも、頭で思ったことが文字化されていくときに何の抵抗もない人と、手先にいつも抵抗がある人とでは全然違う。僕が原稿を書くのに鉛筆を使うのは、筆圧をすごくかけなきゃ字が出てこないようなところが自分にあるためで、それだけでも思考の流れに影響を与えるよね。詩はその点わりと短いものだから、しかも一行一行独立していて、そこに待ってる間があるものだから、おかげで詩はわりと書けている。しかし散文は苦手だね。日本語がタイプライターで簡単に書けるのであれば、ひょっとしたら俺ももう少し散文が書けて、批評もできたのじゃないか。（笑）

大岡　いつか君の詩のノートを見せてもらったら、大学ノートに鉛筆できちんと書いてあって一字の直しもないので驚嘆したことがあったね。ノートでありながら、一字の直しもないなんて思ったら、実は消しゴムでいちいち消しながら書くというんで、これにまた驚いてさ。谷川俊太郎はほんとの完全主義者だなと、そのとき思った。

谷川　いや、それは次から次へ言葉が出てこないからなんだ。山本太郎なんかは大きなクロッキーの紙にマジックを使って小さな字でどんどん書いていく。書く速度が考える速度に追いつかないようなところがあるわけよ。あなたの場合にもたぶんそういうことがあるのだろうと思うけど、消しゴムでこすったりしていると、そのあいだに頭のほうが先へ進んでしまう。俺の場合には消しゴムで消すことで休んでいるわけですよ。

大岡　すこし前にしばらく鉛筆で文章を書いたことがあるけれど、そうするといつものように万年筆で書くのとは全然違った。出てくる考えまで違ってしまう。だから筆記具と思考のあいだに密接な関係があるということは信じられるね。そのあいだなぜ鉛筆で書いたかというと、それまでの万年筆が駄目になって新しいのを探したんだけれども、何本買ってみても自分にうまく合うのがなかったからなんだ。握りの太さがほんのすこし合わないとか、ペン先の感じがどうも合わないとか。ペン先のイリジウムが紙の上に書いている字とピタッとくっついて書けていればいいんだけど、ペン先が字から少々たかく盛り上がって紙の上に引かれた字の線とペン先とのあいだにちょっとかけ離れた感じのあるのはいやなんだ。

谷川　それも触覚の問題だね。

大岡　うん。そういうことが気になる。このごろの万年筆はほとんど全部、その点で駄目だ。だからいっそ鉛筆に変えようとしたんだ。鉛筆もＨＢはだめで、昔は３Ｂ、そのあと２Ｂになったわけだけど、その２Ｂを使って書いてみると、ペンみたいに線で抹消して脇に書くということがやっぱりできなくて、どうしても消しゴムを使う。消しゴムを使うとゴムのゴミを紙の外にはき出すでしょう。あれが気になって、拾って灰皿のなかへ捨てる。それからまた次を書く。そうすると、そのあいだに自分がそこまで書いてきたことを瞬間的に思い出して、それに続く何行かを頭のなかで書いたり消したりしている。その結果できあがった行を書いていくという形になってきた。ペンで書くときよりも、消しゴムを使ったりゴミを捨てたりしているぶんスピードは落ちたけれども、全部のできあがりとしてはむしろ早くなったね。最近、なんとか気に入る万年筆を見つけて、万年筆のほうがやっぱり握りが疲れないのでそれを使っているけれどもね。ただその万年筆もペン先がすこし柔らかすぎて、字が踊ってしまうところがあって、インクを黒に変えた。黒だと字がなんとなく向うへ沈んでくれるから、あまり気にならなくてすむわけ。字が踊っているときというのは頭が濁ってくるような感じで、不愉快でね。

谷川　僕なんかも鉛筆で書いていると、湿度の影響が大きいんだ。紙が湿気を吸っているときと乾いているときとで鉛筆の色のつき方が違って、字がまるで違ってしまう。

大岡　この前の話に出た画家の加納光於さんという人は、そういうことにすごく興味を持っている人でね、詩人たちの筆記具と使っている紙と、その紙にどういうふうにして書くかということを、一人でも多く知りたいなんてことを言うんだよ。銅版画というのは金属版に徐々に傷をつけていく作業をするでしょう。銅版画家は金属が傷を受けてだんだん変型していくことに敏感で、そういうことをやってきた人は当然、紙と筆記具との接触面に対する関心があるのだろうね。油絵を描く人にはあまりそういう関心はないような気がする。だから詩を書くというのは、美術の世界で言えば、どちらかと言うと銅版に傷をつけて変型を繰り返しながら作品をつくっていくような感覚とわりと近いような気がするね。

谷川　近いね。それに原稿用紙の存在というのが、日本語で詩を書く場合には大きい。僕はずっと二十字二十行詰を使いなれているから、はっきりそれに影響されている、一行の長さなんかね。白いノートに書くのとは全く違う。

振り返って

高田宏

一九七三年末、多くの人びとがトイレットペーパーを買いに走った。なかには部屋いっぱい、百年使っても使い切れないほどのトイレットペーパーを買い溜めた人までいた。

愚行である。だが、そのくらい石油危機のショックは大きかった。原油生産量が大幅に削減され、日本への供給量が減ったのだ。日本経済が大打撃を受けた。

ぼくの仕事にもその余波がやってきた。ぼくはそれまで約一〇年間、エッソ・スタンダード石油広報部で「ＥＮＥＲＧＹ」という季刊誌を編集していた。Ａ４判の大型誌で、一冊一特集、たとえば「探検」「生命の内幕」「遊びの役割」「日本の美学」「食事文化」「漢字文明」といったテーマを扱っていた。編集者として面白い仕事だったし、かなりの評価も得ていたのだが、石油危機のあおりをくらって予算が半減されてしまった。

予算が半分になったら、一つの方法は、発行回数を半分にすることだ。実際、七四年は「日本社会の非同質性」と「太平洋」という二冊を発行するだけにして乗り切った。しかし、それではどうも面白くない。半分の予算でできることは何かほかにないかと考えた。

新しいことを考えるのは楽しい。石油危機はいい機会だった。まず判型を半分のＡ５判にした。それまで写真・図版を多様していたのをほぼ活字だけにした。用紙を安価な再生紙にした。それまで各号二〇～三〇人の執筆者におねがいしていたのを、思い切って二人だけに絞った。すなわち、対話雑誌である。

二人の人に一つのテーマでとことん話し合ってもらおう。それまでにも対談を載せたことは何度もあったが、二時間や三時間の対談ではなく、その何倍もの時間をかけて、一つの主題と格闘してもらおう。そうすれば、いわゆる対談を超えた何かが生まれてくるのでないか。そう考えて始動させたのが、「エナジー対話」という新シリーズであった。

第一冊は大岡信・谷川俊太郎の両氏による対話『詩の誕生』だった。これも今度、思潮社から再刊された。その「あとがき」に対話シリーズの創刊の経緯を書いているので、そちらを見ていただければ幸いである。「エナジー対話」は一九七五年から八二年にかけて計二十一冊を刊行した。そのなかで同じ対話者によるものが二組ある。一号『詩の誕生』と八号『批評の生理』が、大岡信・谷川俊太郎の対話で、一〇号『「いき」の構造』を読む』と一八号『関西——谷崎潤一郎にそって』が、多田道太郎・安田武の対話だ。いずれも二年あまり経ってから、つぎの対話をしてもらった。一つめの対話が時を経て二つめの対話を醸し出したのだった。

本書『批評の生理』が語られた現場の感覚は、舌足らずながら思潮社版旧版の「後記」に記した。以下のような一文である。

＊

谷川俊太郎さんと速記の大川さんと私の三人はホテルの自転車を借りて町へでかけた。雨が来そうな空で、四月の軽井沢はがらんとしていた。

駅前のスーパーで夜食用のコーヒー、紅茶、チーズ、缶詰などを買いこんで、万平ホテルのほうをまわってきた。この二時間ほど、前の晩徹夜の大岡さんには、部屋でひとねむりしてもらった。

軽井沢プリンスホテルのコテージでのこの日の対話は、夕食の前と後あわせて七時間の長距離走になった。

夜になって案の定、雨になった。谷川さんが大岡さんの詩集『悲歌と祝禱』を前において語りつづけ、大岡さんがときどき、うーんとうなる。雨の音が対話のとぎれめを埋める。

ひとりの詩人が相手の詩人の詩集の一篇一篇を、一行一行を目前で読みとき、相手の詩人がそれに応えるという、たぶんこれまで行なわれたことのない作業がつづいた。軽快軽妙な対話ではない。重い時間をぐいぐい進める力仕事だ。夜更けて終りに来たとき、だれもかれも疲れはてていた。

この七時間が、二の章〈大岡信を読む〉になった。一の章〈谷川俊太郎を読む〉とともに対話『批評の生理』のボディをつくっている。

以前、おなじ大岡信・谷川俊太郎両氏によって、『詩の誕生』をつくった。息をつめて聞きつづけた対話だが、『批評の生理』のこの重たさとはすこしちがう。

昭和五十二年四月二十四日、軽井沢の午後と夜とで、対話のあたらしいかたちが生れた。対話という表現形式の可能性がひとまわりおしひろげられたと思う。

＊

ひと月ちかくたって五月十八日、伊豆山温泉桃李境の海の見える部屋で、一の章の対話を行なった。今度は大岡さんが谷川さんの二冊の詩集『定義』と『夜中に台所でぼくはきみに話しかけたかった』とを、やはり一篇一篇、一行一行読みすすんだ。

五月二十九日、おなじ桃李境で仕上げの対話。まえがきの章、あとがきの章である。この対話はむしろ『詩の誕生』の緊張にちかいかたちですすんだ。本章ふたつの重たさとのちがいが、たぶん活字にも読みとれるだろうと思う。

＊

こういう対話の場に陪席できたことは、ほんとうに幸運だったと思う。編集者冥利というものだ。ねがわくは本書の読者諸氏にも、その幸せを体感していただきたい、と思う。

（2004.9.8）

大岡信（略歴）

一九三一年二月十六日静岡県三島市（当時は田方郡三島町）に生れた。小学校は三島南小学校、のどかな田園の中にあった。虚弱ではなかったが腺病質で、しばしば寝こんだ。小学五年の時扁桃腺炎とアデノイドの手術をしてから、割合丈夫になった。手術の時、田中病院長の白衣が私の咽喉から飛び散る血であっという間に真赤になるのを見詰めて、強い印象を受けた。咽喉や鼻が弱い体質はその後もあまり変らない。

飼ったもの——目白（何羽も）、鶏、鶯（傷ついていたため短命）、犬猫、鯰、のちに山羊（ただし牡で何の役にもたたず）。鯰のことは作文に書いて当時中央公論社から川端康成選で刊行された『模範綴方全集』に応募し、二年の巻に佳作でとられた。入選の作を読んで、私などと段ちがいにうまい文章が並んでいるのに驚いた。

捕ったもの——昆虫さまざま、ハヤ、マルタ、フナなど川の生物、螢たくさん。川の魚は竹製、ガラス製のモジリを仕掛けて捕るか、釣竿（多くは手製）で釣るかだった。どぶの糸ミミズ、川石の底に付着している通称オイベッサンという小虫や飯粒などを餌にした。三島は川の町だったから、藻や水草に情動を刺激されることが多かった。

作ったもの——模型飛行機（多種、多数）、凧（大小いろいろ）。これらの経験により、障子の洗い張りの腕については自信を持つ。中学時代は農地をほんの少々借りて、サツマイモ、ジャガイモ、トウモロコシその他を作る。菜っぱ類はいうまでもなし。

中学校は沼津中学（現沼津東高校）。学校は沼津東郊の香貫（かぬき）山と狩野川に前後を抱きしめられる位置にあった。

いい場所にある学校だったが今は北郊の山腹に移転し、昔の中学生の懐旧の情は宙にまよう。戦中の工場動員のため、中学二、三年の授業に関する記憶ほとんどなし。戦後沼中文芸懇話会なるものを作り、同人誌「鬼の詞」を出す。数人の仲間のうちすでに三人が癌に斃れた。うち太田裕雄、重田徳については『悲歌と祝祷』に追悼詩をのせている。太田に紹介されて知ったのが現在の妻である。旧制高校の時だったからすでに三十年に近い。世事にうとく、人付合いも悪く、無趣味で自己本位のわがままな人間が、物を書くことで多くの時間を費せるという一種の殿様稼業を続けてこられたのは、大半このひとの不思議ないくつかの人間的能力のおかげだった。最近になってこのひとは戯曲を書きはじめ、筆名を深瀬サキという。

大学以後のことで書くに足るほどの「略歴」はあまりない。二十代半ばのころ何人かの紛れもなくすぐれた資質の詩人たちを友人に持つことができたのは、めぐり会いの幸運というものだったと今にして思う。なぜなら彼らは今でも、この対話の相手谷川俊太郎のように、彼らのうちから未知のものを放射して私を驚かすことをやめないでいてくれるから。

（1977）

谷川俊太郎（略歴）

一九三一年十二月十五日、東京で生れた——と、習慣的に書いて、何故略歴を生年月日から始めねばならないのかと思う。都立豊多摩高校卒業後、定職なく売文を業として世を渡ると、そう書いてしまえばそれで私のこれまでの人生を要約したことになるのか、そうも思えない。コンティニュアス・プレゼントということを言ったのは、ガートルード・スタインだそうだが、そこまで過去を断ち切ることも、未来に幻想を抱かぬこともできずに、私は現在の私をつくった遺伝子やら環境やらにこだわり、日本語の歴史の中で自分にいったい何ができるのかを疑いつづけている。そういう過程のうちに、私にとっては友人を発見するということも含まれていて、それは同時に自分の発見につながる。

ふたたび与えられた対話の機会に、不十分ながら読み返した大岡の仕事は、私にあって彼にないものよりは、彼にあって私にないものについてより多く教えてくれた。その差異はつきつめてゆけば、結局は生理としか言いようのないものにつながっていて、同時代に生きながらその差異をもたらすものの不思議にいまさらながら驚く。そこまで話が及ぶこともあるとしたら、私たちの生きてきたすじみちが、いくつかの学歴やら事件やらのメモでとらえきれるものではないことは自明だろうと思う。〈批評の生理〉という喚起的な主題そのものが、私に自分の履歴についてのさまざまな角度からの検討を強いた。どんな学校に入学したかよりも、私が日常どんな器物を好むかということのほうに、よりいっそう私という人間が現れている、そういう世界に生きているおもしろさと不安とは、私個人の経歴すら越えて、私の出生以前のこの国の文化にかかわる。

コンティニュアス・プレゼントに生きるしかない現身でありながら、私たちは言語をひとつの手だてとして私たち自身の生年月日を通過して時をさかのぼることもできる。そういうところから眺めた自分の履歴はどんな表現をとるものだろうか。過去よりも未来によってより烈しく変貌をせまられているこの時代にあって、自分にとって意味のある現在をつかむために、過去に学ぶことが必要なのは言うまでもないことだが。（1977）

批評の生理

著者
谷川俊太郎（たにかわしゅんたろう）
大岡信（おおおかまこと）

発行者
小田久郎

発行日
二〇〇四年十一月三十日　新版第一刷

発行所
株式会社　思潮社
〒一六二-〇八四二　東京都新宿区市谷砂土原町三の十五
電　話〇三(三二六七)八一四一(編集)・八一五三(営業)
FAX〇三(三二六七)八一四二
振替〇〇一八〇-四-八一二一

印刷
オリジン印刷

製本
小高製本工業

谷川俊太郎への33の質問

『批評の生理』思潮社版附録リーフレット＊二〇〇四年十月

谷川俊太郎

――1＝金、銀、鉄、アルミニウムのうち、もっとも好きなのは何ですか？

谷川　その中ではやっぱり鉄ですね。金というのはぼくはどうも好きじゃない。なんか金ピカのイメージがあるし、銀は悪くないんだけど日常の用に供するにしては、気が張る、というか気取りすぎてる感じですね。鉄は非常に日常的なものでしょう、そういう無骨さ、親しみやすさ、野暮ったさというところがあって好きですね。それからわりとすぐ錆びて朽ちていくというのもいいですね。ボロボロになって、最後は自然に土に帰っていくみたいなね、そういう感じがいい。アルミニウムというのは、好きは好きなんですが、なんだろうなあ、やっぱり後から出て来た金属だから、一種、人間が創った金属という感じが強いですよね。もちろん鉄も銀も人間が創ったと言えばそう言えるけれども。――アルミニウムは錆び方があんまり好きじゃない。白っぽい、変な、ざらざらしてくる。それで鉄みたいに素直に錆びていかない感じがするのね。――ただね、質問した方には非常に悪いけれども、ぼくが金属の中で一番好きなのは真鍮なんですよ。

――この質問の中に、なぜ真鍮や銅がないのか、うかがいたいと思っていたのですが。

谷川　ほんと、どうしてなんだろうね（笑）。本能的に自分の好きなものは除外したのかもしれないけれど（笑）。わりあいに即興的に作ったものだから。――自分の身の回りに置くも[3]のなんかを買おうとする時は、真鍮のものについ手が出るんですよ。ペーパーナイフとか、釘なんかでも。……無垢の真鍮というのがどこまであるか、ぼくは知らないんですけどね。実用性という点では鉄に近いかしら。

――硬さみたいなものは似てますね。

谷川　そう、それで色合みたいなものは金と似てるんだけど全然違う。

――銅はどうですか？

谷川　銅は嫌いでもないけれども、やはり錆がこわい。緑青というのはどうも生理的にね。見ためはきれいだけど、毒物みたいな気がしていやなんですよ。……うちにも銅の鍋が一つあるんだけれど、あれは手入れが大変ですよ、鍋の中にものを入れておくとすぐ変色するんですね。

――金属というもの全般についてどうなんですか。

谷川　質感としては、比べてみれば、木とか皮の方がもしかすると好きかもしれないけれど……でも、例えば軽金属なんかでも嫌いではないですよ。ジュラルミンとかステンレスとか。ぼくが機械なんかを自分で作っていた頃には使っていたし、その点、親しみもあるし、嫌いじゃない。

――金を好きだという方が、いないですね……。

谷川　金というのはどうしても財産とか流通している経済機構と密接に結びついているから、いやしいという気がするんですね。

——金属という意味では一種の偏見ですね。

谷川　インテリの欠点なんだよね。だけど前に、エジプトのツタンカーメンの金のマスクが来た時、金というのはこういうふうに豪華に使えば凄いという気がした。我々の見る金というのはちっぽけな金なんだよ（笑）。金時計とか……でも金閣寺の金となると、もう絶対金だ、という気がする。金が湯水のように使えるマイダス王みたいな身分になったら、ぼくは金が一番いいって言うかもしれない。

——　2＝自信をもって使える道具を一つあげて下さい。

谷川　困るんだ。鉛筆とかペンとかまったく扱うのが下手なんです。物書きのくせに。万年筆なんて、にじんだり、手でこすったりしないでは絶対使えないわけね。仕方なく鉛筆で書くでしょう。でも鉛筆の持ち方がどうも間違ってるらしい。女房に言わせると箸の持ち方もおかしいらしい。小さいものはつまめないの、全然。鉛筆で字を書くとすぐ疲れちゃうんですよ。だからぼくは小説家になれないんだと思ってるわけだけどね（笑）。何か湿気があると、すぐ鉛筆の字が薄くなったり、逆に濃すぎちゃったりね、そういうことに影響受けて字が変わってきちゃう、ただでも下手な字がますます下手になってね、不愉快だからやめちゃうわけですよ。つまり筆記道具は全部駄目でしょう。それで一所懸命考えて、まあ、小型のハンダゴテなら扱えるという感じがある。大きいのは駄目。つまりラジオなんかで使う

4

小型のハンダゴテだったら、ね。

——こういう質問をお作りになったのは自信がおありになるものがあって、と思いましたけれど……。

谷川　それは逆なんですよ。全然自信がないので、逆に聞いてみたいということですね。例えば、自動車を道具と考えた場合、東京あたりで普通の速度で運転しているぶんにはまあ十何年やってるわけだから自信がありますね、だけど非常に危機的な状況になった時に、それをうまく切り抜けられるかっていうとまったく自信がないわけね。

——この質問の、自信をもってというところがこわいところですね。

谷川　そう、自信をもってと言われちゃうとついためらうでしょう。機械なんか好きでも、自信をもってということになると、ぶっこわれた時に全部自分で直せるとか、そういうことになってくる。……小型のハンダゴテというのは用途がすごく限られてるから、その限られたところでなら自信がある、ということなんです。銅線と銅線をキチッと繋ぐということに関しては、自信があるんですよ。——意外にやはり我々は頭本位の人が多いってことですよ。これを職人さんなんかに質問すれば、それは絶対出るはずですよ。

——　3＝女の顔と乳房のどちらにより強くエロティシズムを感じますか？

谷川　これはもうやっぱり顔ですね。

――インテリはみなそう言うって前に谷川さんが言ってらしたけど。（笑）…それから武満さんより明るい顔の好みだと。

谷川　そうなんだ。例えばぼくは今の俳優で言うと、キャサリン・ロスっていうのが好きなんですよ。あれはちょっと暗さがあるけどどっちかと言えば明るい顔ですよね。ぼくはわりとアメリカ美人というのは好きだったわけね、いまでもちょっと好きなとこあるけど、ドリス・デイになると行きすぎなような気がするけど……（笑）。あの、マーナ・ロイとか、いいじゃない。ドナ・リードとか、ちょっとお年が知れちゃうような女優ばかりだけど（笑）、わりと知的でアメリカの若夫人みたいなタイプが好きなとこあるのね。――ぼくはやっぱり女の人に知的なものを求める傾向があるのかもしれないな。

――乳房というのはやはり知的なものは出ないですか。（笑）

谷川　そりゃ、知的とは言えないね。考えてないものね、乳房は、自分じゃあね（笑）。

――知的な肉体というのはあるような気がしますけれども。

谷川　あるんだけどもね……ぼくはいま、好きな顔をあげたけど、その好きな顔にエロティシズムを感じるかどうかと、いまちょっと考えてみたら疑問なのね。好きな顔というのとエロティシズムを感じる顔というのはまたちょっと違いますね。だから、乳房の場合でも、乳房にエロティシズムは感じるわけですよ、ものすごく。（笑）だけどどちらにより強くという言い方をしているわけだから、強さから言うと、顔の方に感じるんじゃないかということですね。で、エロティシズムを感じる顔というのは自分の好きな顔というのとちょっと違う。ある、なんというのか、表情ですね。どういう表情かと言うと、またすごく微妙になってくる。何でもない時にふっと感じることもあるし。

――どんな人でもある瞬間とてもいい表情することあるでしょう。

谷川　そうそう、電車の中でポケッと前見ててもびっくりするほどきれいに見えることがあるんですね。前に書いたことがあるんですが、ドキュメンタリー映画の、いわゆるラッシュ・プリントっていうのを見ることがあるんですよ。それは繋がれてないからえんえんと同じ映像が続くことがあって、そういう時、一人の人間の顔のアップを見ることがある、わりと長い間ね。すると、もうそれが美人なのか美男なのかヘチャなんだか全然わからなくなるわけですね。つまり長い間アップで見ていると全部例外なくきれいになってくるんですよ。不思議ですよ、それは。だから美人というのは本当に相対的なものでね。とても頼りないものだって気がしちゃう。そういう一つの顔を見ていて、きれいだなって思った時の方が本当だって気がします。

――むしろ嫌いな顔とか、女優とかをあげる方が楽でしょうね。

谷川　そう、そうなんですよね。嫌いな女優っていうのもあるんだけどね、ただ、そんなに情熱をこめて嫌いだっていう人はいないわけね。趣味にあわないっていうのはある。今の女優でいうと、例えばナタリー・ドロンなんて、なんとなくいやなの。だけど、いやだけども惹かれるってことはある。いやだけど、よけいこわいもの見たさみたいなものがあるからね。女の場合はむずかしいよね、いやだって言ってもかえってエロティックに感じたり……。昔のアメリカの女優でアレキシス・スミスっていたけど、ああいうの嫌いでね、全然肌に合わないっていう感じで。今だとキャンディス・バーゲンていうのは好きじゃない。顔の造型はとても好きなんだけど、女全体としてはちょっといやだという感じがある。

——これまでの質問の答でも顔の例がでてきても多くが向うの女優さんですね。日本の女優の例がありませんね。

谷川　日本の女優さんは全然でてこないですね。あんまり見ないってこともあるんですね。日本型の美人っていうのはあまりピンとこないんですよ、ぼくは。…ああ、顔でいうと小泉一十三なんて好きだね。ショーケンの夫人の。日本人の場合だと、どうしても顔だけをなかなか抽象できないでしょう。日本語でしゃべるし、演技なんか隅々までわかるでしょう。外国人の場合は抽象的ですよ。だから顔だけとりあげて好きとか嫌いとか言えるんですね。日本人の場合は肌合いできちゃうからね。全体を問題にしちゃう。顔はいいけどしゃべり方がいやだとか。

——　4＝アイウエオといろはの、どちらが好きですか？

6

谷川　これはアイウエオですね。やっぱりアイウエオっていうのは、その整然とした構造みたいなのが好きなんですね。いろはというのは意味があって、わりとウエットでしょ。アイウエオというのはすごくドライでね、何も意味がない。それで音韻的には整っているという良さがある。前に聞いた話だけれど東南アジアの学生が五十音図を見てびっくりしたって言うんですね。こんなにきれいな言葉のユニットっていうのは世界中にないんじゃないかって。ぼくらは小学校の頃から慣れ親しんでいるから、何か当り前のものだと思ってるけれどね。アルファベットにしたって実に不規則きわまりないものだけど、アイウエオっていうのは気持悪いくらいきれいに並んでるでしょう。ぼくはもっと小学校教育なんかでアイウエオ教育を重視すべきだと思うな。ただ暗記させるんでなく、いろんな声で唱えたり歌ったりすれば、もっと日本語の豊かさみたいなものが出てくるんじゃないかと思ってね。一番好きなのは最後に「ん」っていうのがはみでてるのね、あれがいいんですよ、これは傑作だと思うな。

——　5＝いま一番自分に問うてみたい問は、どんな問ですか？

谷川　こんなことしてていいの？　っていうの。（笑）これは、現在唯今だけじゃなくて、いつもなんとなく、こんなことしてていいのかなあ——これはやっぱり答がないんですよね（笑）。こんなことしてちゃ、いけないんだ、いけないんだって答えるわけだけど、どうしても限界がありますからね。いつでも一種、不安感と不満みたいなのがあるんですね、自分に。

――そういうことを言いたいために、この問を作ったんじゃないですか。

谷川　（笑）いや、そうじゃない。昨日、ちょっと考えてたのね、自分に何が問いたいだろうかって。だけど、ぼくはあんまり人格分裂してないから、自分に問いたいなんていうと困っちゃうわけですね。頭の中ではしょっちゅうしてると思うけど、はっきり質問と答というふうに抽象化されて出てくること、あんまりないでしょう、普通の人間は。「問うてみたい」っていうのもおかしいんだね。例えばある行動をした時、その行動の理由は何だろうかっていうふうに自分で思うことはありますね。つまりその動機がいいのか悪いのか、っていうと非常に抽象的になるけれど……、例えばある人のために何かをした時に、本当にその人にそうしてあげたいと思ってしたのか、あるいは偽善的にやったのか、自分で自分の動機がわからないことがあるでしょう、その時に、おれは果して偽善的にやったのではないだろうかとかさ、何かそういうことは考えるけどね。ただそれは別に自分に問うてみたいんじゃなくて、問うのはいやなんだけど。（笑）

――6＝酔いざめの水以上に美味な酒を飲んだことがありますか？

谷川　ない。（笑）ないからこそ、こういう質問をしたいわけですね。つまり、本当に喉が渇いた時に飲む水よりもおいしい酒っていうのはぼくは知らないわけです。酒は好きなんですよ。これはみんなに攻撃されたけど、ぼくは本当の呑んだくれじゃないからね。好きっていっても一種の清涼飲料みたいに好きっていう面があるわけね。酔うから好きっていうのとちょっと違ってさ。それでももちろん陶然とすることはあるけれども。例えば喉が渇いた時のビールの最初の一杯とか、旅行に行った時の土地のブドウ酒とか、とても寒い時に飲み屋での熱燗とか、どれもそれぞれ、とてもおいしいんだけれども、やっぱり本当に喉が渇いた時に飲んだ水のおいしさとは全然次元が違う気がする。本当に喉が渇いた時に飲む水というのは、死ぬか生きるかの境い目で飲んでるわけね、オーバーに言えば。だからそのおいしさというのは全く余裕がないんですね。そういう感じがあるんで、ぼくは酒よりも水の方が絶対にうまいと、そう信じているわけです。

――7＝前世があるとしたら自分は何だったと思いますか？

谷川　これは自分だったと思うんだ。……ぼくはね、この〝33の質問〟全部、答を予期して作っていないんですよ。ぼくはできるだけ自分じゃあ答えまい、答えまいとして質問してきたわけです。自分が答えそうになるとわざと頭から追い払ってね。だから、前から考えて、こう答えてやろうなんて考えていないんだ。で、昨日、これは寝がけに考えたの。一所懸命考えるんだけど、全然イメージが浮かばないわけね、それで結局、自分だったんだろうと思った。ただ、生まれて来た時代とか土地とかが全く別だから、いまの自分と全然別の自分になってたんだろうけれども。だから、動物でも植物でもない、人間だったような気がするんだなあ。いつ頃だったか知らないよ、案外明治の初期に死んだ、わりと近い時代かもしれないしさ。（笑）

――前生の自分に会ったら、それが自分だってわかりますか。タイムマシンなんかに乗って会うことができたとして。

谷川　わからないと思うね、多分。何か、じっくり話し合えば、だんだん自分に似てると感じてきて……（笑）。でも大体、顔もぼくは相当に違ってるんじゃないかと思うんですよ。自分で自分に会った時にわかるかっていう、そういう発想はちょっと面白いけどね。案外パッとわかるかもしれないし。……前世は天草四郎だったなんて方もいらっしゃるし、あの方なんか、もうちゃんと知ってるわけだよ。そんな有名人だったらパッとわかるんだろうけど、でも多分ぼくは無名の庶民だったと思うんだ。（笑）

――そうすると来世も……。

谷川　未来も自分じゃないかと思って憂鬱になってくるわけですよ。もし前世が自分なら未来もやっぱり自分じゃないかと思うのね。どうせ覚えていないから、構わないと言えば構わないけれど。

――なりたいものになれるとしたら？

8

谷川　なりたいもの、あまりないですね。まあ、地球人以外の生物になりたいですね。それも知的生物に。動物とか植物はつまらない。例えばアルファ・ケンタウルス人とか、いまとは全然肉体の形が変わっていて、手足が八本位あるんだけど、でもやっぱり自分なのね。（笑）

――でも、キノコと答えた人も、自分の意識をもったキノコと考えている気もしますね。

谷川　そう、ちょっとね。無意識にそういうふうな連関で考えることは、逃がれられないんですね、人間は。

――**8＝草原、砂漠、岬、広場、洞窟、川岸、海辺、森、氷河、沼、村はずれ、島――どこが一番落ち着きそうですが？**

谷川　この質問ははじめはどこが一番好きですかって書いたかもしれないんだけど、考えてるうちに、好きって言うとわりに対象化しちゃうでしょう。で、自分がそこへ行ってその場というものを考えてほしいと思ったので、〝落ち着きそうですか〟となったんだけれど。……それでぼくも迷うんだなあ。人間のいる場所がわりに少ないんですよ。村はずれと広場ぐらいしかなくてね。だから〝村はずれ〟を選んだ人は非常によくわかる。やっぱり人間の影があるということですよ。だから村はずれもいいとは思うけれど、ぼくは〝村〟というものにすごい恐怖感があるんですよ。日本の〝村〟というところに入っていったら、到底ぼくは生きてゆけない気がする。村はずれに小屋掛でひとりっきりで住んでるみたいなイメージになっちゃうわけですよ。だからむしろ〝広場〟ってことになる。ただ〝広場〟というのは日本にはないから、どうしても旅行者としての広場のイメージになっちゃってね。例えば広場に断首台が立てられて、みんなで国王を殺した、なんていう実感はなくて、テラスに鉄の椅子とテーブル並んでて、そこでポケーっとブドウ酒なんかを飲んでる。そういう甘ったれたイメージになっちゃう。そんなイメージで考える限り、ヨーロッパの都市の広場というのはとても好きですね。——それから川岸っていうのは、川によってはわりに落ち着くような気がするね。温和な川、大きな楊子江なんかじゃなくて。

—— 9＝白という言葉からの連想をいくつか話して下さいませんか?

谷川　まずパッと思い浮かぶのは、南ヨーロッパの家、白壁の村落みたいなところですね。ぼくはギリシャは知らないんだけど、ギリシャやスペインにあるんじゃないかと思う。石を積んだ上にある程度壁土みたいなのを塗って、その上をまた白く塗るのかな、わりとマチエールとしては粗いんですよね。その粗い白壁がずっと続いていて、小さな群落というのか、村か町かよくわからないんだけれど、そんなイメージがパッと浮かぶんですね。……あの白い壁というのはやはり相当頻繁に塗り替えてるらしいけれども。……それからもう一つは、運動会の、赤組・白組の白。帽子とかハチ巻とか籠に投げ入れるボールとかの。ぼくは小学校の時、わりに白組だったことが多いんで、それで運動会の白というのはすぐ浮かんでくるんだ。あと、これは個人的なことだけれど、いま群馬の山の中に家を一軒建てたところなんですよ。木造の家で、中の壁と、天井の一部が白塗りなんです、真白の。プラスターボードの上に寒冷沙を張って白いペンキを塗って。その面積が相当大きいので、その白い壁に何を掛けるか、白に負けないような何かをしつらえるということに興味があるものだから、その白い壁というのがちょっと浮かぶんです。ぼく、本当に好きな白っていうのは、真っ白というより、晒してない木綿のような色、ちょっと黄味がかってる、ああいう方が好きですね。絵を画く紙なんかにしても、手漉きのような不純さをもったものの方がかえって白らしい、そういうところがあるんだなあ。白に型押しっていうのか、ああいう感じも好きですね。

—— 10＝好きな匂いを一つ二つあげて下さい。

谷川　すぐ思い浮かぶのは、焙茶の匂いです。焙じてる時のお茶屋さんの前通るのすごく好きですね。うちでも時々フライパンなんかで焙じるんですよ。……それからもう一つは山から切り出してきて、まだ材木というほどちゃんとしていない、皮付の丸太を集積してある場所、地方へ行くとあるでしょう、そういうところの匂いですね。ぼくはどの匂いがどの木だって言えるほど木を知らないけれども、どうも唐松の匂いが一番嗅ぐチャンスがあるみたいだし好きですね。檜の匂いはちょっとキザッぽい気がしてね。

――嫌いな匂いというのは？

谷川　生臭い匂いというのは駄目ですね。例えばさっきちょっと鉄の話が出たけれど、鉄に抵抗を感じる唯一の点は、包丁なんか切った後で、鉄が濡れてる状態の時に生臭くなることがあるでしょう、そういう鉄の生臭さっていうのは全然弱いの。それから魚なんか食べた後で、例えばみそ汁飲んだりすると口の中が生臭くなることがあるじゃない、あれがいやなんですね。それからもう一つすごくいやな匂い――リコリスっていったかな西洋の人がわりと好きな薬草みたいなのがあって、それがキャンデーみたいになっててね、うまそうなのでいっぺん食ったら、ゲッとなっちゃった。

――　11＝もしできたら「やさしさ」を定義してみて下さい。

谷川　これはぼく、ちょっと書いたことあるんですけどね。……「やさしさ」という言葉の、ぼくにとってのもとっていうのははっきりしてましてね、これはD・H・ロレンスが使った、テンダネスなんです。これをロレンスがどういう意味で使ったかについてちゃんと言えるほどぼくはロレンスを勉強していないんですけれども。一つはっきりしているのは、日本人にとっては、「やさしさ」というのに、心の優しさとか思いやりとか、

10

わりあい、心の問題として捉えられているでしょ、でもロレンスの場合には、もうはっきりと肉体を含んでのやさしさだったとぼくは理解しているわけね。だからぼくにとって「やさしさ」とは、単に心がけとか精神的なことじゃなくて、肉体を含みこんだ、存在自身の在り方の問題だということになる。例えばぼくの感じでは、こういうことがあるんです。地面に種がまかれて、芽が出るでしょう、その芽っていうのは、水分を必要とするし、太陽の光を必要とする。この水分とか太陽の光というのが、何か、その生物にとってのやさしさであるという気がするわけですね。だから、我々の周囲の世界が存在していることの、一つの様相として、「やさしさ」という様相があるのだと思う。太陽の光は、例えば砂漠にいる一人の人間を殺しちゃうこともある、その時はその同じ太陽の光線はやさしさという相では表われていないんだと感じるんです。ある一つの力が、やさしさとして働く時と、もっと残酷さとか非情さとして働く時があると思うけれども、それがやさしさとして働く可能性を秘めている限り、やさしさが、残酷さと非情さに隠れて存在しているということは否定できない気持がするんですよ。……本当に曖昧模糊としちゃうけれども……（笑）。大ざっぱに言えばね、何か生きているものを、もっとより生き生きと活かす方向に働く力がやさしさである、と言えないこともないですね。それは人間同士の関係では、例えば思いやりというかたちで出てくる場合もあるし……、例えば死にかけている馬は殺してやった方が

いいんだという考え方だってありますよね。それだってやさしさかもしれない。だけど、太陽とか、生物ではないようなものとも、やさしさという関係があるとぼくは考えているんですけれど……、定義じゃないね、これは。（笑）こういう質問にわりとぼくの本音があるんですよ。つまり、自分で、やさしさってどういうことだろうってしょっちゅう考えているから、友達がどう考えているか聞いてみたい、とか。

――12＝一日が二十五時間だったら、余った一時間を何に使いますか？

谷川　貯めとくと思うんだ。（笑）貯金しちゃうのね。一日一時間ずつ貯金できるから一年に三六五時間、貯金ができるわけでしょ、そしたらまとめて休みに使おうと思うんだけれど（笑）。……それに売ることもできるね、政治家とかタレントには相当高く売れるんじゃない？（笑）

――13＝現在の仕事以外に、以下の仕事のうちどれがもっとも自分に向いていると思いますか？　指揮者、バーテンダー、表具師、テニスコーチ、殺し屋、乞食。

谷川　あの、やっぱり表具師しかないんですよね。これはむしろ消去法でいってね。表具師ならできるっていうんじゃないんですよ。ぼくはぶきっちょだから。きっと親方に怒られてばかりいるだろうけれども。……乞食はできそうな気もするけど、ぼくは意外に働き者のところがあって、乞食やってると、これで果たしていいのか、なんて自分に問うちゃってさ、（笑）働き出すんじゃないかと思う。そういうみみっちいところがあるんだね。殺し屋っていうのも、ぼくの性格のある面では大変向いてると思うんですよ、わりとこう緻密で計画的で。しかもビジネスになったら相手の人間に感情移入しないと思うの、割り切ってね。でも、仕事となると何人も殺すことになってね、やっぱり道徳的な疑問を抱いて、廃業しちゃうんじゃないか。（笑）……テニスコーチは、運動神経の点ではテニスすることはできるけど、コーチまではいけるとは思えない。バーテンっていうのは人と年中接触してるという点で、到底ぼくは駄目。指揮者は、これはもう能力の点で駄目だし、大体あんなふうに多勢の人間を毎日相手にするのは、バーテンダーと同じような意味で駄目だと思うしね。でも、この質問でもよくわかるんだよ、いかに私情を殺して質問をしてるか。（笑）だって自分で考えてるんだったらね、自分がやれそうなもの一つくらい入れそうなものだよ。

――じゃ、やれそうな仕事というと……？

谷川　いまパッとは変われないけど、いままである程度訓練や教育を受けてれば、インダストリアル・デザイナーにはなりたいわけですよ、仕事としてはとても楽しいものだと思うのね。例えば時計とか食器とか、アンプの外側をデザインするとか。
11
でも、器用じゃないでしょう。ぼくがとても器用で、絵を画くのがうまかったりしたら、自然にそっちの方へ行ってたかもしれないんだけど、デッサンなんかもうまくないし。

――不器用が幸いして詩人ですか？

谷川　（笑）……和田さんみたいに不器用だっていう人が、ああいうふうに絵を書くこともあるんだしなあ。

―― 14＝どんな状況の下で、もっとも強い恐怖を味わうと思いますか？

谷川　これは子供の頃の記憶なんだけれど、ターザン映画だったかな、人間より大きな蜘蛛がいてね、その蜘蛛の巣に人間がひっかかってると、蜘蛛が上の方から近づいてくるわけ。蜘蛛って虫眼鏡で見ても気持悪いじゃない、それがもう、でっかい蜘蛛となると、もし現実にそんな状況におかれたら、すごく怖いだろうと思うね、ぼくは。それは死ぬのが怖いんじゃなくて、その蜘蛛に触られるのが怖いわけよね。それからもう一つ、満員の旅客機かなんかで、とにかく洗面所が全部ふさがっているわけ。そんな時に、お腹を下しそうになったら、（笑）恐ろしいだろうなあ。

―― 15＝何故結婚したのですか？

谷川　これはぼくの答は決まってて、一夫一婦制を信じているから。結婚しなくてもいいわけでしょ、今の人が好きだってことは前提としてはっきりあるわけだから、〝なぜ結婚したか〟っ

てことは、かくれた意味としては、〝なぜ同棲しなかったか〟ってことにもとれるわけね。つまり区役所へ行って判こ押したりとかの形式的な手続きをなぜふんだのかみたいな意味もあるわけでしょ。ぼくはやっぱり一夫一婦制ってものを、自分の意志で守ろうという気持があったからということだと思うんですけどね。例えば別居結婚とか、籍も入れないで好きな時だけ一緒にいたりとか、いくらでも自由な形があるんですよね。

――子どもの問題があるんじゃないでしょうか。

谷川　ぼくは、結婚した時にはまだ子どもをつくるとか、つくらないとか、ちょっと考えてなかったんですよね。子どもができたら、それは結婚した方がいいとか、それは一種の打算みたいな気がするんですよ。一夫一婦制を信じていないとすればね、子どもが私生児になろうが、てて無し子になろうがね、結婚しないで子どもを産んでもさしつかえないと思うしね。ぼくはもうちょっと積極的に一夫一婦制っていうものを、社会の構成単位として、今のところ信用しようみたいな気があるってことなんですね。だから、ぼくにとっては、そういう制度にみんなの話がいかなかったのはちょっと意外だったね。制度的な問題としてこの質問を発想してたから。愛してるとか愛してないとかは問題外みたいな気がしてたからね。みんなわりと真剣に、「あの女とは宇宙がつくれる」なんて、きざったらしいこと言ったりして、（笑）良かったけどね。――ぼくは最初から、この質問に関しては、そういう意識が頭の下の方にあったからね。

他の人がのろけたから、おれはのろけないでおこうというのとはちょっと違うんだけど。ぼくの場合には、再婚だっていう問題があるんですよね、だから、二度結婚しなきゃならない必然性っていうのは、他の人よりはやっぱり強いってことがあるんじゃないかな。ただ単に、あの女が好きだとか、愛してるってことよりも、もうちょっと強い動機があったような気がするわけね。っていうのは、いっぺん結婚に失敗したってことは、ある程度、結婚の頼りなさとかね、そういうものを知ってるわけでしょ。それでも、もういっぺん結婚しようと思ったんだから、それはやっぱり、制度としての問題にかかわってくるわけね、ぼくとしては。

――16＝きらいな諺をひとつあげて下さい。

谷川　〝長いものには巻かれろ〟っていうの。これはなんだかいやだな、雰囲気としてね。日本人のよくない一面を表わしてるような気がするのね。誰かも言ってたけど、ぼくは諺っていうのは、大体みんな好きなんですよ。自分が年をとってくればくるほど、月並な言葉の中に含まれている真理というものが、痛いほどわかってくるってとこがあってね。今まで、諺なんてばかにしてたのに、ぎっくりするほどぴったりだなあなんて思うことが多いから。〝長いものには巻かれろ〟っていうのが嫌いだっていうのも、自分の中にもそういう傾向があるから、抵抗してるんだと思うけどね。なんか猥褻な感じがしない？（笑）蛇にぐるぐる巻きにされて、しかもそれに快感を感じてるみたいな、ちょっと変な感じがするな。

――特に好きな諺はありますか。

谷川　ちょっと思い浮かばないんですけどね。

――全体として、諺がお好きなんですね。

谷川　そうね、〝豆腐に鎹(かすがい)〟とか、〝暖簾に腕おし〟とか、そういうふうにウィットがあるのがとてもいいと思いますね。相当好きなものが多いんじゃないかなあ。滝口修造さんが自分で手造り諺をやってらっしゃるでしょ。ぼくはとっても面白いと思うのね。滝口さんが創ると、やっぱり滝口さんのものになるしね。

――17＝あなたにとって、理想的な朝の様子を描写してみて下さい。

谷川　これはね、実際にあった朝なんですけれどもね、とにかく日本にいるんじゃないのよね、日本にいると、仕事のことか、いろんなものがおおいかぶさっててね、朝ぱっと目を覚ました時、そういったものが頭に浮かぶでしょ。外国に行ってて、なんかいったん切り離されてて、すごく自由なわけなんだよね。その時のことで言うと、スペインの地中海岸のアリカンテという所で、一週間足らずの間アパートを借りて、夏、ちょっと暮してた事があるんです。ドイツ人の資本で建てたアパートで、
13 水道が故障したりのひどい所なんだけど、できたてでね、すご

くがらんとしてて、まだ人が入ってないんじゃないかみたいな感じでね。家具付で旅行者に貸してるわけですよね。スペインで、夏で、暑いから窓を開け放してて、朝からすごく明るいんだけども、そこのソファーベッドみたいなところで、目が覚めると、とにかく自分が旅行してて、わりと気軽な身の上だってことが頭にちゃんと残ってみわけね。その日は別に移動する必要もないし、その辺の海辺でぶらぶらしてればいいんだって感じで、外国の土地で、言葉もよく通じないし、少しスリルがあるっていうのかな、なんとなくもの珍しいわけね。朝飯の材料買いに行くにしても、もの珍しい感じで、しかも食べるものは、日本とちょっとちがっててね、だから、非常に日常的な状態で目覚めるんだけども、非日常的なものがちょっと混じっててね、しかもまだ金も有るし、危険な状態ではないわけね。そういう感じっていうのは、とても良かったような気がするんですよね。どこか切り離されてないと駄目ですね。

――朝型　つまり朝には強い方ですか?

谷川　どっちかっていうとね。夜は眠くて仕事ができなくなっちゃうから、よっぽどのことがないと、二時、三時までは起きてないですね。

――18＝一脚の椅子があります、どんな椅子を想像しますか? 形、材質、色、置かれた場所など。

谷川　一脚でないとまずいんだろうけど、どうしても二脚出て

来ちゃうんですよ。並んで置かれているんじゃなくて、一つは、アメリカ東部に、シェーカー教徒っていうクエーカー派の一派があったんですよね、そこに一種独特な様式の家具があって、シェーカーファニチュアっていうのがあるんですけど、それがとても好きなんです。とっても細身でストイックなデザインで、シェーカー教徒達は全部自分たちで作って、そういう道具なんかもあってね。アメリカでは今は一つのスタイルとして、本物なんてとても高価なんですよ。それを日本で、東京造形大学の大橋さんっていう人が復元したものを、ぼくは一脚持っているんですけどもね。博物館と写真でしか知らないんだけども、シェーカー教徒の室内っていうのが、非常にストイックな室内で、木の床と白い壁だけで、ほんの二、三の道具があるだけなんですよね。そういう部屋に、シェーカー教徒のごく普通の四本足のある、籐張りの一脚がおいてあるっていうのがまず一つのイメージなんですね。もう一つは、メキシコの椅子で、白木を鉈でぶち割った様な荒けずりにして、それに草で編んだ座をつけたもの……、まあメキシコで買うと、一脚三百円ぐらいのすごく安い椅子なんだけどね。その椅子、まあおじいさんかなんかがね、戸外で作ってて、今、一脚できましたって言って、敷石の上にぽんと置いたみたいな感じでね、その椅子が浮かぶんだな。わりと具体的な椅子なんですよ。ぼくは。椅子って好きだからたくさん浮かんじゃう。

――19＝目的地を決めずに旅に出るとしたら、東西南北、どちらの方角に向いそうですが？

谷川　西ですね。なぜ西かって、考えてみたんですよね、ぱっと西だと思ったから。と言うのはね、地球は丸いから、どんどん西へ行けば、また帰って来られるって事らしいんだな、どうも。南でも北でも帰って来られるんだけど、そっちの方だと、南極とか北極とか生命の危険があるから。西だとね、中国だとかインドとかがあるから面白いってことと、アメリカにも行けて、それでハワイに寄って帰って来られるという、なんか理想的なんだよね。だから、地球が丸くて、またうちへ帰ってくるってことが、ぼくにとっては大事みたいですね。東から行くと、いきなり海の上でしょ、だから。ぼくは陸路でね、一度ヨーロッパに生きてる間に行きたいなあって気がすごくするんですよね。つまり、釜山との間にトンネルを作って、朝鮮半島通って、中国へ入ってね、まあ、その程度の道は、政治的にはつくれていいはずだと思うんですけどね。自分で車を運転して、ずっと行くと面白いだろうなあと思うんだけど。

――地球をひと回りする道ってありませんね。

谷川　ずいぶん昔に、シトロエンって自動車会社が、パリ、北京何千キロドライブっていうのをやったことあるんですよね。だから、パリから北京へっていうのは、その当時でさえ行けたわけだから、今でも政治的な問題がなければ当然行けるわけでしょう。ヨーロッパからアメリカへ行くのが、ちょっと大変ですね。アメリカへ行くのでもね、日本からずっと千島の方へ回って、カムチャッカか、上の方へ上ってね、アラスカから行くって、とても面白いと思うんだけどね、小型ヒコーキ持ってたら、それができるんじゃないですか。

――20＝子供の頃から今までずっと身近に持っているものがあったら、あげて下さい。

谷川　やっぱり本になっちゃいますね。ずいぶんあるんですよ、本は。例えば日本童話集なんていう青い本と赤い本でね、二冊セットになってるのが、あるんだけど。それで、ぼくは日本の童話っていうのを、だいたい読んだんですよね。おとぎ話だけじゃなくて、落語的なものから、小話からね、もう一冊の方は、当時の日本にふくまれていた朝鮮とか台湾とかの民話まで入ってたんですよね。だから、日本を中心とした、アジアの民話っていうものを、それで知ったわけですね。それから、うちの父が、野上弥生子さんとか森田たまさんとかと、親しかったものですから、ぼくの子供の頃に、そういう方達が署名入りでね、下すったものは今でも大事にとってあるんですね。

――空襲には、おあいにならなかったのですか。

谷川　うちは、本当にもう、ついその辺まで焼けて来たんだけど、空襲受けなかったんですよ。だから、全部残っちゃってるわけです。それは、すごく有難かったわけだけど。それから、これ、アダムスンっていうドイツのマンガなんですけど。うちの父が、古本屋で買ってぼくにくれたんだけどね。全然せりふがないマンガだから、子供にもよくわかるわけ。とても面白いですよ。

——いつ頃の本ですか。

谷川　いつ頃でしょうね、一円六十五銭、とにかく昭和十年代だろうと思うんだけど、出たのは一九二七年とか、その辺じゃないかな。偶然残ってるもので、例えば、ダイヤモンドゲームとかもありますね。それは身近に持ってるっていうのとはちょっと違うんだけど。うちの子供がまだそれで遊んだりしてるから、すごい長持ちしてる。全部木製で、とてもきれいでね。

——21＝素足で歩くとしたら、以下のどの上がもっとも快いと思いますか？　大理石、牧草地、毛皮、木の床、ぬかるみ、畳、砂浜。

谷川　夏だったらもう圧倒的に大理石だと思うんですね、ただ季節を指定してないからね、この方は。(笑)畳はやっぱりどうしてもいいのね。日本人である以上はいいと思うし、夏冬問わずいいんだけどね、あんまりよく知ってるから、大理石っていうのは、憧れるわけね。夏、大理石の広い床の上を素足で歩いて、暮したらいいだろうなあ、そういう感じですね。やっぱりぼくは精神に影響を受けると思うんだなあ。粟津潔さんが、大理石じゃないけれども、石かな、陶器かな、そういう床の家に住んでるんですよね。奥さんが言ってたけど、最初のうちは

頭に響いたってね、堅いもんだから。今は慣れたと言ってたけど。畳っていうのは、そういう点では、一種のやさしさがあるよね。

——木の床はいかがですか。

谷川　木の床も好きですけれどね。ぼくのうちは正にそうですよね。うちの女房っていうのは、足の裏の感触が過敏でね。ちょっとでもゴミがあるといやなんだって、だから、常にスリッパで歩いてるけどね、ぼくはいつでも素足で歩いてる。木の床とか大理石っていうのは、そういうふうに、小さなゴミを潔癖に排除して、表面にきわ立たせてしまうということあるでしょ。でも、畳っていうのはゴミを隠してしまう、目の中に。不衛生って言えばそうだけども、合理的ですよね。砂浜っていうのも、すごく暑い砂浜って、それなりに魅力あるけど、やっぱり砂が足にくっついてくるっていうのは、あんまり好きじゃないんだな、ぼくは。

——22＝あなたが一番犯しやすそうな罪は？

谷川　傲慢の罪なんだな。和田誠さんあたりはそんなの罪じゃないっていうらしいけど。別に七つの大罪じゃなくてもね、ぼくは、これは罪だと思ってるからね。犯しやすいってことは、言ってみれば、しょっちゅう犯してるってことですよ。犯してなくて、犯しやすそうなんじゃなくて、昨日も犯したし、明日も犯しそうだしって、そんな感じだね。自分では、すごくへり

下ったつもりで、逆に傲慢の罪を犯してるってことがあるからね、いっそう罪深いんだって感じはあるわけですよね。だから自分で気をつけてるっていうのかな、少なくともそういう傾向にあるってことに、非常に意識的だってことですね。

——他人の傲慢さについては？

谷川　ぼくは、それは全然気にならないんです。つまり、わりあいひとの弱点っていうものは平気なのね。許せるっていうと、それこそ傲慢の罪を犯すことになるわけだけどね。（笑）許せるなんてお堅いことじゃなくて、平気で見過ごしていられるっていうのかな、また、それを平気で見過ごすってことに冷たさがあるっていうふうにも思えるわけですけどね。だから親身になって、あいつはここがよくないから、たたき直してやるってことにはならないわけね。あいつはああいう弱点があるから、あいつの人格はそこで面白いんだみたいなふうにして、わりと平気で見てるってとこがあるんですよね。罪っていうのは、本当は、そういう観念はないはずなんですけどね、神様がいないんだから。

——23＝もし人を殺すとしたら、どんな手段を択びますか？

谷川　やっぱりピストルでしょうね。以前、ブラジルかなんかで、撃たせてもらったことあるんですよね。でもこれは当らないんですけどね、ここから、その辺の棒杭を狙うんですよね、撃つでしょ、絶対当らないのね、何発撃っても。まいっちゃったな。

——やっぱり、あんまり相手の肉体の手応えが感じられるっていうのは、気持が悪いと思うんですよね、例えばナイフで刺すとかね、こっちにはそんな力があるとも思えないし、ピストルっていうのは、そういうふうに、切り離されたってことが、もっとも良くないことだと思うんだけど、その方がまだ殺せるな。ライフルみたいに、うんと遠距離で狙撃するっていうと、全くその人との関係が断たれるけど、ピストルはある程度近づかなきゃいけないから、その程度には人間的に殺せるってことはありますね。ぼくね、人に頼むってこと、ちょっと考えたんだけどね、（笑）そうするとお金がかかりそうだしね、やめてピストルにしたの。（笑）

——殺意を抱いたことは？

谷川　具体的にはないですね、やっぱり抽象的な想像にすぎないって気がしますね。だいたいぼくは人と喧嘩したり格闘したりっていう経験がないから、殺すってことが、そういうものの延長線上にあるとすれば、殺すことの手触りなんか全然ないわけよね。しょっちゅう殴り合いしてたりすると、もうちょっと殺すってことに実感があるだろうけど。ぼくは、例えば蠅とか蚊とか殺すのに、いちいち抵抗があるのね。蚊なんか、パッとたたくのもいやだし、蠅なんか、できれば窓の外に逃がしてやりたいみたいな気持ちがあって、だから狩猟なんかで、鳥を殺したり、小動物を殺したりするのもいやなんですけども、それじゃあ蠅一匹殺せないから人間も殺せないかっていうと、人間ならね、ぼくは殺せるような気がするんですよね。もちろん殺すための理由がちゃんとあってね。例えば、全然無関係な人間をね、戦争だっていう理由だけで殺すんだったら、もしかするとねらいをはずすかも知れないし、知りあいで現実にそういうことをした人もいるんですけどね。だけど、主観的に正当な理由、どういうことだろうなあ……、例えば、大岡（信）が言ってたけど、自分の子供が危機に瀕した時ね、そういう相手に対して殺すってことはできると思うな。どうしても殺さなきゃ解決しないっていうのは、殺しても解決しないかもしれないけど、殺さなきゃ自分が生きて行けないってことはあると思うんですよね。そういう時には躊躇なく殺すような気がするんだけどね。まだそういう状況にあってないから具体的な殺意はないけど、ただ、今みたいな政治状況だったら、あの人は暗殺すると意外にいいんじゃないかと思うことはあるよ。（笑）

―― 24＝ヌーディストについてどう思いますか？

谷川　羨しいの一言につきるね。裸になって人とつき合う自信なんか、ぼくには全然ないから。素裸でつきあってたら、いいだろうなあって感じですね。でも、今のヌーディストっていうのは、正直言えば、そんなに羨しくないんですけどね。と言うのは、本当にアダムとイヴみたいに暮してるわけじゃなくて、ある所に来ると、ちゃんと洋服着て、勤めに行ったりするわけでしょう。夏休みだけ、ちょっとヌーディストになるみたいな

感じだったら、別にどうってこともないでしょう。ヌーディストキャンプの写真集みると、中年以上のおじさんおばさんが、ヌードで歩いてるのなんか見ると、なんかいやだなあって感じがするわけ。（笑）おれもあんなふうに見えるんだったら、やっぱり洋服着てた方がいいやなんて思っちゃう……。でも、当人達の意識はもっと自由な筈だから、そういう意識は羨しいと思うな。

――中年になると、肥満して来たりしますね。

谷川　体質なんでしょう？　男は苦しむと肥満するって説があるんですよ。大体、開高健とか、大江健三郎が言い出したんじゃないかと思うけど。（笑）女は苦しむと痩せるとか……。

――そうすると、谷川さんは、どうなるんでしょうか？

谷川　ぼく？　ぼくはだから、適度に苦しんでるんじゃない？（笑）

――女性は失恋すると太るって言いますよ。

谷川　それは一種、精神病質的なことを言えば、うんと食べて補償するってことがあるわけだから、それはありうるな。男もきっとそれで太るんだな。

―― 25＝理想の献立の一例をあげて下さい。

谷川　焼き立てのとてもおいしいパンと、生っぽいチーズと、土地の安いブドウ酒と、新鮮な果物。ちょっと日本的じゃないけど。それで多分栄養的にもバランスがとれてるし、ぼくはあ

んまり複雑な美食っていうのは、食べればね、すごく美味しいと思うけど、あんまり好きじゃないとこありますね。

——胃袋は小さい方ですか。

谷川　わりと食べる方ですけどね、もの書きっていうのは少食で、胃が悪いっていう人多いでしょう、ぼくはわりあい消化器管がいい方だから、食べる方ですね。それでなんでも美味しいのね、だから、もっと考えれば、色々出てくると思うし、おむすびなんて好きだし、おいしいおみおつけも好きだしね。

——26＝大地震です、先ず何を持ち出しますか？

谷川　これは、具体的にね、何も持ち出す余裕がないと思うんですよ。って言うのは、ぼくの家は、夫婦と高一と中一の子供と暮してるわけですよね。だけど同じ敷地の中に八十一歳の伯母と、八十歳の父と、七十八歳の母がいるわけね、だから、地震だってことになったら、先ず、そっちの家へかけつける必要があるわけ、だから、その持ち出すっていうのは変だけど、その年寄達をどうにか誘導すると。子供連は自分でどうにかなるからね、それだけで、何も持ち出せないと思いますね。犬が二匹いるけど、これは離してやろうと思ってる。

——27＝宇宙人から〈アダマペ　プサルネ　ヨリカ〉と問いかけられました。何と答えますか？

谷川　日本語でしゃべって下さいって言いますね。（笑）でも

それじゃあ通じないことがわかってるから、そう言いながら、念力を一所懸命集中しようと思うんだ。もしかすると、その宇宙人はテレパシーの能力があるかもしれないから、でも、問題は、何を言うかってことだよね、念力で。〝なまってるね〟って言おうかと思ったけど。（笑）あんまり、軽薄だからやめたわけ。（笑）〝日本語で言ってごらんよ〟って言おうかと思ったんだけど。（笑）

——いい宇宙人みたいですね。

谷川　ねえ。なんか悪意がないでしょ。だから大丈夫だと思うんだけどなあ。

——どんな事を言ってるんでしょうか？

谷川　なんて言ってるんだろうなあ。自分がよその星へ行った時に、先ず、第一問なんて言うだろうかって考えれば見当がつくと思うんですけど。自分がロケットに乗って、全く違う知的生物がいた星に降りた時の第一声ね。共通のコミュニケーションのシステムを確立しなきゃいけないわけだから、……私の言ってる事を、あなたは聞き取っていますか〟ってことを言わなくちゃいけないね。つまり聴覚の周波数領域がちがうかも知れない。（笑）

——ずいぶん科学的ですね？

谷川　つまりね、超音波でしゃべってるっていう可能性もあるわけだから。それともね、その程度のことは下調べして来るかなあ。これだけ空飛ぶ円盤がいるんだから、ある程度生活様式

もわかってるだろうし、酸素と窒素の割合とか、引力の大きさも見当がついてるだろうし、こんな愚問は発しないかもしれないね、こういう直接語りかけるっていうかたちでコミュニケーションを始めるってことはありえないね、むこうが相当知的な生物だったらね。

——宇宙人は、人間を酋長と思って話しかけるでしょうか。

谷川　そりゃそうですね、そういうSFあったけどね、犬に話しかけたりして。（笑）自分が犬に似てればね、当然そう思っちゃうよね。

—— 28＝人間は宇宙空間へ出てゆくべきだと考えますか？

谷川　うん、これは出て行くべきと考えてるんだな、ぼくは。

——そうお考えになってらっしゃるから、この質問ができたのでしょうか？

谷川　そうかも知れないですね。つまり、地球上の問題っていうのは、今とても大変だしね、資源の問題、食料の問題、人口問題、解決できるかどうかだって危いような状態だから、そういうことと、宇宙空間へ出て行くためのテクノロジーっていうのは、もう切り離せないわけですね。だから、どうしても地球上の問題を先に解決しなきゃいけなくて、宇宙へ出て行くテクノロジーの開発が遅れるのは、当然やむをえない事だけども。前にぼくは考えたんだけど、山に登りたいっていう青年がいるとね、彼は自分の日々の生活を、すごくけちけちしてまで山へ

行くお金を貯めて、山へ登るでしょう。ちょっとそれと同じような面があって、地球上の問題を解決しなくてもね、地球上に飢えて死んでいく人間があったとしても、人類全体として見た場合に、ぼくはやっぱり宇宙空間へ出てゆくべきだって気がするわけね。技術って面では開発の可能性が、たぶん、いろいろあるんじゃないかな。ただこれが一つの国とか、一つの民族が独占するのはよくなくて、ぼくが考えてるのは、人類全体のプロジェクトとして、宇宙っていうものを一つの目的として、いいんじゃないかってことですね。これはねえ、ぼくに言わせると、我々が生まれた非常に強力な理由の一つだっていう気がしてしようがないんですよ。というのは、人間って、いつでも自分とは何ものかってことを考えてる存在だと思うんですよ、それを考える以上は、宇宙探検ってことは、避けられないんですよね。地球だけで自足した生活を送る、解けない謎なんてものは切り捨ててしまって、地球上でできるだけ幸せに暮すって生き方、当然あっていいわけだしね。ぼくも、どっちかっていうと、そっちの方がいいような気がするんだけど。なんか人間の本能的な全く制御できない好奇心というものはね、ちょっとおさえ難いんだなあ。

——宇宙がお好きなんですね？

谷川　そうでもないんですけどね。ただ好奇心はありますね。ブラックホールって何だろうとか、そういう非常に少年ぽい好奇心が、常にあるんですね。もちろん、人間以外の知的生物の

存在は信じてて、彼等との出会いは、人類にとって、すごく大きな事だと思うし、その人達から、どういう啓示、アドバイスが受けられるかわからないっていう気がありますね。そういう実用的な希望もあるわけですね、ぼくは。

——29＝あなたの人生における、最初の記憶について述べて下さい。

谷川　産湯は憶えてないんだよね、三島さんじゃないから。(笑) どれが最初の記憶かってことがわからないんだなあ。よく古い写真なんか見て、記憶と混同してしまうってことがあるでしょう。とにかく、母に抱かれてたような時に、とても濃いお化粧をした女の人がすごく怖くてね、泣いた記憶があるんです。いつ、どこでかは、全然憶えてないんですけど。多分芸者さんかなんかで、首すじまでおしろい塗ってるとか、そういう人だったような気がしますね。

——いくつ位の時ですか？

谷川　三つとか、四つとかじゃないかなあ。あとは写真で、あ、これはこの頃の事だったのかって確かめられることは、あるんですけど。もう六歳位の時かな、夏、友達の鵠沼の家へ親と一緒に遊びに行ってね。ぼくは一人っ子だから、同じ年頃の子が四人位いて、その子達とどうもうまくいかないって感じがしてるわけですよ、違和感があるわけね。その子達が海に慣れてて、平気でじゃぶじゃぶ入って行くんだけど、自分は泳げないし、生理的に圧迫感を感じるのね、海に。それがとてもいやだった記憶がある。早く家へ帰りたいなあって思った。

——30＝誰のために、あるいは何のためになら死ねますか？

谷川　これは岩田宏が書いた答で、とてもいいのがあって、理由があれば誰のためにでも何のためにでも死ねるっていうんです。ぼくは、まさにそうだって気がするんだけど。例えば、家族のために死ねるといってもね、家族のためにと思いこんでいる自分のために死ぬにすぎないんだって気がしますね。粟津潔さんが、結局自分のためにしか死ねないって言ったのは、そういう意味だと思います。だいたい何かのために、あるいは誰かのために死ぬってことがありうるかどうか、そこがわからない。死ぬってことは、そういうためになんて、変な機能的なものじゃないという気がします。これは比較的意識的な愚問のつもりで作ったんだけど、わりと皆まっすぐに、家族のためならとか、子供のためにとか、言ったんですけど、ぼくはそれに感動しました。ぼくなんかも当然そうなんですよ。家族のためになら、まあ、死ねるだろうと言えます。だけど本当の死ってのはまた別の所にあるような気がする。

——31＝最も深い感謝の念をどういう形で、表現しますか？

谷川　その人の言うことだったら、何でもきくっていう形で表現できると思いますね。それが大変自分に無理な事であってもね、最も深いってところに罠があるわけですよね。ちょっと問題なんだけど、だから最も深ければ、その人のために死ななきゃいけないってことになるかも知れないのね。だけど、相対的な問題だからねえ。前の問題をむし返すとすれば、その人のために死ぬっていう答え方もできるわけだけど、その人のために死ぬことも、自分のために死ぬんだとすれば、それは感謝の念を表わす形になるかどうか、やや疑問なわけですね。——だから、死ぬなんてことは、一応考えないで、その人が自分に望んだことは、全てするとしか言えないんだけど。

——相手に、伝わる方法でですね。

谷川　そうですね。日本人は、伝わらなくてもいいっていう、つつましさみたいなものがあって、ぼくは、自己満足になるんじゃないかと思う反面、とても好きなんだけれど、どちらかと言えば、ぼくはこまめに伝えるべきだって考えに傾いているんです。

——黙ってるっていうのは？

谷川　それはどうなのかなあ。黙ってるってことのあとが問題なんですよね、ぼくが答えたのは、つまり黙ってるってことの、あとですね。

——　32＝好きな笑い話をひとつ披露して下さいませんか？

谷川　笑い話好きだから、いろいろあることはあるんだけど。これはあんまり笑えないんだけど、親父が息子を、ぽかぽか殴っ

22

てるわけ、そして、何を言ってるかって言うと、「あれだけ暴力はふるうなって言っただろう！」（笑）これは非常に人間的って気がしてね。誰でもそういう矛盾を犯してるって感じがするからね。それから、確か、伊丹十三さんのオリジナルじゃないかと思うんだけど。散歩してると、森の中で象に会うのね。その象が地面に座ってて、「おはよう」って言うから、こっちも「おはよう、象」って言って歩いて行くと、また、もう一匹象に会うのね。その象も同じような格好してて、反対のほう向いて座ってる。「前にも同じような格好してる象に、出会ったけど、君たち、何してるの？」ってきくと、その象が「ぼくたち、ブックエンドごっこしてるの」っていうの。（笑）いいでしょう。これはとっても好きなんですよ。——これは飯沢匡作で、おそらく世界一短い笑い話っていうのがあるんだけど。サディストとマゾヒスト、「ねえ！」、「いやだ！」。（笑）これうまいでしょう。すごく折り合いがついててね。（笑）

——　33＝何故、これらの質問に答えたのですか？

谷川　質問者としての責任上、やむをえず……（笑）自分で答えるってことは、全く予測してなかったから、困っちゃったけど。でも、答えるのもわるくないって気がした。今まで答えてくれた人たちの、答えかたの影響はずいぶんあるようだなあ。この人がこんな答えかたするのかって、びっくりするようなこ

とが度々あったからね。友人としてある程度知ってるつもりでも、その人の人間性の深みっていうのかな、そういうところにちらっと触れて、感動するってことがあった。そういうものを少しでもひき出せたってことは、嬉しかったね。ただ自分で答えてみても、自分から意外性はひきだせなかったよね。(笑)……まあこの〈33の質問〉は、これからもいろんな人にむかって問いかけてみたいと思ってる。この本の読者の人たちも、それぞれに自分で答えてみると、きっと楽しいだろうし、この本もそういう形で生きてゆくといいと思うんです。

(一九七五年五月二十二日　東京　自宅　二階仕事部屋にて)

そえがき

分ってるつもりで、この人のことは意外に分ってないのかもしれないね。なにしろもう中年だからね、生きかたってのが自然にかたまりつつあるみたいだな。そのくせ着るものなんか、ヒッピー風になってたりして、わりと軽薄に時代の影響受けるんだ。当人はへんに真面目にそれなりの論理を考えてるらしいんだけど。

坂上弘さんが前に、この人は〈通俗を所有している〉って書いてくれたけど、もしほんとにそうなら嬉しいね。ひとりっ子で育ったせいか、この人には自分は人間を知らないんじゃないかって劣等感が強いんですよ、じゃ他に何知ってんのかって言われると困るんだけど。

この人が求めてるのは、朔太郎の言ったような意味で、芸術よりも生活なんだって言えるんじゃないかな。その点でこの人は朔太郎よかずるく、たくみに世の中を渡ってるみたいだな。